CAPITULC

Era agosto del año de 1998, Cuando llega la noticia al hogar de mis padres así es, mi madre julie estaba embarazada de mi toda la familia se emocionaron sobre de mi llegada no dejaban de preguntar a mi madre de cómo me llamarían, pero no sabía a ciencia cierta qué decir, así que eso daba entender que no sabía.

Ella es de piel apiñonada, media 1.55, sus ojos son de color café, pequeños ojos, bonita sonrisa Etc..

Mi padre Richard es blanco como la nieve, ojos claros, cabello de color castaño claro, rasgos finos, alto de 1.78 Etc..

El día era normal como siempre mi madre tejiendo mi ropa.

Él trabajaba de día y durante la noche se iba a jugar a los casinos, mi padre apostaba cierta cantidad de dinero, hasta que perdió, de pronto como haber perdido, un joven apuesto de origen alemán, tiene rasgos finos ojos hermosos de color café, de piel blanca, su cabello estaba teñido de negro, de altura media 1.95, con un cuerpo perfecto, viste de ropa negra de cuero, con los ojos maquillados de negro se le acerca a mi padre y mi padre le pregunta:

- ¿Quién es usted? - *Nervioso*

- Yo, soy... - *Serio-*

- Eso ya lo sé - *Lo mira con miedo*

- me refiero ¿Que eres? -*Con voz quebrantada y fuerte-*

- Ah bueno, soy un demonio - *Sonríe-* me he dado cuenta que tienes deudas conmigo y no he visto que me hayas pagado - *Sonríe con maldad* -

-Te prometo que te pagare con tiempo - *Asustado-* te lo prometo.

- Cuanto tiempo he escuchado eso, no, no, no - *Mascullando entre dientes-* quiero mi dinero.

- Dame un año para pagarte - *Nervioso-* te lo prometo

En ese momento Charles se quedó pensando por 1 minuto sentado en una silla, mientras miraba a mi padre, él estába rodeado de mafiosos metiendole miedo dentro de él, hasta que se paró de la silla mientras caminaba alrededor de él .

- Me enteré de que tendrás un bebe, es verdad - *Con su mano derecha se toca la barbilla-* dime es verdad.

- Así es tendré un bebe - *Traga saliva- Por que*

- Escúchame con atención - *Lo mira muy fijamente* - si en verdad quieres saldar tu deuda conmigo tendrás que hacer lo que yo diga.

- Que es lo que quiere? - *Asustado* - Que tengo que hacer? Para un demonio sin sentimientos – *Le contesto con miedo, pero al mismo con valor, sudando de nervios*

- Pon atención, no lo repetiré 2 veces - *Sonriendo, mientras se recargaba en la mesa-* Tendrás un bebe, si es varón tu familia y tu morirán - *Saca una cajetilla de cigarros y enciende uno* - Pero si es una niña - *Le da una fumada al cigarro mientras camina alrededor de la mesa-* Me la darás como mi esposa.

En ese momento se puso estérico mi padre por lo que le había propuesto, se levanta va y se golpeaba en la cabeza contra la pared sin saber que decir, se queda un momento recargado en la pared pensando en la propuesta, mientras que el esperaba su respuesta, hasta que tomo una decisión.

-Bueno cuál es tu respuesta ante mi contrato contigo - *Le da una fumada a su cigarro y le tiraba las cenizas al suelo* - ¡Vamos no tengo todo el tiempo del mundo! - *Gritándole* -

-Está bien acepto tu contrato - *suspirando con tristeza* - Cuanto tiempo?

- Cuando cumpla 18 años vendré Por ella -
 Con *el cigarro entre los dedos, le sonríe* - Al igual si es un varón a los 18 años vendré por ustedes ya sabes lo que va a pasar, pero si es una niña vendré por ella y la hare mi esposa, así que ya sabes, sáquenlo de aquí chicos.

Mientras que a mi padre lo sacaban él le sonrió a mi padre. Después de todo lo que le paso a mi padre tuvo que ver la forma de explicarle a mi madre jane de lo que hizo antes de que yo naciera.

Cuando pronto mi padre había llegado a la casa, se le acerco a mi madre que estaba en la cocina mientras veía la forma de como decirle a mi madre lo que había hecho, se acercó a ella.

- Cariño necesito hablar contigo -
Tranquilizándose, le toma la mano y se la lleva al sofá - toma asiento Cariño.

- ¿Que pasa amor? - *le toca la cara* - ¿Por qué esa cara?.

- Quiero decirte la verdad de lo que he hecho -
 Le toma la mano, y empieza a temblar su voz - Yo he ido a jugar a los casinos.

- ¡¿Que?! - *Guarda silencio y escucha a mi padre*- Dime platica que fue lo que hiciste.

- Apostaba dinero En los juegos, una cantidad de dinero, -
 Tiembla su voz y contiene las lágrimas para seguir continuando - Que eso hizo que perdiera y no es la primera vez he perdido varias veces, que tengo una deuda que pagar al dueño del casino.

- Porque amor - *Llora* - Y como le pagaras al dueño y quien es.

- A eso vengo a decirte - *Llora y se cubre la cara* – Charles Carrey el dueño de varios negocios, es a el que tengo que pagarle.

¡¡¿Que?!! - *Se cubre la boca del asombro* - Y como piensas pagarle a ese joven millonario, dime ¿cómo?.

- dando como esposa a nuestra hija - *rompe en llanto*- Perdóname.

- ¡Como si ni siquiera sabemos el sexo del bebe! -
Se levanta del sillón y empieza a caminar- Y qué tal si no es niña y es niño, que pasara.

- Moriremos todos - *Con voz baja* -.

- ¡Que! - *Gritándole* - Estas loco, acaso crees que dejare que nos mate a ti, a mí y a nuestro hijo, ¡olvídalo! No sabes con que problema te acabas de meter -
Rompe en lágrimas -.

- Si, sé que problema hasta sé qué persona me acabo de meter - *llora* -.

- ¿Que? - *Con voz baja* - a que te refieres con eso, explícate.

- No es cual quiera persona julie - *Asustado con lágrimas en los ojos* - El ... .es ....un .... - *se trava por el miedo* -.

- Un que - *Le grita y lo zangolotea* - ¡¡Vamos dime quiero saber!!.

-Un ....de..de ...... Demonio.

- ¿Que? - *Se cubre la boca de asombro*-.

Mientras que mis padres se quedaron platicando, no les quedaba de otra que aceptar eso, pero lo que temían es que cuando naciera era de que tenían que enfrentar lo que el destino elija de que si fuera niño o niña y lo que fuera a hacer aceptarían su destino.

CAPITULO: 2

Han pasado ya 6 meses, el vientre de mi madre se ve abultado más dicho yo soy la que a dentro, era de mañana mi madre preparaba el desayuno para los dos, antes de que mi padre se fuera trabajar a la construcción.

Se sentaron a desayunar y como siempre antes de comer un bocado, se hace una oración (Uf Aburrido) mi padre hizo la oración, así como de haber terminado se pusieron a desayunar, terminaron se dieron un beso y se fue mi padre, mi madre recogió la mesa e hizo la limpieza de la casa.

Termino de limpiar la casa e hacer la comida, la cena se puso ver un rato la televisivo en lo que llegaba mi padre, pero para su sorpresa tocan la puerta, mi madre se levanta pensando que era el, al momento que abrió la puerta no era mi padre, era Charlie, mi madre se sorprendió al verlo, no venía solo venia con otros 5 hombres que parecían hombres de negro, él le regala una sonrisa a mi madre y le dice:

- Buenas noches señora - *Sonríe*-.

- Buenas noches joven Charlie - *Sonríe con miedo* - Pase por favor, tomen asiento - *Temblorosa*-.

- Gracias señora por su hospitalidad, solo vengo a pasar rápido - *Le sonríe* - Espero que su esposo le allá comentado sobre su contrato.

-sí, me comento sobre su contrato - *Temblorosa*- y dígame que es lo que lo trajo por aquí.

-Bueno le diré rápido, así que ponga atención - *La mira muy serio* - Yo vine aquí para decirle que cuando vaya a dar a luz estaré ahí, es decir, que a partir de ese momento es mía así que dígame cual es el sexo del bebe.

Mi madre se queda helada por un momento, para decirle que soy una niña.

-Es......es....una niña - *Se quiebra su voz al decirlo* - ese fue el resultado.

él sonríe de la noticia, aunque él ya lo sabía cuándo todavía no crecía en el vientre de mi madre.

-Vaya que buena noticia para mis oídos, espero que también le allá dicho lo que pasaría si es una niña - *Hace una sonrisa burlona* -.

-Si, me dijo, que a los 18 años vendrás Por ella y la harás tu esposa -
Rompe en llanto -

-Exacto - *Le sonríe y añade* - Vendré por ella.

Él se levanta del sillón con una sonrisa mi madre temblaba de miedo por su presencia, Charlie habré la puerta y se va junto con sus 5 hombres de negro

Llego la noche, mi padre llega a casa y ve a mi madre llorando en el sillón mientras acariciaba el vientre (*donde estoy yo adentro del vientre)* se le acerca a mi padre la abraza y le dice;

- ¿Que pasa cariño, Porque estas llorando, ¿acaso le paso algo a nuestra hija? -
Preocupado - Respóndeme cariño.

-No, no es nuestra hija lo que fue.... -
Se le Hace un nudo en la garganta y prosigue - ...Fue que Charlie vino a nuestra casa, para saber que iba a hacer nuestro, bebe, aunque los demonios saben Que va a hacer antes que nosotros - *Llora y por último añade* - Pero me di cuenta que él ya lo sabía, solo vino para confirmar que tu estés cumpliendo con tu contrato -
Lo abraza-.

-No te preocupes amor, todo estará bien - *La abraza y añade* - Solo ay que olvidar el contrato y disfrutar durante estos 18 años con ella -
Le da un beso en la frente -.

Mi madre asintió con la cabeza lo que le había dicho mi padre, ellos sabían lo que pasaría, pero hicieron bien en tomar esa decisión en olvidar lo del contrato, y disfrutar los 18 años conmigo para cuando llegara el momento de entregarme a él.

Mientras que Charlie espera mi nacimiento para marcarme como suya y volver a esperar hasta que se allá cumplido los 18 años.

CAPITULO: 3

EL NACIMIENTO

Los meses pasaron muy rápido, mi madre ya cumplió los 9 meses, eran las 5:00 pm de la tarde cuando mi madre se da cuenta que ya es hora mi padre que estaba con ella llamo la ambulancia, la llevaron al hospital
Great Ormond Street Hospital, es donde yo nací, mientras mi madre me daba a luz, Charlie había llegado estaba a fuera del hospital, bajo de su coche negro de lujo entro al hospital camino al pasillo donde estaba mi madre, nadie le podía decir nada ¿Por qué? es muy conocido por todo el mundo.

Mientras el caminaba con su chaqueta negra de cuero sobre puesta a su espalda Con su bastón negro en las manos con un diamante , recorría el pasillo de maternidad buscando a mi madre , al llegar vio a mi padre sentado afuera del cuarto donde mi madre estaba dando a luz, se paró al lado de mi padre Richard , esperándome a escuchar mi llanto.

- Llego el día Richard - *Sonríe* - Ha llegado el momento de marcarla - *Añade* - Disfruta los siguientes 18 años con ella junto a tu esposa.

- Lo se Charlie ha llegado el día - *Se entristece* - Disfrutare cada momento y ¿dime que harás?

- Buena pregunta - *Voltea a verlo, levanta una de sus cejas y le sonríe*- Lo que haré es vigilarla, la cuidare, no permitiré que le hagan daño y mucho menos le hagan sufrir.

- es en serio - *Asombrado* -.

- Así es Richard - *Sonrie y añade* - Que creías que iba hacer con ella.

-No, nada - *Se tranquiliza* -.
En ese momento se escuchó mi llanto, mi padre se levanta del sillón muy rápidamente al oír , él sonríe.

Entran al cuarto, el primero en entrar fue mi padre y mi madre voltea a ver a mi padre y sonríe, pero al ver entrar a Charlie carrey su sonrisa desapareció y rompió en llanto, mi padre la abraza.

- Debemos dejar que lo haga - *La mira* -.

-Está bien - *Con voz baja, mientras me sostiene en sus brazos*-.

Él estaba parado esperando a que pudiera acercarse a la niña, mientras que mi madre me sostiene en sus brazos, entonces mi madre deja que se acerque y empieza a caminar a dirección donde estaba mi madre.

- Hola señora - *Le sonríe* - Nos volvemos a ver.

- Si, lo sé - *Lo mira con tristeza* - Que es lo que tengo que hacer.

- Descubra el brazo de la pequeña - *Le ordena* -.

Mi madre empezó a descubrir mi brazo izquierdo despacio, el la observa al tener el brazo descubierto.

-Esto es lo que haré - *Los mira*-.

Con su mano acaricio el brazo y sale una pequeña luz, al momento que quito la mano apareció la marca , tenía forma de un lunar de color café clarito con figura de una mancha.

Después de haber terminado se endereza, ve a mis padres llorando.

- ¿Como se llamará su hija? - *Serio*-.

- Se llamará ... - *A lo que responde la pregunta*- Ruth

no le pareció la idea de ese nombre a lo que dijo a mis padres;

- No se llamará Ruth - *Con voz fuerte* - Se llamará rowan

Mis padres se quedaron sorprendidos al oír el nombre, pero no dijeron nada, ven a Charles acercarse a mí y me da un beso en la frente.

- vendré por ti mi pequeña rowan - *Susurra* - Te veré dentro de 18 años.

Se levanta y se va sin decir más menos que adiós, mis padres vieron como salió del cuarto, camina de nuevo Por el pasillo Que recorrió hace un momento y en voz baja dice;

-Te veré dentro de 18 años - dijo en voz baja

Mi padre se asoma a la ventana que había en el cuarto... ahí estaba el carro de charles (apodado Charlie) esperándolo, lo vio salir del hospital y antes de subirse al coche, mira hacia arriba donde estaba mi padre asomándose lo mira fijamente por unos segundos para después subirse a su coche negro y se va al igual que mi padre se acerca a mi madre y estuvo conmigo.

- ¿Todo está bien señor Carrey ? - Pregunto el chófer

- Si, todo está bien - contesto con tranquilidad

- Me alegro por usted señor -dijo menos preocupación - le pregunté por qué lo vi algo preocupado

- Estoy un poco ¿por qué? - pregunto

- Es por la niña ¿verdad? - Contesto

- Si - Dijo - temo que le hagan algo o la lastimen otras personas

- Usted la puede protegerla tal vez desde lejos - dijo mientras conducía

- Y eso haré - respondió mientras miraba por la ventana del auto - la protegeré desde lejos sin que ella se percatarse

CAPITULO: 4

MI LLEGADA A CASA

Salimos del hospital todo el mundo esperaba a mis padres en especial a mí.

Llegamos a casa, al momento de entrar se prenden las luces y todos decian en un grito: ¡BIENVENIDOS!.

Mis padres parecian estar emocionados, Por nuestra llegada.

-

- Cariño - *Volteo a verla* - me alegro que podamos estar bien.

Mi madre asenta con la cabeza y lloran los dos de alegria por la calurosa bienvenida que les dieron las familias, amigos y conocidos , todos se abrazan de alegria y desde ahi empezo la fiesta , todos reian , convivian Ect, todos se llevanban bien entre todos.

CAPITULO: 5

LOS AÑOS PASAN.

Han pasado ya 12 años, yo voy creciendo y mis padres van envejeciendo.

Llego la hora de ir a clases estaba nerviosa Porque era mi primer día de secundaria, no tenía amigos e no conocía a nadie.

Se veía bien el ambiente, pero todos me ignoraban como si no existiera, me sentía sola y no había con quien juntarme tenía el cabello medio ondulado color castaño claro, ojos de café claro con lentes, piel blanca y mi cuerpo era de ni gorda ni delgada.

Envidiaba a las demás chicas Porque tenían novio en el primer día de clases y yo ni eso. El maestro me mostró cual era mi clase y me dio un horario para guiarme.

Entre a clases, la maestra me presento ante todos y me senté al rincón.

Termino el primer día de clases me fui a mi casa , llegando mis padres se acercan corriendo a mí y me sientan en la sillón de la sala y en su rostro iluminaba una hermosa sonrisa y me dicen;

- Hija como te fue en tu primer día de clases ¿hiciste amigos? ¿te gusto la escuela? - *Emocionado al igual que Mi madre* - Dime ¿cómo te fue?

-Cariño no le hagas tantas preguntas a la vez la vas a confundir -
Le sonríe y dirigió su mirada hacia a mi toma mis manos - Vamos hija cuéntanos.

-Bueno me fue bien, al decir verdad no hecho amigos por ahora -
Seria y tranquila - Y si me gusta la escuela, aunque es particular ustedes no pueden pagarlo no tienen dinero.

Las sonrisas de su rostro desaparecen, porque sabía que era la verdad, pero me daban todo, aunque no se los pidiera Porque sabían perfectamente que muy pronto me iría, aunque yo no sabía nada del contrato.

Cenamos juntos como todos los días al igual que las charlas, me di un baño de agua caliente , me termine y me puse mi pijama , mi madre toca la puerta mientras que estoy acostada.

- Adelante - *Seria* -.

- hola cariño que haces -
Dejando ropa aunque no me di cuenta que traía mi ropa -.

- Mirando el techo mama de lo hermoso que es - *Aguantando las ganas de reír* -.

- Ay rowan me haces reír - *Se ríe* - *hija* que es lo que tienes he notado que estas algo triste - *Se acerca y se sienta aun lado de ella* - Vamos dime con confianza.

- Bueno mama, la verdad es que si me gusta todo de la escuela lo que me hace sentir mal es que toda las chicas de la escuela tienen novios y yo no -
Conteniendo las lágrimas - Por eso me siento así.

-Hija es normal que te atraigan los hombres, estas entrando en la pubertad , ademas - *La abraza* - Alguien llegara ser tu pareja , bueno ya es hora de dormir -
La suelta y la arropa - Buenas noche Cariño - *le da un beso en la frente*-.

- Buenas noches mama - *Con voz baja*-.

Apagan las luces, mi madre se va a su cuarto que está a lado del mio y oigo todo lo que platicaban.

- Amor solo nos quedan 6 años con ella - *Contiene las lágrimas*- .

-Lo se Cariño , sé que nos quedan 6 años - *Muerde sus labios*- Amor Vamos a dormir hay que descansar mañana sera otro día hay que pasar buenos momentos con ella.

Mis padres se quedaron dormidos al igual que yo para despertar un día más .

CAPITULO: 6

LA ESCUELA ES UN INFIERNO.

Al día siguiente me levante para ir a la escuela, me cambie tan rápido que me fui como un rayo para llegar a tiempo.

A la ver llegado a la escuela todos me miraban y se reían de en ese momento me di cuenta que en la escuela sería el infierno.

Al caminar entre los pasillos, unos chicos pasaron por mi lado corriendo al adrede me empujaron y me dijeron;

-Vaya así que tú eres la chica rara de la escuela - *Burlándose* -.

Se fueron y unas chicas pasaron a mi lado burlándose de mi obviamente es el mismo infierno.

Terminaron las clases salí del colegio lo más rápido Que pude ya que mi padre pasaría por mi junto a mi madre.

Salí estuve afuera esperando a que llegaran, mientras ellos llegaban por mí, enfrente había un hermoso coche negro, brilloso para decir verdad ese auto se veía lujoso, aunque no sabía que marca era, a decir verdad.

Mientras veía ese auto note que había 2 personas adentro que miraban hacia donde estaba , agache la mirada disimulando de no verlos , parecía que me estaban observando , en ese momento pasaron los chicos que me empujaron y me vieron (para mala suerte) se acercaron y me empujaron , me quitaron la mochila y la tiraron me la ensuciaron de tierra y se van , en ese momento las 2 personas vieron vi que sacaron como un teléfono y habían llamado , recojo mi mochila la sacudo y la vuelvo a poner en mi brazo derecho.

En ese momento llegaron mis padres y dice mi madre;

-Hola princesa - *Con la mano afuera de la ventanilla hace un ruido tipo tambor* - Sube al auto.

- ¿Como te fue Cariño? - *Sonríe ambos* -.

- Me fue bien - *Mintiendo* - y adónde vamos muero de hambre.

-Es una sorpresa - *Sonriendo-.*

Puso en marcha el auto, mientras que yo veía como nos alejábamos de la escuela cuando me asome a la ventanilla derecha el coche negro ya no estaba, se me hizo extraño así que en ese momento se dieron cuenta mis padres y me pregunta mi madre;

- Que pasa cariño - *Sonriendo-.*

- Nada - *Seria -.*

-Vamos dime hija que pasa -
Mirándome con una sonrisa en el retrovisor del auto - .

-Bueno....yo …yo.....yo vi algo enfrente de la escuela -
Tartamudeando y nerviosa- .

-Y qué fue lo que viste hija - *Sonriendo -.*

- Bueno lo que vi fue un coche negro de lujo, afuera de mi escuela, había dos personas en el auto no se si eran hombres o no - *Nerviosa añadí* - por Que las ventanas estaban de negro y solo logré ver que había 2 personas.

Mis padres se miraron entre ellos muy serios como si algo estuvieran ocultando y en ese momento cambian la conversación.

- ¡Bueno ya casi llegamos! - *Dijo en voz alta por la emoción -*

Mi madre aplaude y le da un beso.

Llegamos a un pequeño restaurant de buffet muy lujoso pero muy retirado, la comida se ve deliciosa, yo había ordenado un corte de carne grande, jugoso y grueso con crema de champiñones y crema de espárragos.

Termino la comida, subimos al auto ya era tarde eran las 3:30 pm como siempre mi padre puso en marcha el auto y nos fuimos, mientras estábamos en el coche mi padre de paro a una gasolinera y de pronto sonó el teléfono de mi papa, mama contesto y luego....;

- Hola buenas tardes .... Si claro .... Ahorita se lo paso .... Amor te hablan - *en voz baja mientras tapaba la bocina con la mano* -.

-Hola buenas tardes.......bien gracias y usted.............si claro....... No lo sabía - *Sorprendido* - si está bien yo me haré cargo......no se preocupe.......okey .... Bye cuídese ......- *Cuelga el celular* -.

Después de la llamada de mi padre, en todo el camino nadie dijo ni una sola palabra, cuando llegamos a casa tampoco mencionaron ni una sola palabra (Que eso era algo extraño).

Subí a mi habitación para hacer la tarea, mientras hacia la tarea oía lo que decían mis padres.

-No puede ser, Porque nuestra hija dice que la bien y no es verdad - *Caminando de un lado a otro* - que haremos, porque le permitiste eso.

-Para asegurarnos que no le pase nada - *Desesperado*- recuerda que nos dijo que la teníamos que cuidar para que no le hagan daño.

-Por eso se lo permitiste - *Alterada* - que la vigilaran.

- ¡Si! ¡Por eso se lo permití acaso dime que estaremos todas las 24hrs al día! - *Gritando y después se tranquiliza* - amor entiéndeme sabes bien que no podemos cuidarla todo el tiempo - *La abraza y le da un beso en la frente* - sabes bien que necesito trabajar para mantenerlas.

-Tienes razón Cariño no podemos cuidarla siempre - *Rompe en llanto*- por eso le diste permiso.

- Así es Cariño - *La abraza* - por eso me llamo, Porque se enteró que le tiraron sus cosas y la empujaron.

En ese momento me asuste de que le dijeron a mi padre lo que me paso hoy en la escuela, pero quien habrá sido Porque en realidad nadie lo sabe estaba asustada por lo que dijeron.

No sé qué es lo que sucede en esta casa ya, ocultan muchas cosas y no me quieren decir lo que en realidad está pasando conmigo por lo que veo es de que se trata de mí.

¿Habré hecho algo malo para que esto pase? la verdad que me gustaría saber qué es lo que sucede y sé que muy pronto lo voy a saber.

Espero que no sea nada malo y si lo es no quiero saber

CAPITULO: 7

UNA SORPRESA EN LA ESCUELA.

Estando en mi cuarto haciendo la tarea y pensando en lo que había oído de mis padres, mi madre me grita;

- ¡CARIÑO LA CENA ESTA LISTA! - *Gritando desde las escaleras* - .

- ¡VOY MAMA! - *Gritando desde mi cuarto* -.

Deje la libreta la guarde en su lugar, y baje rápido de las escaleras, me fui al comedor ahí yacía mis padres sentados sirviéndose, me senté y estaban serios, me pasan los platos de comida para servirme mientras cenábamos, no decían ni una palabra y eso era extraño, ya que siempre platicábamos durante el desayuno, comida y cena.

Después de la cena, mi madre me pidió que lavara los trastes lo hice y cuando termine, me bañe, me puse mi pijama y me dormí tuve un sueño muy extraño;

iba caminando por una casa lujosa parecía una mansión se veía muy alumbrada y observo una puerta que estaba abierta, dio curiosidad y intentó entrar, pero pa rece que me descubrió y me dijo;

¡Adelante! Era la voz de un hombre, pero esa voz era diferente de cualquier hom bre ya que se oía muy seductora, entonces entro, al voltear vi a un hombre alto d e 1.95 yo lo veia asi por que soy baja delgado con un forge perfecto, tenia un cha leco negro con una camisa de vestir blanca y una corbarta negra ,pero lo extrañ o era que se me acerca y me acaricia el *rostro y me decia;*
"Que paso princesa"
pero yo que quería verle el rostro pero no lograba verlo por la luz ya que imped ia que pudiera verlo y le dije;
Nada Por que
El contesto;
"Pues porque estas en mi despacho "
Y le respondo
"Bueno queria saber si estabas aqui"
Su ultima respuesta fue
"Siempre estare aqui mi amor no hay nada que temer"
Y me dio un beso y se volteo y solo puede ver su espalda mientras que desaparecí a.

Me despierto de un brinco al escuchar la alarma de mi celular, miro alrededor de mi cuarto y no habia nada , me paro y me preparo para ir ala escuela , cuando termine me fui rapido de la casa y me fui caminando para llegar a la escuela.

Durante el camino fui pensando sobre el sueño que tuve anoche , no dejaba de pensar en ello, mientras caminaba me habia encontrado con los chicos que me hacian bullyng , de pronto , senti miedo camine lo mas rapido lo que pude , pero para mi sorpresa cuando llegue ala escuela estaba el chico que se parecia al de mis sueños , no se si era el , estaba el de espaldas asi que no sabia , pero lo que si se es que TODAS las chicas babeaban por el (parecian los perritos moviendo la cola) me intente acercar a el para conocerlo o mas dicho conocer su rostro , pero no pude se fue todo derecho Por la parte trasera de la escuela y se fue (no puede ser) .

Intente verlo pero fue en vano , aun no entiendo por que tengo tanta mala suerte hojala pueda ver su rostro algun dia se que eso no va a pasar .

Los chicos como el de mi sueño y el de la escuela son los tipos de hombres que jamas van e ver que existes y si te ven es por que te quieren en en su cama .

Realmente me gustaria que algun chico me invitara a salir pero uff eso no va pasar

Al terminar las clases me fui a mi casa decepcionada , ¿ Por que ? Por que no le vi su rostro.

CAPITULO: 8

6 AÑOS DESPUES

Ya han pasado 6 años desde la ultima vez que vi a ese chico en la escuela , ahora ya he crecido y decidi no volver a recordar de ese dia.

Ahora que han pasado 6 años estaba emocionada de que dentro de un par de semanas cumpliria 18 años (actual 17 1/2) . Pero he visto el cambio de los semblantes de mis padres , al menos yo todavia sigo siendo yo misma , seria , tranquila , con apariencia de que 15 años que de 17 años Ect .

Estaba en la preparatoria dos años pero no Por mucho Tiempo ya que mis padres estaban retrasados con el pago de la colegiatura.

Al llegar a casa como siempre mis padres estaban sentados en el sillón hablando en voz baja con un semblante de preocupación , seguí caminando así mi cuarto y ellos me vieron , entre a mi cuarto , a los pocos minutos entraron a mi cuarto y se sentaron uno en mis lados para hablar (mientras escuchaba shell & suite de chad valley) ;

- Hija es tenemos que hablar contigo - *Seria* - .

-Hija esto es algo serio y delicado - *Nervioso* - necesito que escuches con atención.

Yo asentí Con la cabeza , tome el control y le baje a la música.

-Hija es hora que sepas la verdad antes de tu cumpleaños - *Nervioso* - y espero que me perdones algún día - *Conteniendo las lagrimas*-.

-No quiero que odies a tu padre -
Tomando mis manos e intenta poner una sonrisa - por favor escucha lo que te tiene que decir - *Contiene las lagrimas* - .

-Hija ....depués de tu cumpleaños te entregaremos como esposa........-
Agachando su mirada - .

- Pero por que - *Me levante de la cama de sorprendida* - como puede ser que me den como esposa a un hombre que ni conozco aun - *Enojada* - .

Mis padres se sorprendieron al ver mis ojos que se pusieron azul brillante y que los objetos se empezaron a elevar ;

-Hija de tente - *Me detuvo* - .

Con la mirada los aviento a mi cama , salgo corriendo del cuarto bajando las es caleras oigo que mi padre puso seguro a las puertas y ventanas que ni si quiera s abia que tenian seguridad , oi a mis padres bajar , y eso me hizo enojar que mis

ojos se volvieron azules y brillaron con intensidad al romper la puerta de mi cas a y me fui de mi casa sali corriendo mientras corria oia lps gritos de mis padres pidiendo perdon y ala vez que regrese a casa , me fui corriendo sin detenerme y no me importaba en donde estuviera llegue a un pequeño restaurant , me me detu ve un momento y mejor segui caminando llegue a una pequeño jardin donde habi a juegos y ahi habia una casita de madera entre y me quede ahi , y en ese momen to queria saber que estaban haciendo mis padres y cerre un momento los ojos y h ice que mi mente viera lo que pasaba ....
... Veia a mis padres llorando y mi padre estaba hablando Por telefono y parecia a ver oido que dijo que "le doy permiso para que la puedan buscar" ......abri los ojos me di cuenta que habian mandado a alguien a buscarme y no sali de la pequ eña casa y mejor decidi dormir

antes de que me encontraran , lo malo solo tengo un sueter y hace bastante frio , pero no me importaba asi que decidi dormir para poder tranquilizarme y olvidar lo que mi padre habia dicho en mi cuarto , asi que me dormi y tuve un sueño de nuevo con el chico;

Estaba caminando de nuevo en la casa de lujo , mientras caminaba oia un llanto de un hombre y venia del mismo lugar que la otra es decir el despacho
Entre al despacho y ahi
Yacia el chico que habia visto
Estaba de espaldas llorando
Y me dice:
Por que haces que uno sufra por lo que haces jocelyn
Le digo:
Lo siento mucho es que mis padres me hicieron enojar cuando me dijieron que m e darian como esposa a un hombre que ni siquiera conozco y ademas no estoy de acuerdo con lo que hicieron.
El responde llorando:
A caso no crees que el verdad te amara cuando te vea por primera vez el día de tu cumpleaños dime .

Y contesto a lo que dijo:
Noooo , yo no lo voy a amar , el me odiara , ademas que tal si es golpeador , bor racho ,infiel , y que no deje que siga adelante en mi juventud , lo odiare ¡¡ durant e el resto de mis días nunca lo amare lo odiare y lo diré lo odio , lo odio , lo odio con toda mi vida y sabes que la persona con quien desperdiciare mi juventud ser a con un anciano
Y responde por ultima vez:
Esta bien , di lo que quieras , hasta que lo conozcas a ver si dirás lo mismo

Despierto de un brinco y aparecí en mi cuarto y me dije a mi misma;

Que diablos me trajo a casa y como me encontraron.

CAPITULO: 9

UNA GRAN SORPRESA EN CUMPLEAÑOS.

Desperté en mi cuarto sorprendida de que estoy de vuelta en mi casa y en mi propio cuarto es algo extraño de que me hayan encontrado tan rápido (parecen brujos).

Voltea ver a todos lados para buscar a alguien ahi pero nada , y por un momento oi que alguien venia a mi cuarto y al momento entraron mis padres , corrieron hacia a mi y me abrazaron y me dicen;

- Hija perdonanos - *Llorando*- no queriamos que te enojaras .

- Perdon cariño por no haberte explicado - *Llorando* - por favor perdonanos.

- Claro que lo perdono - *Abrazandolos* - pero tienen que terminar de explicarme lo que sucedio - *Sonriendo* - .

Mis padres asitieron la cabeza y empezaron a explicarme como fue que se comprometieron a entregarme como esposa a un hombre que no conozco (parece que estoy en el siglo 18 cuando en esos tiempos hacian la bodas de los hijos cuando eran pequeños en esos tiempos no tenian ni voz ni voto , solo los padres decidian) me siento triste al momento de oir la historia de mi padre.

Despues de 3 horas de platica , se me salio el tema de decirles ......;

- Mama , papa ....este.........- *Nerviosa* - como me encontraron.

Se cruzan las miradas sin saber como explicar lo que habia dicho;

- Hija ... Como te dire esto ....- *Agachando la mirada* - el que te trajo aqui fue................fue .... Fue

- Fue tu prometido - *Rapido lo dijo* - .

- ??? - *Intentando de creerles* - .

-Cuando pones esa cara es que no nos crees - *Mirando seria* - fue tu prometido.

- ¡Pero como , si ni me conoce , ni siquiera sabia en donde estaba ! - *Gritando* - como puede ser posible , ni siquiera senti Cuando me cargo, expliquense.

- Hija....el te conoce por que era el que te vigila cuando vas a la escuela te conoce bien - *Con voz suave* - .

- ¡Que es en serio ! - *Alterada* - te dire algo padre Cuando lo vea ¡te juro que lo odiare ! ¡ lo odiare con toda mi alma! -
Los ojos cambiando de color cafe a azul intensio brillando- vayanse de mi cuarto dejenme en paz

Se fueron del cuarto y me puse a llorar de mi futuro prometido.

Ala siguiente semana todo se tranquilizo , mi madre pensabamos en los preparativos de mi CUMPLEAÑOS que faltaba 3 dias , pero luego le dije;

- Mama es mucho dinero - *Angustiada* - .

-No te preocupes estuvimos ahorrando - *Emocionada* - para este dia.

Terminamos de hacer la lista de los adornos de CUMPLEAÑOS decidimos ponernos a buscar lo del pastel .

- Hija que pastel vas a querer para tu cumpleaños - *Sonriendo* - pedirlo.

-Pastel de queso con zarzamora - Sonriendo -

- Pastel de queso con zarzamora - *Hablando por teléfono* - si.....aja......para pasado mañana.........
..si.... Aja ....mmmmm..m .... Me urge para pasado mañana....... Ok gracias.

- Que paso mama - *Mirandola* - que te dijieron del pastel .

- Hija lo siento creo que no tendras pastel en este año - *Triste* - lo lamento hija.

-No te preocupes Mama esta bien - *Sonriendo*- no importa por un año no habra pastel eso no sera el fin del mundo ¿verdad?

-Si tienes razon hija - *La abraza* - no sera el fin del mundo.

Llego el dia de mi cumpleaños numero 18 aunque soy muy seria y un poco aislada digamos no tengo la costumbre de estar en fiestas , mi madre me pidio que me fuera a arreglar para mi fiesta , asi que me subi a mi cuarto mientras ellos hacían los preparativos , me fui a dar una ducha termine , me arregle me puse un pantalon negro y una blusa negra con un corazon roto de color blanco que decia en alemán: DANKE . me cepille el pelo y de ese momento entra mi madre y me mira de pies a cabeza y hizo una mueca de " ASÍ VESTIRÁS EN TI CUMPLEAÑOS " asi que salio del cuarto y de unos segundos entro con un vestido morado y puse cara de " NO ME LO VOY A PONER ASI QUE NI LO SUEÑES " .

Después mi mama acepto la ropa que usaría de todos modos los invitados vendrían muy casual ala fiesta me Cepillo el cabello despacio que provoca que me de sueño por que para mi es un mensaje , termino y me pidió que me quedara en el cuarto hasta que me haya gritado para que los invitados me dieran la entrada a la fiesta.

De rato me llamo mi madre , entonces salí del cuarto algo nerviosa , camine hacia las escaleras , empece a bajar y aplaudieron , y dijeron en voz alta ;

- FELIZ CUMPLEAÑOS- *Todos gritan a la vez* - .

Después de mi entrada de cumpleaños mi madre invito a los vecinos y vinieron unas chicas de mi edad asi que no me quedo de otra que convivir con ellas.

Después de 1hr alguien toca el timbre , mi madre va a abrir y para mi sorpresa era un chico era ; alto de 1.95 , vestido con traje negro dejando al descubierto su pecho, sus piel blanca , pero para mi mala suerte no lograba ver su rostro , entonces deje a las planeta y me fui acercando en el montón de personas que no dejaban pasar , pero decidí regresarme por que mi madre me estaba buscando , asi que me regrese pero ya era demasiado tarde mi madre estaba ahí buscándome y mala suerte me vio se acerco a mi , me dijo;

-Hija hay alguien que quiere conocerte - *Toma mi mano y me lleva de jalones* -.

- ¿Quien ? - *Sorprendida -.*

Y no responde a mi pregunta ,asi que fui a ver a esa persona que queria conocerme llegamos a la sala y ahi estaba ese chico (No se sabia su nombre) que a sus lados habia chicas que babeaban de solo verlo , pero no les ponia atencion , hasta que por fin vi su rostro ; sus ojos eran de color cafe claro , maquillados de negro , con un semblante bastante hermoso , con una belleza perfecta que cualquier otro hombre en este planeta , tenia unos guantes negro de cuero con las uñas pintadas de negro con blanco , una sonrisa seductora que a cual quier chica enamoraria , mi madre me presento a el ;

-Hija te presento a charles , ella es mi hija rowan - *Sonriendo - .*

-Un gusto en conocerte rowan -
Sonrie con una sonrisa seductora , Estirando su mano -.

-Un gusto en conocerte - *Estrechando su mano friamente - ..*

Charles mira a mi madre como diciendo ' FALTA ALGO ' mi madre llama a mi padre en ese momento ;

-Hija ....el .....el......es .... -*Tartamudeando Con nervios - .*

-El es tu prometido - *Lo dijo muy rapido- .*

- Que - *Quedando totalmente en blanco*

-No pude creer lo que habian dicho y es donde ahi le tomaria odio a el charlie

CAPITULO: 10

¡¡¡MI PROMETIDO !!!

Me quede helada como estatua , Charlie sonrie , mis padres me dejan a solas con el , no digo ni una sola palabra , me volteo doy la espalda y pongo los ojos en blanco , el toma mi brazo y me detiene;

-¿Que tienes princesa ? - *Con voz seductora* - .

Volteo y me le quedo viendo friamente y no respondo;

- Vamos princesa dime , no te sientes feliz de conocerme - *Con una sonrisa tierna* - Te vez palida parece que viste al mismo diablo en persona.

Me toma de las caderas y acaricia mi rostro , no respondo.

- No te hagas la dificil - *sonrie malevolamente* -.

- 1° No me hago la dificil 2° te odiare Por el resto de mi vida y 3° me voy tengo que estar en la fiesta - *Seria y fria* - asi que te pido de favor que me sueltes.

- No te soltare jamas , quiero estar asi contigo - *La abraza* - te amo rowan .

Lo empujo y me toma de nuevo , asi que senti que charlie tenia fuerza de lo normal , note que sus ojos tomaron de color rojo llameante y por unos segundos me solto , asi que entre mientras el iba detras de mi y siento su mano como acariciaba mi espalda eso me hizo que mi piel se pusiera chinita , asi que camine lo mas rapido que pude hacia mi mama aun asi me siguio hasta la cocina;

- Mama que les digo a los invitados que no habra pastel - *Preocupada* -

- No se hija hay que inventar algo - *Pensando* - .

Me di cuenta que charlie habia escuchado la conversacion , saco su celular que de verdad es muy bonito , y hizo una llamada , no oi lo que dijo, asi que me sali de la cocina , volteo a verme , me sonrio y lo ignore.

Despues de 1 hr tocaron la puerta , charlie abrio la puerta y recibio una entrega , cerro la puerta , le habla a mi mama y ella se acerca rapido , me hace una seña , y voy a donde esta ella, me sonrie;

- Mira hija - *sonríe de felicidad* – el te compro el pastel.

- Si cualquier pastel - *Levantando mi ceja derecha de molesta-*

- No Cariño - *se acerca* - es tu favorito , pastel de queso con zarzamora - *susurrándome al oído-*

Yo me quede como estatua , charlie toma una copa y con la cuchara hace que le pongan atención ;

-buenas tardes a todos - *Con voz fuerte sonríe* - demos un fuerte aplauso a rowan Por su cumpleaños , yy..... Es hora de partir el pastel.

Todos aplauden hacen un circulo alrededor de mi y empiezan a cantar , al terminar la canción me pidieron que pidiera un deseo y lo que pedí fue me dejara en paz , me dejara libre que buscara otra chica , Y que lo pudiera odiar y que solo fuéramos amigos y que lo arrollara un tráiler , después sople las velas , todos aplauden y lo busque Pero este estaba afuera , así que salí y fríamente y la forma de decirle se lo dije seco y algo burlona;

- Que haces - *con voz burlona* - a caso te aburrió la fiesta ...... Si es así te puedes ir .

- Eres muy fría conmigo - *Mientras sacaba un cigarro* - a caso no me amas - *Con su dedo índice sale fuego y enciende su cigarro-.*

- No,no te amo por que - *Seria* - por que - *burlándome* -

- Que pediste de deseo - *Volteando a verme* - .

- Eso no tiene nada que ver con lo que estamos platicando - *burlándome* - además no es correcto decir a los demás lo que pediste de deseo y jamás te lo diré

- Claro que se que pediste de deseo - *Con una mirada de seguro mismo, suelta su cigarro , se acerca , y poniendo una mirada de seductor* - quieres que te diga lo que pediste amor.

- Hahahaha hahahaha si como no – *burlándome de el que no pude detenerme* - como si fueras el diablo ha hahahaha hahahaha

- Amor soy un demonio - *Hablando muy seguro mismo, me observa que aun me rio* - .

- Hahahaha hahahaha si como no y yo soy un arcángel hahahaha hahahaha - *Riendome mas fuerte cada vez mas hasta que me tomo de la cintura y me pego a su pecho y eso hizo para dejar de reir* - .

-Mi amor no me crees - *Susurrandome al oido mientras que acariciaba mi cabello y ala vez mi espalda* - te dire lo que pediste ' **que charlie me dejara en paz , me dejara libre que buscara otra**

chica , Y que lo pudiera odiar y que solo fueramos amigos y lo arrollara un trailer' eso fue lo que pediste mi amor , asi que no se cumplira tu deseo.

No sabia que decir asi que era verdad , pero no estoy enamorada de el lo odio lo odio.

CAPITULO: 11

HA LLEGADO LA HORA.

Termino la fiesta, y estuve despidiéndome de los invitados, todos se habían ido a sus respectivas casas, pero solo había una persona que no se había ido obviamente charles que entre " ES MI PROMETIDO ".

Él estaba ayudando a recoger la casa, pero ya que mi mama le impidió que le ayudara, se fue a sentar en el sillón leyendo una revista de moda, mientras que yo limpiaba.

después de 2 hr limpiando al fin habíamos terminado, mis padres me llevaron a la cocina porque me quería ir a mi cuarto para ver anime que ya tenía tiempo sin ver anime , pero me llevaron a rastras parecía una niña chiquita ya se imaginaran , mientras entro a la cocina , alcanza a ver que charles (Charlie) sonrio al verme.

NARRA CHARLES (CHARLIE):

Despues de terminar la fiesta Jocelyn mi amada esposa estaba despidiendo a los invitados , mientras yo le ayudaba a mi suegra a limpiar la cocina , pero ella me detuvo , me dijo que no que se lo dejara a ella asi que le hice me fui al sillon cafe y tome una revista de modas , mientras que veia a jocelyn limpiando aun asi lim piando es hermosa , despues de 1hr de limpieza jocelyn va subiendo por las escal eras, pero mi suegra la detiene queria hablar con ella en la cocina , pero jocelyn no queria y su mama la detiene y la baja arrastras mientras que Jocelyn hace lo necesario para subir Por que queria ver anime , eso no sabia que le gustaba el a nime ademas es una chica seria y tranquila y divertida , vi como su mama la jala ba a arrastras que mi jocelyn parecia una niña dulce que no queria y hace lo pos ible para irse , nota que sonrio , voltea verme me da una mirada de TU NO TE METAS EN ESTO y al fin entro a la cocina , no se de que hablaran pero me ima gino que mi adorable suegra le dira de nuestro compromiso.

Note a charlie Sonriendo de lo que hacia lo mire y le di una mirada de TU NO TE METAS EN ESTO , entre a la cocina arrastras por mi madre y ahi yacia los dos mama y papa , me miraban como que algo serio querian hablar se que me querian hablar obviamente mi compromiso con ese estupido, mi mama empezo;

-Hija tienes que arreglar lo de tu boda -
Seria , y ala vez se recarga en el mueble y le levanta una ceja - .

Sabia que era para eso yo me quede pensativa, y dije;

-¿Que a caso les urge ? - *Cruzando mis brazos con la mirada de pocos amigos* -.

- Hija se que no es facil para ti casarte tan pronto -
Pone su mano en el hombro de rowan - se que no estas preparada para casarte.

-Padre no quiero casarme , ni siquiera siento algo por el -
Tapando con las manos la cara - lo que siento por el es odio eso es lo que siento y.......

Mi madre interrumpe;

- Hija sabemos que no quieres hacerlo , pero sabes lo que hizo tu padre pero.....-
Miro hacia a mi padre como algo mas quieren decir - .

-Hija.... Hay algo que tienes que saber ya es hora -
Nervioso , Mirando a mi madre -.

- Hija ese chico es el demonio - *Con voz quebrantada* - por eso no podemos cancelar el compromiso con el y si nosotros hacemos eso ,tu padre ,yo y tu moriremos , por eso, por eso el hizo el contrato con tu padre no - *Conteniendo las lagrimas* - para que no nos pase nada y te pedimos que nos perdones.

-En especial a mi hija - *Se suelta a llorar* - si no hubiera apostado llevaríamos unas vidas tranquilas , pero la tentación me gano , perdóname Hija, perdóname por favor - *Llorando de rodillas suplicando perdón-* .

Me di cuenta que lo hizo porque nos ama mi padre , para salvar nuestras vidas , así que no me quedo de otra que aceptar;

- Claro que te perdono papa, no te preocupes ahora puedes estar tranquilo - *Levantándolo del suelo limpiando las lagrimas de sus ojos* - ahora sabes que te perdono no llores estaremos bien los tres, si padre , - *Nos abrazamos los 3 fuertemente y sonreímos -.*

Salimos de la cocina, charlie volteo rápidamente al vernos salir , se paró de inmediato se acercó rápidamente a nosotros , me regalo una sonrisa , pero yo solo le regale una mirada fría entonces note que bajo la mirada y se puso triste.

Nos dirigimos al sillón nos sentamos y empezamos a hablar de la boda de cómo llevar a esto de una boda, así que empeze hablar:

- Charlie este ... Tenemos que ver cómo llevar acabo la boda....tú que piensas de esto.

-Claro mi amor - *Se paro de la emoción se acerca y toma mi mano-* tu dime que es lo que quieres en nuestra boda - *Le da un beso en la mano -.*

-Okey - *Poniendo la cara de aprovechada y burlona en el interior dije Bueno lo mas car o* - Claro, pero te pido un favor

-Dime cual quiera amor - Sonriendo *con una mirada seductora-.*

-Lo que te voy a pedir es que no me digas mi amor ni nada de eso - *Poniendo la mirada fría* - .

- Esta bien rowan - *Con voz triste* -.

Cuando le dije que si contuvo las lagrimas , se paro lentamente de mi y se fue a sentar al sillón , pasaban los segundos, los minutos , las horas hasta que por fin decidieron que hacer.

Madre: Bueno este así quedamos - *Sonríe de felicidad* - llevo a rowan a escoger lo de la boda , y los adornos les parece buena la idea.

-Si , señora estoy de acuerdo - *Sin mirarme* - .

-Bueno , entonces así quedamos - *Suspirando después de una larga charla* - mi esposa e hija irán hacer eso y también de las damas de honor los padrinos ect.

-Y usted entregara a su hija en el altar no se le olvide - *Riéndose* - .

-Ahhhhh..si - *Disimulando que no se le olvida* - entregar a mi hija ....si...si. .....ehhhh ....no se me olvida charlie - *Rascándose la cabeza* -.

- Bueno entonces ya esta todo - *Poniendo una sonrisa falsa* - ahora si me permiten voy a mi cuarto.

Todos asintieron con la cabeza y me dejaron ir a mi cuarto , así que salí de la sala y me fui a ver anime.

NARRA CHARLES:

Terminaron de hablar en la cocina los 3
, volteo de inmediato y le regalo una sonrisa a mi amada rowan pero ella me reg reso una mirada fría que hizo que me doliera mi corazón , ellos se acercan ala s ala se sientan , y rowan me pregunto como se llevaría a cabo la boda , le respon

dí lo ella quiera me pare y tome su mano le dije lo que tu quieras mi amor en ese momento me dijo que si le podía hacer un favor yo le conteste que si , ella me dij o que no le dijera mi amor ni nada que tenga que ver con cosas de amor , eso me hirió y le tuve que decir que si no me quedaba de otra , así que me levante lenta mente de rowan me fui a sentar en mi respectivo lugar......, después de unas hora s de platica para ver como se harían los preparativos de nuestra boda me emocio ne tanto así que nos pusimos de acuerdo pero el problema era mi suegro por que siempre se le olvida las cosas le tuve que recordar que el tenia que entregar a su hija a altar pero note que se le había olvidado , terminamos de platicar , rowan pidió retirarse a su cuarto y todos le dimos el si , a decir verdad se fue co mo rayo a su cuarto por que le urgía ver anime wooooow......suspiro a que llegue el día y decidimos que seria dentro de 4 meses así para que cuando rowan salga de vacaciones no se sienta presionada mi amada , me despedí de mis suegros y l es pedí que me despidieran de mi amada ellos dijeron que si , salí y me fui a mi a uto donde mi chófer me estaba esperando mire hacia arriba y vi a rowan en la ventana ella me observa y le doy un beso con la mano ella cerro la c ortina así que mejor me fui.

Vi a charles saliendo de mi casa me fui corriendo a mi ventana y ahí estaba junto a su chófer , miro a donde estaba yo me regalo un beso en el aire cerre la cortina y mediante un agujero , observe Agachando su cara y se fue .

CAPITULO: 12

LOS PREPARATIVOS DE LA BODA.

Ha pasado una semana despues de habernos puesto de acuerdo con charlie lo de la boda , es un hermoso dia martes y este dia tendria que ir con mi madre a ver los preparativos de la boda pero yo aun estaba en mi cama a mis anchas asi que segui durmiendo , pero para mi sorpresa mi madre entra:

-Hija ...ya es hora - *Abriendo las cortinas para que entrara el sol* - .

-No quiero mama - *Tapandome con la cobija en la cara* - quiero dormir.

-Hija tal vez te cases pero no dejaras de hacer tus deberes , asi que arriba - *Jalo la cobija , me jalo los pies y me agarro del tubo con mis manos mientras ell a jalaba* - Vamos ......hay dios mio si que pesas ...-.

-No quiero , no quiero - *Pataleando como una niña chiquita* -.

Mi madre sale del cuarto y veo que llega con una cubeta de agua y...;

-¡levantate! - *Arrojo el agua fria*-.

- ¡ahhhhh! ¡Esta fria mama! - *Levantandome de un brinco* -.

-Vaya si que funciona - *Riendose* - por si no te quieres levantar te hechare otra cubeta de agua - *Riendose* -.

-¡Mama! - *Grito* - ¡noooo claro queno! -
Le aviento una almohada y se sale riendose - .

Me levante me seque el cuerpo mojado , saque las sabanas y cobijas al patio para que se secaran , me fui a peinar y mi padre me grita;

- ¡Hija ya esta el desayuno! - *Griando por las escaleras* - .

-¡Ya voy! - *Gritando desde el baño* - .

Sali del baño baje rapido como pude
Baje las escaleras, desayunamos pero mi madre dice algo;

-Hija sabias que no te vez de 18 , te vez de 15 años una niña aun - *Sonriendo* - .

Yo solo asentí con la cabeza sin decir ni una solo palabra , terminamos de desayunar, papa dijo que haría lo de la ya que era su día de descanso, así que mi madre se despidió de mi padre con un beso y yo dije;

- ¡ Que asco mama no lo hagas enfrente de mi! -
Cruzada de brazos con la mirada fria -

-Mm.....mmm cuando te cases quiero ver si dices lo mismo -
Riendose mientras caminaba hacia la puerta del coche.-

No dije nada y camine hacia la puerta del coche del copiloto.

Entonces puso en marcha el coche , mientras conducía me sentía extraña al ver un hombre que quería obligar a una chica a subir el coche , se detuvo mi madre por que el semáforo estaba en rojo mientras que yo observaba a esos chicos la chica de tez blanca , rubia de ojos cafés , intentaba de huir pero el chico de tez hispana pelón y tatuado la seguí lo que me dio mas coraje es que me dio fue que la gente pasa y no la ayudan , me aguantaba de no salir del coche , pero no pude mas y sali;

- ¡Oye tu dejala en paz! - *Gritandole mientras caminaba el voltea -*

- Tu quien eres maldita mocosa , no te metas en esto -

Mi madre estaciona el coche y baja rapido y grita;

-¡rowan vamos dejalos! - *Gritando-*

-Hazle caso ala zorra de tu madre hahahaha- *Riendose -*

-Como le dijiste a mi madre - *Furiosa-* yo te enseñare quien ahora sera la zorra.

El chico se empezo a reir mientras mas se reia mas furia entraba en mi , pero no me di cuenta que mis ojos cafes cambiaron de color azul y empezaron a brillar , el chico dejo de reir , empeze a controlar su mente y el se quedo paralizado , empeze a usar su cuerpo saque una navaja de su pantalon que el tenia e hice que se lo encajara en el cuello y asi fue se lo encajo y murio , volvi a la normalidad , me senti algo debil ,mi madre corrio a hacia mi me ayudo a levantarme , me subio al auto y condujo hacia donde íbamos en ese momento le hice una pregunta;

-Madre como fue que hice eso - *Asustada , extraña me sentia -* .

Madre: Cariño te lo contare en el camino - *Poniéndose seria antes la pregunta-. así* que al final si recuerdas de lo que haces

- Claro, te escucho - *Mirandola - y por qué dices eso*

- Cariño ese poder que tienes te lo concedió Charlie tu prometido - *Hablaba mientras conducía -* es por eso que te sientes extraña, te lo dio para que te pudieras defender de la persona que quiera hacerte daño, y fue cuando naciste fue ahí cuando te marco en tu brazo izquierdo.

-Entonces debo solo usarlo para defenderme - *Mirándome las manos* - y lo tengo gracias a charlie.

-así es hija, fue el - *Haciendo una pausa*- bueno ya llegamos.

Bajamos del auto y entramos a un lugar donde vendían cosas para la boda, pero muy caro.

Estuvimos ahí durante 3hrs ya habíamos escogido, mi madre le pidió que los apuntara para tal día y que después les dirá donde será y al momento de pagar lo dejo a nombre de Charlie, entonces las cosas quedaron apartadas y pagadas.

Nos fuimos a casa, llegamos Como eso de las 5:00pm , mi padre que se había quedado solo en casa durante 3hrs , nos impresiono hizo la limpieza y cocino la comida y cena , mi madre y yo nos quedamos boca abierta.

En ese momento aparece mi padre y nos da un fuerte abrazo y le pregunta a mi madre;

- Cariño tú lo hiciste - *Impresionada*-.

- Claro Cariño - *La abraza y le da un beso* -

-Bueno entonces comemos - *Interrumpiendo a mis padres su beso* - Muero de hambre.

Mi papa asintió con la cabeza y empezamos a comer.

CAPITULO: 13

SALIR JUNTOS

Mientras terminábamos de comer platicábamos de los preparativos de la boda que vimos mi mama y yo lo contábamos cual hermosos eran, asi que al terminar de lo que hicimos , papa queria decirnos algo asi que dejamos que nos dijcra;

-Mis amores quiero decirles algo - Emocionado - especialmente a ti hija rowan

-¿Que es papa dime? - *Emocionada y ala vez aplaudiendo* - vamos papa no te quedes callado

- Si amor dinos - *Emocionada y ala vez le toma la mano a mi papa -*
No te quedes callado mi amor.

-Está bien , está bien , tranquilas mis amores - *Emocionado y y nos tranquiliza -*
Bueno lo que voy a decir es que charles me llamo Y me pidió permiso que te pueda invitar a salir para que se conozcan.

En ese momento mi sonrisa desapareció en un instante al oír eso.

-¿Que tienes mi niña que sucede? - *Preocupado* - .

- De que tengo que salir con él con ese tal charles o charlie como sea que se llame - *Gritando de lo enojada que estaba* - yo no lo amo

-Hija tienes que conocerlo como es antes de decir que no lo amas -
Con voz tranquila -.

-¡Pues yo me voy a casar con el para pagar tu deuda y lo odio yo no lo amo y creo que esta semana que no habrá clases sera lo peor que me haya pasado vaya lo odio es un maldito demonio y si me permiten me voy a mi cuarto! - *Gritando mi padre me detiene del brazo-*

-Hija por favor , solo tan si quiera piénsalo hoy y mañana por favor el lo hace para conocerse más al fondo - *Suplicando* -.

Me quede un momento pensando, entonces me tranquilice le tome la mano a mi padre y le dije que 'Si'
Entonces procedió rápidamente a llamar a charles , le contesta ;

-Buenas tardes joven Carrey le llamo para decirle la respuesta que dio mi hija - *Conteniendo la emoción* - quiere oír la respuesta...aahh ......usted ....quiere oírlo de sus labios - *Diciendo en el teléfono-* .

Mi padre me hizo señas para que tomara su teléfono y eso hice;

-Hola - *Dije nerviosa no se oía nada durante 5 segundos* -.

-Hola princesa - *Con voz seductora-* Como estas?

-Bien y tu - *Hablando fríamente* - .

-Bien gracias princesa - *Conteniendo la emoción* - quiero oírlo de tus labios.

-¿Qué cosa quieres oír? - *Me hice que se me olvido* -.

-Mmm.mm ya sabes pequeña - *Nervioso* - .

-Ahhh ya me acorde - *Con voz burlona* - Bueno ....este - *Seria* - acepto tu invitacion de conocernos.

-¡En serio! Woooow no puedo creerlo - *Gritando de emocion que casi me deja sorda* - Bueno paso por ti a las 12:00 pm mañana saldremos a almorzar.

- Rowan Okey a las 12:00 pm - *Seria* - .

-Te... veo....-
Cuelgo el telefono y no deje que terminara la frase soy mala muy mala y sonrio muy mala - .

Volteo a ver mis padres y ellos se me quedaron viendo de lo que hice , subí a mi cuarto , me duche y me puse mi pijama y me fui a dormir.

NARRA CHARLES:

En la mañana marque a la casa de rowan tenia la esperanza de que ella me cont estara el telefono pero no fue asi , el que me contesto fue su padre , cuando me c ontesto le propuse algo lo que era es que queria salir con mi princesa a conocer nos a el le parecio Buena idea , le pregunte por Rowan y el me dijo que no estab a que se habia ido a ver lo de los preparativos de la boda

asi que le dije que me marcara lo que ella piensa............................... Despues e n la tarde me marco su padre yo estaba en mi despacho , conteste el telefono , m e dijo que ya tenia la respuesta , pero le pedi de favor que me pasara a rowan po r que queria escucharlo de su propia boca y asi fue me paso a su hija a mi prince sa hermosa en ese momento oi el ' Hola ' de mi princesa eso hizo que me chupara los labios Por 5 segundos , despues le conteste , y le dije lo que ibamos hacer , p ero al momento de decirle te veo mañana me colgo ni siquiera pude terminar mi frase en fin , termine l

o de mi despacho es decir lo de mi trabajo , me di una calida agua caliente pensa ndo en como seria nuestra cita aunque ella no lo tome como cita , me termine de bañar sali me puse mi pijama y de momento se me ocurrio buscarla en facebook pero no sabia como aparecia pero lo unico que hice para relajarme fue ver las fo tos que le tomaron cuando era una bebe , cuando por primera vez la mandan a u na guarderia ese dia de la guarderia nunca se me va a olvidar cuando la fui a ve r ypor primera vez la cargue un lindo dia , tambien las fotos en cuando entro al k inder , despues ala primaria , secundaria y por supuesto a la prepa obviamente ti ene 18 pero su apariencia es de 15 años , muy joven , seria , tranquila aunque cu ando algo no le parece se enoja , pero aun asi la amo hare lo posible con tal que me ame y no tener su odio de ella ,

..... Me pare y fui a poner el album en su lugar me acoste en la cama y solo me q uedaba pensar era como decirle que soy un demonio uffff no se como decirlo a el la pero en fin mañana se lo tengo que decir.

CAPITULO:14

LA CITA

Al dia siguiente desperte me levante para desayunar , baje con mi pijama con un short cuadrado y una playera tipo unisex (Que son para hombre y mujer) y descalza baje a la cocina y note que no había nadie me acerque a la cocina ahí había una nota escrita por mi mama así decía;

Querida hija lamento de no haberte despertado para avisarte que saldria tempr ano, tuve que salir urgente a hacia LA , EUA tu tia se puso mal y te deje el des ayuno ahi y tienes todo lo necesario ,ah si no se te olvide que tienes una ¡Cita! Con charles recuerda que pasara por ti a las 12:00 pm

Te dejo mi niña

ATTE:

TU MAMA Y PAPA

Vaya al menos tendré la casa para mi sola - Me dije a mi misma. -

Al caminar el refri estaba el desayuno me senté y desayune volteo al lado izquierdo veo el reloj que marcaba las 10:45 am , me espante al ver la hora que era me subí rápidamente al cuarto me desvestí , me meto a bañar rápidamente , me salgo y me cambio pero de tanto correr de aquí a allá me resbale en mi propio cuarto por el agua que había dejado al salirme de bañar tome el trapeador que estaba en el baño y seque el piso, volví a ver el reloj y eran las 11:30 am así que salí corriendo me peine rápido me hice unas sencillas trenzas y ya estaba lista baje las escaleras y me senté en el sillón estaba nerviosa por lo de la cita ;

Tranquilízate rowan no va a pasar nada a pesar que es un demonio no le tengas miedo así es tranquila, respira ondo -
En voz baja pasandome las manos en la cara mientras me temblaban- .

Dieron las 12:00 pm y no llegaba eso es lo que pedía, pero 5 minutos después tocaron la puerta, en eso me paro del sillón y abro la puerta era ¡charlie! Me dijo;

-lista mi princesa - *Sonriendo tiernamente* - .

Le regalo una mirada fría y el agacha la mirada me doy la vuelta tomo las llaves de la casa y mi suéter cierro la puerta con llave y bajo por los escalones, charles toma mi mano y me lleva a un auto lujoso , me abre la puerta muy caballeroso , me subo en ella , cierra la puerta y después el sube y me dice:

-Lista pequeña - *Sonriendo de oreja a oreja* -.

-Lista - *Mascullando entre dientes* - por qué.

-Bueno entonces ponte el cinturón pequeña -
Mirandome, se da cuenta que no le puse mucha atencion asi que se acerco me p use nerviosa tomo el cinturón, lo abrocho y volvió a su lugar - Listo ahora dime que canción quieres escuchar en el camino.

-dependiendo por el camino y el clima - *Mirando alrededor*- .

-Primero iremos por carretera porque tengo que recoger un paquete y después nos vamos a comer que te parece - *Mirándome* - .

- Entonces iremos en carretera, mm.mm - *Pensando* - esta el cielo nublado como siempre - *Mirando hacia arriba* - pon la de Midnight City de M83 .

-Claro - *Con voz suave* -

prendió el reproductor de la música y puso la de M83 , encendió su auto y conduce por la carretera , después llegamos bajo del auto fue por el paquete , y nos fuimos hacia un restaurant.

después de 1hr en carretera sin hablar llegamos por fin al restaurant y ahí es donde empezó a enamorarse cada vez de mi.

CAPITULO: 15

RESTAURANT: CONFESIÓN

Llegamos al restaurant y ahí fue donde todo comenzó.

Entramos era un restaurant llamado ***CALIFORNIA*** un restaurant muy famoso , y en la entrada había una chica le pregunta a charles;

Recepcionista: Dígame joven en que puedo ayudarle - *Con voz coqueta* -

-Buenas tardes, señorita, hice una reservación de una mesa - *Con voz seductora* -.

Recepcionista: Claro joven, por favor Dígame a que nombre es - *coqueteándole* - .

-Quedo a nombre de charles carrey downs- *Respondiendo con voz seductora* -

Recepcionista: Mm..mm - *Mirando en la lista* - aquí esta , es una reservación para una mese de 2 personas verdad - *Con voz seductora al igual que Charlie* -

-así es señorita - *Respondiendo con la voz seductora a la recepcionista* -

Recepcionista: Vaya ella es su pareja verdad - *Sonriendo a mi y yo a la vez regresándole una mirada fría* - .

-así es ella es mi novia Rowan -
Mirandome con ternura al igual yo regresando la mirada de TE VOY A MATAR voltea charlie a ver la recepcionista -.

Recepcionista: Vaya es muy joven para usted, ha de tener unos 15 años -
Regalandome una sonrisa *y yo le devuelvo con una sonrisa diabolica* - .

-No ella tiene 18 años hace una semana que los cumplió - *sonriéndome* - .

Recepcionista: Bueno no los entretengo, síganme los llevare a su mesa -
Caminando disque sexy - .

Mientras nos llevaba a la mesa me sentí celosa, pero de un momento reaccione y recordé que no lo quiero así que me pregunte a mí misma ¿Por qué tengo que estar celosa sin ni siquiera lo amo ? .

Llegamos a la mesa nos sentamos, la recepcionista se retiró y llego un mesero de tez blanca cabello castaño claro ojos verdes, pidió nuestra orden .

Mesero: Buenas tardes, Que van a ordenar -
Con voz suave, sacando una libreta y una pluma mientras me embobe en verlo -

Charles se dio cuenta así que pidió la orden de él y la mía.

así Que después de que el mesero se fuera note a Charlie triste y decepcionado al verme visto ver al mesero, no dijo nada después de que el mesero trajo la orden e haberse ido Charlie empezó la plática;

-Pequeña quería confesarte algo - *Hablando mientras yo comía -* .

- De qué? - *Mirándolo a la cara* - que es lo que me tienes que decir.

-No es facil para mi en decirte esto -
Nervioso mientras buscaba la forma de lo que me iba a decir- .

-Vamos adelante , que es lo que me tienes que decir - *Animándolo con risas -* .

-Bueno .... Yo .... Queria..... Decirte que te amo ... Tanto cuando te vi .....cuando era un bebe ..... Y aparte tambien queria decirte.....que ......yo......queria decirte......que yo ......soy....un.... Demonio -
Suspiro para contener las lagrimas y ala vez yo fingia de no saberlo aunque ya l o sabia -.

-No te preocupes - *Dandole una palmadita en la espalda y empezo a llorar-* .

-No quiero que me odies como lo has hecho , durante el tiempo que hemos estado juntos - *Llorando disimuladamente* - yo quiero que me ames -
Tomándome la mano - .

Me puse nerviosa no dije nada en absoluto termino de hablar y seguimos comiendo terminamos, nos salimos el tomo mi mano me puse roja, me abrió la puerta del auto me subí , él se subió y en unos minutos empezó a llover , el suéter que tenía no era lo suficiente caliente , charlie lo noto así que se detuvo se quitó su gabardina negra me la puso , me dio en beso en la frente y siguió conduciendo , puso una canción muy relajante y romántica era la de Chad Valley - Reach Lines.

Mientras conducía, escuchaba la canción , empecé a reaccionar lo que le hacía al pobre charlie, note que en verdad me amaba , esa canción me empezó a gustar , lo miraba es hermoso jamás había visto algo así .

Llegamos a mi casa, pero sentía que algo iba a pasar, pero no sabia que era.

CAPITULO: 16

UN BESO DE AMOR.

Estábamos afuera de mi casa, no podía bajar del auto hasta ver como agradécele lo de hoy , pero para mi SORPRESA charles me dijo;

-Espero que no me odies porque lo que voy a hacer - *Mirándome* - pero es por amor.

Me quede atónica pensando que me iba a hacer algo malo pero en unos segundos con sus mano tomo mi rostro y me beso , yo tenía los ojos abiertos mientras me besaba , sus besos eran húmedos carnosos y con un sabor delicioso , me seguía besando , mientras yo tenía los ojos abiertos , después se de tuvo , retiro sus manos de mi rostro y me dijo;

-Nos vemos luego - *Chupándose los labios del beso* - mejor entra a tu casa antes de que llueva mas fuerte - *Mirando al volante Con su voz triste* -.

-Esta bien - *Me quito su gabardina y se la entrego pero el me lo dejo* - .

Me bajo del auto camino hacia a mi casa y volteo me regala una sonrisa y me hace con su mano ADIOS y no dije nada ni una solo expresión , así que camine a mi casa intentando no mojarme mis tenis Converse y mi pantalón estresh azul marino , llegue a mi casa cerré la puerta y me asomo por la ventana , el enciende su auto y se va , me lambo mis labios con las que beso los labios de charles sonrió y me voy corriendo a mi cuarto , y pongo música una relajante de ANGIE STONE - 2BAD y me puse a brincar en mi cama de mi primer beso.

Me metí a dormir y mientras que en mi mente venia la imagen del beso y me quede dormida con lo del beso.

NARRA CHARLES:

Mientras conducia recordaba los momento que pase con ella por un dia , me lleg aba la imagen del restaurant cuando se puso celosa de la recepcionista en mi int erior me emocione bastante , despues en la comida me puse algo celoso cuando miraba al mesero eso me puso celoso que tuve que pedir la orden de ella y la mia , se fue el mesero y la miraba de pies a cabeza , me la imaginaba haciendo la mi a , pero controle ese pensamiento aunque ella no aparenta de 18 años si no de 1 5 y tambien por la estatura su cutis muy fino muy hermosa , terminando la comid a nos fuimos al auto mientras conducia nite que rowan tenia frio asi que le di mi gabardina negra se la puse pongo una cancion que es de Chad Valley - Reach Lines , parecia que le gustaba la cancion , llegamos a su casa y con mis manos le tome su rostro y la bese por 1 minuto asi que le pedi que se fuera a su c asa se bajo con la gabardina que le regale a rowan, se fue y le dije adios por la v etana del coche ella no expreso nada en su rostro , asi que se metio y yo me fui . ahora estoy en mi casa bebiendo whisky Por que el amor de ella no me pertenece , estoy sentado en mi sillon , desabotonado la playera y el pantalon , llorando po r su amor y ahogandome en el alcohol y aun siento el sabor de sus labios en los mios tengo las ganas de besar a mi princesa en sus labios nuevamente , quisiera ir ahora mismo y besarla apasionadamente y ver su rostro creo que ire a verla es ta noche ,.....si esta noche me voy a arreglar para verla mientras ella duerme , si eso hare.

no dudare en hacerlo me tiene loco , y es ella a la que tantos siglos espere para que volviera a mi de nuevo , siglos pasaron y la veia con otro nombre con otros padres ect , y a hora que esta aqui que la tengo cerca de mi no dejare que nadie mas se le acerque , asi que esta noche ire a verla mientras duerme.

CAPITULO: 17

ESTA NOCHE.

Mientras dormía en mi cuarto , mis labios deseaban besar a charlie de nuevo , pero preferí pensar en otra cosa y así fue pero de la nada sentí un frio en mi cuarto , me despierto pero las ventanas estaban cerradas , así que no le tome mucha importancia , me acosté y seguí durmiendo pero sentía que alguien me observaba , pero no abrí los ojos , hasta que decidí abrirlos y vi una silueta de un hombre , pero no pude ver quien era porque los ojos se me cerraban así que me acosté de nuevo.

Pero de pronto sentí que había alguien arriba de mí , pero no abría los ojos , sentí su aliento en mi rostro , sentí unos labios que rozaban con los míos , después me beso y esos besos sabían a las de charlie , pero deje que me besara , me siguió besando mientras me besaba sentí unas manos cálidas en mi rostro , esos besos eran jugosos , carnosos , con amor , cariño y cálidos hasta húmedos cada beso era más rápido y oía la voz de charlie susurrándome;

Te amo , te amo - *Beso* - como me haces falta - *Beso* - me gusta el sabor de tus labios , quiero besarlos sin detenerme , te voy a amar aun si mueres te voy a esperar , ya quiero estar contigo - *llorando y besandome* - no me importa si soy un demonio y tu una humana con poderes que yo te di te amo -
Me besa otra vez en los labios , despues se fue a mi cuello - tu olor me facina me tienes loco , no me importa si doy mi vida Por ti aunque me odies , lo haria por amor - *Me besa por ultima vez y desaparece* -.

Despierto de un brinco , mire a mi alrededor no era nadie , es Cuando esta noche fue algo extraño asi que me volvi a dormir .

NARRA CHARLES:

Sali de mi casa y me fui a la casa de rowan
, dije algo en latin y apareci en el cuarto , y ahi yacia ella en su cama durmiend
o , durmiendo como un bebe , ella sintio el frio asi que tuve que hacerme invisibl
e para que no me viera , despues se durmio , pudo
sentir que alguien la observaba
no me quite la invisibilidad , empeze a caminar a donde ella estaba , poco a poco
me fui subiendo arriba de ella , y cuando por fin estoy arriba me acerco a su ros

tro y mi respiracion me delataba Por que nada mas queria besarla si no hacerla mia pero solo quiero tocar sus labios , estaba rozando sus labios no pude conten erme y la bese despacio , con amor , la bese pero me daba la tentacion de hacerl a de una vez mia , pero no podia hacerlo por que ella me odiaria asi que me conf orme con besarla mientras la besaba le susurraba cosas en voz baja
, y la besa despues de terminar una frase ,y la seguia besando hasta que mis man os se colocaron en su rostro y la besaba con tanta pasion , sus jugosos labios me volvian loco cada vez que los beso me encanta , despues de besar sus labios , mis besos humedos pasaron a su cuello besandolo , ella se contenia y olia delicioso que no queria parar asi que seguia , pero rowan
iba a despertar asi que desapareci de ella y volvi a mi casa en un abrir de ojos , me fui a mi cuarto , me di un baño , me cambie me puse mi short negro por el mo mento ya que casi siempre duermo en boxer o desnudo me acomode en mi cama mire al techo y pude observar que la amo mas que nada en el mundo , por eso si empre la estuve cuidando desde que era un bebe , deje de pensar y me dormi par a que al dia siguiente haga mi rutina diaria.

CAPITULO: 18

CHARLES ENAMORADO LOCAMENTE.

Vaya a ha pasado 3 días que no hablo con Charlie pero no sé qué me pasa a caso me estoy enamorando de él ? No se en realidad , dije que lo odiaría pero en vez de odiarlo lo estoy amando cada vez mas que me pasa , obviamente esta enamorado de mi , después de aquella comida y aquella noche en mi cuarto es como si me estuviera enamorando de el parece que tengo hacer es empezar debo hacerle caso a mi padre de conocernos mas a fondo , Bueno ya sabe todo de mi hasta los mas detalles ufff no se que decir pero eso lo tomo como obsesión lo único que me falta es que un día vaya a su casa y en un pequeño cuarto encuentre fotografías mías seria algo feo y eso de decirlo Asusta.

NARRA CHARLES:

Vaya han pasado 3 dias desde que no hablo con mi princesa, tanto trabajo pero con tanto trabajo que siempre hay
algo que me ayuda a terminar es solo pensar en ella , ademas no se me olvidara esa noche que apareci en su cuarto la conozco como la palma de mi mano , hast a el mismo detalle

.... Se que le gusta , que no le gusta , cuando esta nerviosa , cuando miente , cu ando alguien le hace daño , cuando esta celosa ect , en fin se todo hasta el minim o detalle de ella , la amo tanto quisiera tenerla en mi cama mimandola diciendo cuanto la amo y que sepa que puedo protegerla de todo lo malo aunque me cuest e la vida , pero...... Ella me odia por ser un demonio ayyy no me quiero imaginar cuando viera mi verdadera personalidad demoniaca , nunca me lo perdonaria , s i me viera asi , en vez que me ame ne tendria miedo , me odiaria y se alejaria de mi , tambien me imagino si se entera que me alimento de sangre como si fuera un a vampiro capaz que ella sale corriendo de mi , pero al menos me puedo aliment ar con comida humana , si ella me deja ire por ella no importa donde este aunqu e intente en huir la encontrare la amo , me gustaria darme una ducha junto con e lla pero no puedo , asi que me dare la ducha solo.

Mi dia fue genial ya que no estaba el molestandome con sus cursis frases de amor ayy es tan ridiculo que hasta para joto estoy siendo sincera con todo esto hojala en algun momento se aburriera de mi y se fuera de la faz de la tierra para siempre .

Aun no entiendo el motivo del porque esta tan pero tan locamente enamorado de mi , actua como si me conociera de años y.... hay no se pero es cursi .

Ademas por que me daria poderes para poder protegerme de alguien que me quisiera hacer daño , los usaria con el pro que realmente da miendo y mas por que es un maldito demonio.

CAPITULO: 19

VOLVIENDO A EMPEZAR.

Bueno termino la semana de descanso ahora tengo que ir ala escuela , aunque nadie de la escuela supo por que habian suspendido las clases una semana , Bueno en fin volvemos a la escuela aunque muchos no tienen ganas de ir (entre ellos yo) pero mi modo no me queda de otra.

-Hija levantate tienes que ir a la escuela -
Abriendo las cortinas para que me entre el sol como siempre - vamos cariño ya es hora .

-No quiero ir ala escuela mama , ahi me hacen bullyng , nadie me quiere y ademas no les importa si no voy a clases me tratan como si no existiera - *Enterrando mi cara en mi almohada* - por favor.

-¡No! Asi que levantate - *Jalandome los pies y yo agarrandome del tubo* - ¡ay hija .... Pesas mucho ! - *Se cae el suelo* -.

-Esta bien - *Sin ganas pidiendo permiso a un pie y despues al otro-* me pasas el uniforme.

Me pasa el uniforme me cambio y me peino , baje ala cocina desayune con mis padres , mi padre se preparaba para irse a trabajar y yo ala escuela , termine mi desayuno y me despedi de mi mama y papa.

Sali de mi casa me fui caminando , mientras caminaba tranquila la chica rubia se me acerco y me dijo;

- Hola , te acuerdas de mi - *Extendiendo su mano* .

- Hola si claro tu eres la chica que vi con el hispano - *estrechando la mano* .

- si soy yo .....bueno..... Queria darte las gracias por haberme ayudado .....ahhh lo siento mi nombre es jessica .....y tu como te llamas -

- mi nombre es rowan -

-Un gusto .. Perdon por decirte mi nombre ....mm..m vas a la escuela - *Mirandome de pies a cabeza* - .

-Si , por que ? - *mirandola seria* -.

- Quieres que te lleve ? - *Señalando su auto* - por que en la escuela que vas Esta algo retirada .

-Si, claro -
Subo a su auto de color plata que es un nissan ultimo modelo del año parece qu e es de dinero-

Mientras conducia ella puso su reproductor de música una canción llamada Everybody wants to rule world - tears for fears , al menos no tiene malos gustos para la música , conducía ella y las dos empezamos a cantar la cancion en lo que llegábamos a mi escuela , cantábamos con entusiasmo despues de 10 minutos llegamos a la escuela , me despedí de ella y le di gracias por haberme traído encendió el auto y me regalo una sonrisa y se fue.

Entre al colegio como siempre , asi que no me quedo de otra , caminando me tope con las populares y con los chicos populares que me hacen bullyng asi que me agache la mirada pero no sirvio de nada , se me acerco las chicas populares me rodearon en mi casillero Y me llevaron a la cancha de la escuela ahi empezo la pelea;

- Vaya que tenemos aqui - *dijo la lider de las populares con voz amenazante -*

- Por que me hacen eso , que les hecho a ustedes -
Asustada con la voz temblorosa -

- Ohhh la niña va a llorar -
Con voz burlona haciendo con sus manos señas de lagrimas haciemdo reir a las demas - a poco no sabes por que somos asi contigo verdad -

- No , no se por que lo haces - *Aguantando las ganas de llorar -*

- Te refrescare la memoria , ... Lo que pasa es que a mi novio Dylan esta enamorando de ti y a mi no me hace caso ya , Por que cada vez que te ve me ignora - *Gritando de lo enojada que esta , y ala vez saca un cuchillo -*

- Que vas a hacer con ese cuchillo? -
Asustada mientras mis piernas temblaban de miedo - por favor no hagas esto no quiero dañarte .

Todas se estaban riendo por lo que dije y una de las populares dice ;

- hahahaha si como no todos dicen eso - *Burlandose pero interrumpe la lider* -

- Te quitare lo bonita que tienes asi ningun hombre se enamorara de ti - *Sonrie malevola* -

Todas las chicas me sujetaron pero no escucharon mi advertencia , en ese momento vi a la lider que iba encajar el cuchillo en mi ojo pero no lo logro vio que mis ojos cafes se cambiaban de color azul brillante como luz ella con fuerzas intentaba encajarlo pero no lo lograba todas empezaron a ver que tenia un don , una de ellas me golpea las costillas eso provoco que me callera al suelo , no me quedo de otra que poner mas fuerza los ojos se pusieron mas intensos como una gran luz las levante sin tocarlas y las avente en la pared las deje inconcientes asi que sali de la cancha como si nada.

Estuve en clase aunque adolorida de las costillas disimulando que no me paso nada , pero el dolor me pulsaba a cada rato de dolor no sabia que hacer , asi que segui en clases hasta que alla terminado.

Y asi fue termino y me fui de prisa a casa , mientras mas caminaba rapido mas era el dolor .

Por fin llegue a casa abri la puerta , camine lo mas rapido que pude salude gritando sin ver a mis padres pero mama me detiene;

- Hija estas bien - *Sospechando con la mirada*-

- Si mama estoy bien porque - *Disimulando* -

- Bueno hija alguien vino a visitarte - *Volteando a ver Charlie* -

- Okey esta bien - *viéndolo como embobada* - .

Camino hacia el por qué mi madre me lo pidió.

Camino despacio para disimular que no me duele nada así fue , seguí caminando llegue al sillón y al fin pude sentarme a lado de charlie aunque el dolor no disminuía sino aumentaba , después de 10 minutos mi mama nos dejo a solas el y yo nos regalábamos miradas sin decir alguna palabra si no es que el empieza a hablar ;

- rowan dime como te fue en la escuela - *Tomando mis manos* -.

Me puse nerviosa y roja al ver que el tenía mis manos en las suyas 5 segundos pasaron y dije;

- Me fue bien , muy bien - *Mintiendo y disimulando el dolor que tenía* - gracias por preguntar.

me miro muy sospechoso asi que me dijo;

- Wooow me alegro que estes bien -
Mirandome y ala vez acariciando mi cabello que ala vez paso su mano suave a mi rostro -

- Que bien .....este ...... Queria decirte algo importante -
Nerviosa temblando mis pies que eso provocaba que doliera mas -

- Bueno que es lo que me tienes que decir -
Mirandome con cara de seductor y acariciando mejilla -

- Yo queria decirte si empezabamos de nuevo - *Suspirando ya que estaba empezando a sudar por el dolor que tenia* -

- Volver a empezar rowan a que te refieres -
Con voz muy seductora y acariciando mi rostro -

- A lo que me refiero es que nos llevemos bien, a pesar de lo mal que te he tratado - *avergonzada Agachando la mirada* -

Levanto un brazo para rascarme la cabeza hasta que sentí una buena punzada en las costillas así que la baje aguantándome el dolor volví a mirar a charlie y este respondió;

- No te preocupes, claro que podemos volver a empezar -
Tomo mis manos muy rapidamente me dio un beso en la mejilla - bueno te parece si me muestras tu cuarto.

Yo asentí con la cabeza y para mi sorpresa.

CAPITULO: 20

¿CURAR MIS HERIDAS?

levantándome del sillón con charles camine dos pasos y el dolor punzo fuertemente que hizo que me cayera al suelo, volteo rápidamente hacia a mí se acercó corriendo, mientras yo gritaba de dolor en mis costillas me movía por el dolor , en eso sale mi mama de la cocina se acerca corriendo hacia a mi preguntándole a el que había pasado él le responde;

- No se señora estábamos caminando y de la nada cayó al suelo - *preocupado* -

- Pero como si hace un momento estaba bien - *Confundida* -

- Sabe mejor la cargo para llevarla a su cuarto y revisar que tiene -
Con voz de preocupado - .

Mi mama asintió con la cabeza , entonces me cargo y como me tenía en sus brazos me dolían las costillas que pegaba de gritos por el dolor que me movía de dolor en los brazos de Charles, llegaron a mi cuarto me acostó en mi cama , me levanto la playera que tenia del uniforme y se sorprendió de lo que vio , vio mis costillas rotas , moradas con algo de sangre y mi mama dice;

- iré a traer el botiquín de emergencias – *charlie la detuvo del brazo* -

- Señora traiga mejor una gasa con agua oxigenada y agua caliente para limpiarle y yo la curare - *La miraba fijamente a mi madre* - .

Mi madre solo asintió con la cabeza, se fue del cuarto así que quedamos él y yo solos, pasaba su dedo en mis costillas dando una leve acaricia para después preguntarme;

- Mi amor quien te hizo eso? -
susurrándome al oído para después mirarme a los ojos -.

No le dije nada ya que el dolor impedía que hablara , así que lo único fue que leyera mi mente , hice una seña haciendo que mis ojos cafes brillanran de color azul para que me entendiera y rapidamente lo entendio , se acosto a un lado mio y empezo a mirar mis ojos y asi fue sus ojos empezo a cambiar de color violeta , dejo de parpadear eso significa que esta viendo lo que paso , despues de unos segundos sus ojos volvieron a la normalidad se paro y en mi oido me susurro;

- Asi que fueron ellas las que te hicieron eso mi amor -
me puse roja al momento que oi que me dijo mi amor -

Solo asenti con la cabeza , el se veia algo furioso por lo que vio que hasta golpeo la mesita que habia ahi y lo rompio.

En poco segundos entra mi madre con las cosas que le habia pedido , voltio a verla se acerco le tomo las cosas , Pero ohh oh ohh sorpresa Charlie se quita la playera dejando ver su lindo , perfecto torso al descubierto , que eso provoco que todos los colores se me subieran al verlo sin playera.

En ese momento tomo la gasa y se subio arriba de mis espaldas limpiando el area es decir desinfectar , en el modo que lo hacia lo hacia con caricias eso provoco que me pusiera nerviosa y roja de la verguenza .

5 minutos despues termino de limpiar el area , asi que le dijo a mi madre;

- Señora seria tan amable de quitarle la playera a su hija y ponerla de boca abajo asi como esta por favor - *Con voz nerviosa* -

Asintio con la cabeza , el salio del cuarto y mi madre hizo lo suyo me quito la playera y abajo puso una toalla me cubrio los pechos solo dejando ver las costillas , estaba nerviosa de lo que iba a decir asi que no me quedo de otra pero la duda me vino de como me iba a curar las costillas rotas ? , bueno en fin mi madre termino de ponerme el short despues de quitarme la playera.

Mama le llamo a charles y este entro con un vaso de agua , no me queria imaginar de que pasara ademas de tener 18 años aunque con apariencia de 15 años , no se que va a pasar , asi que charles le dijo a mi mama:

- Señora necesito que ponga algo de musica para que no oigan los gritos de rowan - *Sonriendo* -.

- Si claro Pero que no seria buena idea que ella elija la musica por que no creo que a ella le guste mi musica - *Sonriendo con la mirada abajo* - .

- Tiene razon , dejemos que ella diga cual quiere - *Con una mirada pervertida* -.

Se acerca a mi y me dice;

- Mi amor que cancion quieres que te pongan - *Susurrandome al oido* - .

Con poco que pude hablar le dije;

- Quiero la de *wet baes - goodbye.* -
Tartamudeando de lo poco que podia hablar gracias a mis costillas rotas.

- Claro mi amor - *En voz alta y ala vez Sonriendo* -.

Mi madre asintio con la cabeza saco mi Ipod y busco la cancion y la puso y le subio a el volumen .

Charles sonrio escucho la cancion es muy relajante y dijo;

- Vaya tu si que sabes elegir canciones dependiendo del clímax cariño -
Sonriendo - lista mi princesa

Movi la cabeza que no pero creo que el entendio un SI y no un NO , pero en fin.

Empezo a decirle a mi madre que se quedera aqui en el cuarto , entonces ella se quedo , se subio arriba de mi cintura , coloco sus manos suaves en mis costillas de una forma de acaricias y las apreto fuertemente a mis costillas que hizo que gritara con fuerza , senti que me las estaba acomodando en su lugar , despues me acaricia toda mi espaldo que ala vez rosaba su pecho en mi espalda que provocaba que se me subieran los colores de los que ya tenia , me tocaba con amor y delicadeza en ese momento volvio apretar sus manos a mis costillas que grito con fuerza del dolor cada vez menos se sentia el dolor de mis costillas , en ese momento senti como rozaba su pecho a mi espalda pero esta vez se sentia mojado obviamente era sudor , pero no sabia si era mia o de el pero eso no importa , senti que ponia agua caliente en mis costillas se sentia

bien ya que me daba un delicioso masaje en mis costillas con sus manos asi estuvo por 1 minuto, hasta que termino (al fin ya me quiero levantar se me durmio mis piernas) , aunque no miento que me estoy enamorando cada vez mas , en ese momento Charles habia terminado pero lo raro era que me dio unas caricias en mi columna y termino exactamente cuando termino la cancion .

Charles se paro de mi , me di cuenta que ya no me dolia las costillas , me pare tomando la toalla para cubrirme el pecho me la enrrollo en todo mi pecho volteo a verlo le doy las gracias el me regalo una sonrisa se puso su playera y se despidio con un un beso en la mejilla e mi mama se despidio de ella hasta que charles se fue.

NARRA CHARLES;

Llegue a la casa de mi adorable suegra me sente en el no paso mucho tiempo cua ndo llego mi princesa rowan tan bella como siempre , pero algo raro fue que sal udo a sus padres sin verlos solo su mirada iba a las escaleras parecia que le urgi a irse hasta que sale mi suegra , la detiene cuando la ve no alcanze a oir lo que l e dijo , pero creo que le pidio que se acercara a saludarme
, pero la note muy extraña me di cuenta en la forma en que caminaba , caminaba con dolor pero no le tome importancia pero algo me decia que algo le paso , des pues de 10 minutos hablando a solas ella me dijo que queria empezar de nuevo q ueria conocerme mas , por dentro me emocione tanto , despues le pedi que me m ostrara su cuarto se lo pedi para poner seguridad para que la esten cuidando .

habiamos dado 2 pasos hasta que ella se cayo al suelo a gritar de dolor en ese i nstante sale mi suegra de la cocina corriendo hacia a jocelyn y yo muy preocupa do por lo que le estaba pasando mi suegra me pregunto que habia sucedido y yo desconsertado le dije que solo caminabamos luego ella cae al suelo fue mi respu esta , en ese momento mi corazon me dolia al verla asi , asi que le pedi permiso a mi suegra que si la cargaria hacia su cuarto ella asintio con
la cabeza , asi que la cargo en mis brazos mientras la llevaba ella se retorcia de dolor no me gustaba verla asi que decidi ayudarla y ver que era lo que le provoc aba el dolor ,.................. Llegamos a su cuarto la recoste de boca abajo , mire a mi suegra pidiendo permiso a levantar la playera ella dijo que si , asi fue le leva nte la playera del uniforme me quede sorprendido de lo que le vi ....tenia las costillas rotas
1 me hizo sentir mal y 2 me enfurecio , mi suegra me dijo que iria por el botiquin de emergencias pero la detuve le pedi que mejor trajiera gasa , agua oxigenada y agua caliente
, lo hizo mientras me quede a solas con mi princesa y aproveche a que me dijiera quien le habia hecho eso , no podia hablar ya que el dolor se lo impedia , hizo u

nas señas con sus ojos cafes que despues brillaron sus
un color azul ,rapidamente entendi su mensaje lo que ella me pidio fue que leyer
a su mente viera lo
que paso y asu fue me acoste a un lado de ella la mire a los ojos en ese momento ella me enseño quien fue despues de unos segundos me levante rapidamente , tan to me enoje que rompi la mesa que yacia en el cuarto de jocelyn de pura furia la rompi ¿por que ? Nadie tiene derecho de tocarla ni siquiera un cabello y menos en hacerle daño y el que se atreviera en hacerle daño lo pagaria muy car o y yo nunca me quedo con los brazos cruzados , en ese instante entra mi suegra , asi que decidi quitarme la playera y pude notar que a jocelyn se le subueron todo s los colores al verme asi. Despues le tomo las cosas que le pedi a mi suegra , le pedi que le quitara la playera asi fue me sali y de unos segundos entre la vi acost ada de boca abajo como lo habia pedido , cuando la vi me resisti en no hacerle n ada ,y asi fue me subi arriba de sus caderas y empeze a curar las heridasas dich o a desifectarle lo hacia con caricias es una forma de demostrarle que la amo de spues de 5 minutos le dije a su mama que pusiera una cancion para que no se oy era los gritos de mi princesa pero a lo que me

dijo fue que mejor eligiera mi princesa ya que tenian unos gustos diferentes ala musica asi que le dije a mi amor qur cancion queria se sonrojo cuando le dije mi amor , con poco que podia hablar dijo que queria la de wet baes -
goodbye, su mama lo busco en su I pod lo puso y me volvi a subir a ella dandole primero unas caricias antes que gritara de dolor , despues con mis manos le toq ue sus costillas rotas las aplaste y con mi poder se la fue curando e ella gritaba d e dolor despues de todo lo que paso termine exactamente que la cancion me leva nte vi a rowan levantarse y enrollarse la playera a su pecho mientras que yo me ponia mi playera ella me miro me dio las gracias me acerque me despedi con un beso en la mejilla despues me despedi de su mama me fui a casa me di un baño y ahora estoy acostado en la cama mirando al techo recordando lo que paso hoy b ueno dormire , Por que mañana le tengo una sorpresa a mi princesa.

CAPITULO: 21

¡¡¡MI MAESTRO!!!

Despues de lo ocurrido de ayer vi que me amaba de verdad , me curo mis heridas con mucho amor , queria besarlo en ese mismo instante pero me contuve (para no parecer urgida) , me levante como siempre para ir ala escuela , baje tome un jugo de naranja lo Bueno que toca pans asi no estare en clase ya que son 3 modulos de educacion fisica (eso me gusta hehehe) , sali y ne fui ala escuela al llegar temprano me tope con las chicas de ayer me vieron pero con miedo se dieron media vuelta y se fueron.

Vaya como hoy toca educacion fisica tendremos clase de matematicas (es una tortura) pero oh ohhh ohh no me esperaba esto , estaba en clase esperando como todos al maestro de matematicas (lo Bueno que hice la tarea) .

Oi cuando abrieron la puerta pero no le tome mucha importancia , hasta que oi la voz de charlie , crei que era mi imaginacion asi que no subi la mirada hasta que lo volvi a a oir entonces disimuladamente subi la mirada era charlie casi me da un infarto al verlo ahi como maestro de matematicas , dijo;

- Buenos dias queridos alumnos -
En voz alta al igual que nosotros le dimos el buenos dias - bueno les dire que apartir de hoy sere su maestro de matematicas hasta que su otro maestro se recupere del accidente que tuvo , Okey empezemos sacquen su libro en la pagina 189 , veremos los poligonos , ademas cuando termine de explicar les dejare el trabajo mientras reviso su tarea que tienen.

Todos asentimos la cabeza , mientras el explicaba no me dejaba de mirar , 35 minutos despues puso un trabajo , mientras que nosotros haciamos el trabajo él empezo a llamar a cada uno por el Numero de lista , yo hacia el trabajo y tragaba saliva a cada momento por que si me acerco a el me pondre nerviosa de lo que ya estado y mas por lo de ayer .

Llego mi turno el numero 26 el grito;

- Numero 26 rowan - *Grito mi nombre y empiezo a tragar saliva por los nervios -*

- Pre...sente... - *Dije Tartamudeando de los nervios y levantando la mano -*

- Pasa , traeme tu tarea - *Con voz seductora -*

- Claro profesor - *Dije Nerviosa tomando mi libreta -*

Camine hacia él , apenas daba mis piernas por mi temblaban mucho por verlo y al ver a mi al rededor las chicas de mi salon babeaban por él como perritos moviendo la cola.

Llegue a él , le di la libreta el la tomo me miro fijamente a los ojos que ala vez toco mi mano , se agacho para ver la tarea y empezo a revisarla y me dijo;

- Muy bien señorita , vaya por fin entendio los angulos -
Con voz burlona y ala vez seductora -.

- Gracias profesor - *Dije con una sonrisa casi fingida - .*

- De nada sigue asi y podras usar las matematicas muy facil -
Sacando una pequeña carta de su pantalon disimuladamente dandomela en la mano junto con la libreta -.

- Gracias - *le dije mientras tomaba la libreta junto con la carta -.*

Me fui a mi asiento a seguir trabajando , termino la clase de matematicas me fui a almorzar , me sente sola como siempre, lei la carta que me dio decia;

Mi querida princesa se que no te gusta que te diga asi y lo entiendo perfectame nte , pero estuve pensando en lo que me dijiste el otro dia y mi respuesta es un s i volveremos a empezar te espero en la salida para llevarte a tu casa

ATTE:.
CHARLES FRENCH STONE

Asi fue me quede atonica lo que me dijo en la carta , enseguida tome mis cosas y la carta y me fui de la cafeteria mientras caminaba al salon los chicos populares de la escuela (tambien novios de las chicas populares de la escuela) .

Me los tope en el pasillo , pero uno de ellos me atrapo y los demas me rodearon , el lider me dijo;

- Vaya asi que tu fuiste la que lastimo a mi novia en las canchas -
con voz de enojado y ala vez cerrando los puños -

- Que les he hecho para que me traten de esa forma - *trago saliva .*

- Pues lo veras , te dare una recordada , sabes que voy a hacer contigo te hare mia - *Empezo a desabrocharse el cinturon y luego el pantalon* - .

Me puse asustada los chicos que venian con el me sujetaron con fuerza , me intentaba soltar pero me sujetaban cada vez mas fuerte , entonces el se me acerco a mi, y le dije ;

- No quiere lastimarlos por favor - *suplicando con gritos.*

- En serio crees que podras lastimarle , soy un hombre y tengo mas fuerza que tu - *Con voz burlona*

Entonces no me quedo de otra , el se acerco de a mi , empezo a tocar mi cintura debajo de la playera , me tocaba como cualquier hombre pero no como charlie lo hacia , le solte una patada y el me sujeto con fuerza , pero SORPRESA aparece charlie ..

Charles lo agarro de atras del cuello con fuerza sobrenatural lo puso en la pared y le dijo;

- No te atrevas a tocarla de nuevo ella no te pertenece , ella ya tiene a su hombre - *lo dijo con enojo que salio un gruñido de un demonio Bueno lo es* -.

Lo solto me fui con el mientras los amigos de Chris no hicieron nada , charlie me tomo la mano me llevo alas canchas para educacion fisica y me dijo;

- Estas bien , nena - *Dijo con voz de preocupado y ala vez tomandome la mano* -

- Si , gracias por defenderme - *Agachando la cara* - .

- Todo estara bien , asi que ve a tu clase - *Sonriendome con ternura* -

Me anime por la sonrisa que me dio charlie , me fui a las canchas , y ahi me diverti jugando baskeball que tanto me encanta pero para mi mala suerte aparece la lider que se llama lizz la de las populares , el maestro dijo que competiriamos con ellas , asi que mi modo .

...Durante el juego lizz jugaba brusco me tumba a cada rato al suelo , pero lo que me animaba a levantarme ers charlie , él estaba ahi viendome jugar pero algo le hizo enojar cuando vio lizz que me empujo vi que se levanto charlie , pero era algo extraño no podia controlar mi cuerpo , lo unico que pude ver fue como lizz iba corriendo con el balon y se rompio la pierna.

Volvi a mi yo otra vez termino la clase lo unico que me hizo reir fue que unos de mis compañeros bailo disque sexy la de suit & tie de justin timberlake.

Sali del salon con mis cosas me fui a la salida y ahi yacia charles (Charlie) esperandome recargado en el auto .

CAPITULO: 22

¡¿QUE..... NOVIOS?!

Me dirigi a el donde estaba en su coche recargado , me acerque y en sus ojos brillaron al verme venir hacia él , entonces como todo un caballero abrio la puerta del copiloto y subi al igual que el.

Durante el camino no dijimos ni una sola palabra por lo sucedido en la escuela.

Llegamos a casa bueno mi casa , me baje y charles tambien , caminamos hacia la puerta saque la llave , entramos y ahi yacia mis padres sentados en la sala esperandome , al momento que me ven se paran y entra a saludarlos y dice;

- Que bueno nos esperaron - *Saludandolos con abrazo* .

Me quede pensado lo que dijo , en ese momento me toma de la mano me sienta junto a el y charles les dice a mis padres;

- Bueno en hora que le digan a rowan lo que va a pasar - *Poniendose feliz* .

Voltean a verse por unos segundos , despues dirigen su mirada asia a mi muy serios a lo que dice mi mama;

- Hija ay algo que vamos a decirte tu padre y yo - *Hablando muy seriamente*

- Asi es hija como dijo tu mama esto lo que vamos a decir lo decidimos entre los 3 con charles - *Con nerviosismo*

- Pues que es lo que me tienen que decir ya no le den mas vueltas Por favor - *Desesperada*

..... Una pausa bastante larga

- Hija apartir de hoy seran novios el y tu - *Dijo mi madre con una voz de seriedad.*

Me quede pasmada por un momento al oir eso mire hacia a el con una mirada de TE VOY A MATAR asi que respondi;

- ¡ no voy a ser tu novia! ¡ estas loco ! - *Gritandole*

- Si y lo seras ademas no tienes ningun derecho de gritarme - *Con voz seductora.*- tu dijiste que empezariamos de nuevo

- Pero yo no me referia a como novios si no como amigos , por favor tanta urgencia - *Gritandole de los enojada que estaba* -.

- Mira rowan faltan 3 meses para nuestra boda , ademas no seria adecuado que fueramos novios -
Poniedo sus manos a su cintura poniendo su cara de pocos amigos -.

- Tienes razon , pero nada de contacto fisico , ni nada entendiste -
Poniendo la cara burlona - esa es una buena idea no crees -
Poniendo las manos a mi cintura poniendo la cara burlona-.

-¡ Para tu informacion tenemos que ser como novios no como amigos , te besare cuando yo quiera y en donde sea! - *Grintando* - y sabes una cosa no me gusta gritarte eso me hace sentir mal y bien sabes que yo TE AMO.

- Asi de verdad me amas , bueno , si de verdad me amas por que no te vas , consigues a una chica mas sexy que yo , y me dejas en paz , eso si seria amor de verdad - *Retandolo con una mirada burlona* -

- Asi de simple me lo dices rowan , crees que de irme es muy sencillo - *Mirandola como el mismo diablo* - sabes bien que nunca te dejare - *Controlando su ira* - .

- Asi que mala suerte tengo casarme con un demonio ¿por que motivo ? - *Haciendo la voz de burla para herirlo*- asi ya me acorde yo me caso contigo para pagar una deuda que tiene mi padre contigo , no me caso por gusto o por que te ame por que yo no me voy a casar por amor si no por una deuda - *Burlandome* -.

- Asi , esta bien como tu lo digas - *Conteniendo las lagrimas* - .

- Ahhhh el niño charlie quiere llorar - *con un tono burlon asiendo con las manos de forma de lagrimas* - vamos llora charlie como un estupido niño malcriado .

- Basta rowan - *Conteniendo las lagrimas en voz baja* - por favor.

- Ay el niño quiere que me tenga buaaa - *Burlandome* - para que, si es la verdad un estupido demonio como tu no sabra que es el amor y que una mujer lo ame sin necesidad de un compromiso de una deuda.

- Por favor rowan detente - *Diciendo en voz baja mientras unas lagrimas salian de sus ojos*-.

- Hay el niño ya esta llorando que lindo - *Riendome* - sabes un demonio como tu nunca sabra que es amor.

No se contuvo y empezo a llorar por lo que dije no dijo ni una sola palabra se sentia triste , asi que me fui a mi cuarto y empeze a escuchar musica en mi stereo a todo volumen con la cancion de DILEMMA - KELLY ROWLAND , mientras tambien sacaba mi coraje y me puse a llorar por lo que le dije a charlie , me sentia feliz y ala vez culpable por lo que habia dicho , llore , llore , llore deje que la cancion que se repitiera la misma y cai dormida con la musica .

CAPITULO:23

UNA PAREJA.

NARRA CHARLES;

Despues de la escuela fuimos rowan y yo a su casa ya que habia hablado con su padre de lo que rowan me habia comentado , asi que decidimos que seria mejor que fueramos novios , era una gran idea yo queria decirle pero lo tomaria mal , entramos a la casa estaba Emocionado por la sorpresa que le tenia a mi princes a , ahi yacia los padres de mi rowan los salude con un fuerte abrazo aunque al p rincipio me tenian miedo y odio pero todo cambio ahora nos llevamos bien aunq ue aun tiene que pagar su deuda , aunque para mi queria olvidarlo pero no , des pues del saludo me lleve a rowan conmigo a que se sentara a mi lado , sentados l es pedi que dijieran lo que pasaria , pero mi sorpresa fue que rowan reacciono m al al oir eso , empezamos a discutir , entre ella y yo durante la discucion sus pala bras empezaron a herir mi corazon con cada palabra que decia ella me lastimab a yo contenia todo hasta las lagrimas pero no por mucho tiempo desate en llanto , por que sus burlas y sus palabras hirieron lo mas profundo de mi corazon , mie ntras lloraba me di cuenta que rowan se subio a du cuarto sin decir alguna pala bra , oi que puso una cancion a todo volumen , en pocos minutos me fui.

Después de la discusión que tuve el martes con charlie me siento mal por lo que le dije pero ya era necesario que le abriera los ojos y supiera que no lo amo , pero a la vez si lo amo , estoy confusa no se que hacer.

Me fui ala escuela ya era viernes (Al fin ya era viernes) y han pasado dias que no veia a charles por ningun lado , el ya no venia a darme clases de matematicas ya que el profesor regreso , me siento sola sin el , me hace falta pero por que lo necesito, aun asi soy su pareja ya que no me toman ni voz , ni voto para mis decisiones , somos pareja pero sin amor solo tristeza .

Sali de clases , me fui a la cafeteria para almorzar , las chicas populares estaban organizando una fiesta pero sin la lider ya que ella tiene la pierna rota y no podra venir a clases por un mes , ellas se me acercaron se sentaron conmigo con una sonrisa que nunca les habia visto si no que las sonrisas de ellas parecian sincera asi que una de ella la peliroja de piel blanca de ojos verde dice;

- Hola una disculpa por la otra vez que te hemos hecho mucho daño te pedimos una disculpa todas nosotras y queremos empezar de nuevo .....hola mi nombre es nancy -/*Estirando la mano de saludo y la estrecho y digo mi nombre-.*

- Hola soy rowan - *Estrechando la mano y regalandole una sonrisa*

- Mucho gusto rowan - *Dijo nancy con una sonrisa* - ellas son , jane la de cabello negro de ojos verdes , ella es sol la de cabello castaño de piel blanca con ojos de color gris.- *Terminando de presentarme a las 2 chicas .*

- Mucho gusto - *Asintiendo con la cabeza* - Bueno...... A ..... Que se debe su visita - *amablemente.*

- Bueno rowan estamos aqui para invitarte a la fiesta que organizaremos - *Emocionada nancy.*

- Asi es queremos que vengas - *Dijo jane con una sonrisa.*

- Pero su lider esta lizz va estar en la fiesta y no creo que quiera verme - *Tomando un sorbo a mi jugo de manzana mientras esperaba su respuesta-.*

- No te preocupes por ella , ella no esta invitada , ademas ya no queremos estar con ella por la forma que nos trata - *Dijo sol con sacarmo de lizz -.*

- Asi es , estamos buscando la manera de decirle que ya no seremos mas sus " amigas" - *Dijo nancy haciendo con los dedos las comillas -.*

- Bueno les dire esta noche les parece - *Regalandoles una sonrisa-.*

- Si claro te pasamos nuestro numero para que te comuniques con nosotros - *Sonriendo de felicidad esta sol.*

Sacamos nuestro celular y nos dimos los nuestro numeros , despues nos fuimos a clase.

2 hrs despues sali de la escuela me puse triste al recordar que siempre mr esperaba en la hora de la salida , asi que ignore mis recuerdos me fui de ahi , camine en la ciudad ya que era temprano quise darme el lujo de salir un poco mas , mientras caminaba vi una empresa muy conocida como ARMAS & PODER – CHARLES FRENCH

Me quede parada por unos segundos , hasta que oi la voz de charles de lejos con otras voces de otras personas diciendo *charles eres un DIOS en ARMAS & PODER ...*
Si el tiene razon eres el mejor

Gracias chicos.

Al oir la voz mas cerca decide seguir caminando como si nada para pasar desapercibida , pero el me vio sentia su mirada encima de mi pero oi su voz decir *chicos ahora vuelvo ,* asi que segui caminando como si nada volteo y veo que se dirige hacia a mi , me detiene del brazo en ese instante mi estomago sintio un cosquilleo al sentir su mano, me jale que me soltara pero no lograba safarme de el.

- Por favor hablemos - *Suplicando*

- Lo siento no puedo platicar tengo que irme a mi casa , no debi pasar aqui , si hubiera sabido que estabas aqui no hubiera pasado -
Mirando al piso con voz fria le decia-.

- Si quieres te llevo a casa - *En voz baja suplicando -*

- No es necesario se irme sola - *Con voz Temblorosa-* .

- Por favor - *Suplicando de nuevo.*

- Esta bien , dejare que me lleves a casa - *Disimulando que me lleve* .

- Solo espera deja hago unos pendientes si -
Me da un beso en la mejilla y ala vez Sonriendo.

Veo que se acerca a su asistente que parece muy coqueta en la forma que vestia y como lucia su cuerpo , charlie parecia decirle que cancele los pendientes me di cuenta como la chica se le arrimaba pero el la ignoraba.

Unos minutos vino corriendo hacia a mi me tomo la mano me llevo al estacionamiento por su coche fuimos , llegamos y nos subimos al coche lo puso en marcha , para mi mala suerte mi estomago empezo a gruñir de hambre (Lo maldigo) se dio cuenta me miro y dijo;

- Tienes hambre cariño , vamos a comer algo te parece y ya despues te llevo a tu casa - *Regalandome una sonrisa seductora* -.

Yo solo asentí con la cabeza mirando hacia abajo , el semaforo se puso rojo freno me observo con su mano levanto mi rostro y me beso apasionadamente y mordio mi labio al final , el semaforo se puso verde y puso de nuevo en marcha el auto.

No dije nada en el camino , llegamos a un lugar de comida rapida ya que siempre el suele venir a comer le facina las hamburguesas , antes de bajar el celular de charlie sono contesto rapido y dijo;

- Bueno..... si soy yo. ...... Que pasa señora........... Ah asi....... Si..... No se preocupe........ella esta conmigo la invite a comer y ya .....despues la llevo a su casa si claro ....okey...okey ....bye- *Colgo el telefono.*

No dijo nada , entonces iba a bajar pero el le puso el seguro y dijo;

- rowan..espera te amo , te amo , te amo - .

Con sus manos me llevo hacia el y empezo a besarme muy cariñoso y yo le seguia ya que me encantaba sus besos y paso a mi cuello dando pequeños besos humedos para volver a mi boca de nuevo , se separo de mi rostro lentamente , y bajamos el me tomo de la mano para entrar a la comida.

CAPITULO: 24

RECONCILIACION.

Mientras caminabamos juntos tomados de la mano , me sentia extraña ya que nadie me habia tomado de la manos.

Entramos a la tienda de comida rapida , charles olio las hamburguesas y una señora dice;

- Joven french bienvenido la orden de siempre verdad -
Sonriendo la mesera de 57 años -

- Si por favor y tu mi amor que vas a querer - *Mirandome muy tierno -*

- Ella es su prometida la que me ha hablado ¿verdad? - *Emocionada*

- Asi es ella es , es hermosa no cree , la amo -
Sonrie mostrando su dentadura blanca con unos colmillos punti agudos.

- Hola mi nombre es Dina mucho gusto en conocerla , Charlie

no deja de hablar de usted , que vas a querer ordenar -
Sonrie mientras saca su pluma.

- Quiero una hamburguesa con una malteada de vainilla y unas 6 quesadillas por favor - *Regalandole una sonrisa.*

- Ayyy parece que usted tiene mucha hambre - *Riendose .*

Yo solo asenti con la cabeza , ella se iba corriendo con felicidad , volteo a verlo y me doy cuenta que me mira muy seductor , dice;

- Ven mi amor sientate junto a mi que no muerdo o si princesa - *Riendose.*

Voy y me siento a su lado algo incomoda ya que estaba muy pegueda a el , me beso de nuevo , el beso era lento y con amor , hasta que llega dina con la comida , nos dice;

- Chicos no se vayan a devorar por favor - *en voz baja.*

Charles se puso rojo por lo que dijo asi que nos separamos y empezamos a comer , despues de terminar mis quesadillas le di mi hamburguesa ya que me llene con las 3 mordidas que le di , sonrie y de un solo mordisco se lo acabo .

- Okey mi amor , vamos a llevarte a casa por que tu mama se altero al saber que no llegas a casa - *Sonrio.*

No dije nada solo movi la cabeza con un SI , salimos de ahi , saca un pañuelo me limpia la mejilla que tenia capsut me dio un beso corto en mis labios y nos fuimos.

Llegamos a casa el entro conmigo a la casa , salio mi madre me abrazo y luego a charlie , antes de irse , me tomo de la cintura y me pego a su pecho y me beso de nuevo yo me despegue de el y se fue.

Cuando se fue, mis compañeras me llamaron;

Llamada:

- Hola ...... Si .... Aha .... Pero.........que.......no era mañana........ Ahhhhh........ok..........hoy........mmmmmm.........a.......que hora ... .esta noche. .... Entonces........ Deja les digo ....siii........en un momento.......... Si........ ...te marco en 5 minutos.. ......si ok ....ok...bye

Llamada finalizada.

Corri hacia a mi madre a pedirle permiso para ir ala fiesta ella me dice;

- No vas a ir a esa fiesta - *Moviendo la cabeza-*

- Andale mama - *Suplicando con las manos en palmadas juntas*

En eso se oye que alguien abrio la puerta , fui corriendo como un rayo ,era papa me acerque y le dije;

- Papa papi , me dejas ir a una fiesta - *Poniendo la cara de perrito -.*

- A cual fiesta - *Sorprendido*

- Unas amigas me invitaron a ir a una fiesta de viernes y queria saber si me dabas permiso - *Suplicando como una niña.*

- Bueno esta bien , te hace falta salir con chicas de tu edad -
Sonriendo de felicidad .

Sale mi mama de la cocina con los brazos cruzados mirando a papa con cara de pocos amigos , mi papa le regala una sonrisa casi fingida , me retire de ahi y los deje solos.

CAPITULO: 25

UNA GRAN FIESTA ESTA NOCHE..

Subi a mi cuarto me di un baño , me cambie rapido ya que la fiesta todos iran muy casual , me puse unos jeans negros , una playera negra y una chamarra negra unisex (para hombre y mujer) me deje el cabello suelto y sali de mi cuarto.

Al bajar estaba mi mama esperandome en la puerta y me dice;

- Tus amigas te estan esperando , no quiero que llegues tarde y que no fumes ni tomes , por favor - *Me dio un beso en la frente.*

Asenti con la cabeza me fui y me fui con las chicas en su auto , todas nosotras estabamos cantando la cancion de Friends - Empire of the sun .

Llegamos a la fiesta era muy grande y con muchas luces asi que bajamos del auto entramos ala fiesta se oye divertida.

30 minutos despues mi celular estaba sonando y era el no le conteste , una chica puso una cancion que me gusta se llama *wet baes - Midnight caller.*

Entre ala pista y empeze a bailar ya que la musica es relajante , sono el celular de nuevo era el pero no le conteste , mientras bailaba senti unos brazos cruzando en mi cintura y me susurra en el oido;

- Como dije la otra vez sabes escoges la musica dependiendo del climax , esa es mi chica - *Con voz seductora.*

Volteo atras me doy cuenta que es charlie me tapo la boca , el me vuelve a tomar de la cintura , bailo junto a mi con la cancion , me puse roja y no supe que decir , todos nos observaban , al los pocos minutos termino la canción me separe de el inmediatamente me sali de la pista me fui corriendo del lugar y nancy me detiene del brazo y con voz de preocupada dijo ;

- Que paso rowan por que corres , a caso te hizo algo él chico con quien estabas bailando - *Preocupada*

Solo la mire triste ya que parece que me reconcilie con él sin darme , volteo a ver ala pista , veo que el se esta acercando y alcanzo a oir que decia;

- Mi amor por que huyes de mi a caso te hecho algo malo -
Con una sonrisa seductora.

Algo no andaba bien senti miedo de solo verlo , asi que me solte de nancy y sali corriendo , corri hacia a mi casa , llegue a mi a casa aunque con poca energia que me queda de correr , llegue entre me dirigi a mi cuarto cerre la puerta de mi cuarto con llave , al igual que la ventana.

5 minutos oi que tocaban la puerta de la calle , me dio miedo al oir la voz de charles , mi madre le dijo que estaba en mi cuarto , subieron los 2 toca mi madre la puerta , y dice;

- Hija charlie esta aqui quiere hablar contigo - *Algo molesta*

- No quiero ver a nadie - *Asustada.*

No contesto solo vi que mi madre se iba y charles se quedo afuera , no se por que me entro miedo sin saber por que asi que no me queda de otra que mejor quedarme en mi cuarto

CAPITULO: 26

¿MIEDO A CHARLES?.

Mientras veia la sombra de mi mama irse de mi cuarto , me entro mas miedo que nunca habia sentido , trago saliva al ver que seguia afuera esperando a que le abriera la puerta pero no lo hice, despues de 2 hrs de espera , por fin se habia retirado pero antes de irse me dijo;

- Mañana hablamos rowan , descansa princesa - *se fue* .

Su voz sonaba muy triste y ala vez algo molesto , pero aun asi no sali de mi cuarto , me puse mi pijama y me fui a dormir.

NARRA CHARLES:

Anoche intente comunicarme con mi princesa ya que queria hablar de cuanto me diverte esta tarde con ella , primero marque a la casa pero me contesto su mam a , me dijo que se habia ido a una fiesta con sus nuevas amigas , al oir eso me pu se celoso y molesto ya que no queria que me la quitaran un chico humano , se qu e soy un demonio y de que dentro de muy poco tiempo nos casaremos , asi que le pedi el numero de su celular de
rowan me lo dio , le colgue para cuando habia colgado tome mi celular y no me acordaba que la tenia registrada en mi celular , asi que marque sono y me recha zo la llamada le volvi a marcar y me la volvio a rechazar en ese momento me ent ro algo de ira y celos de solo pensar que no me contestaba por que estaba con un chico humano bailando con ella , besandola ......¡nooooo! No quiero que me la q uiten nadie !ella es mia , mia , mia y solo mia! No puedo quedarme de brazos cru zados
, tome mi celular y llame a unos de mis hombres para que investigara donde se a lla esa dicha fiesta ....

10 minutos despues me comunicaron donde estaba , subi a mi cuarto me arregle , baje y me puse mi gabardina negra y me fui ....
.... Llege ala fiesta

, era grande muy divertida , asi camine para buscarla ya que no dejaba de pensa r que ella estaria con otro hombre ,
.... Vi a rowan de inmediato bailando sola en la pista entre el monton de gente qu e habia , decidi entrar ala pista ya que bailaba la cancion de wet baes - Midnight caller
, la rodeo con mis brazos en su cintura poniendo mi cabeza en su hombro diciend ole unas palabras que en ese momento hizo que volteara rowan mi princesa , bai lamos juntos hasta que termino la cancion , me di cuenta que tenia algo de coraj e y celos que eso hizo mi prometida entrara en miedo ,se dio cuenta asi que se se paro de inmediato de mi y se fue corriendo , una de las amigas de mi princesa la detuvo del brazo pero ella escucho lo que le dijo su amiga ,volteo a verme vio qu e me acercaba a ella ,lo que hizo fue que saliera corriendo y obviamente sabia q ue se regresaria a su casa , asi que tome mi auto me fui a su casa ya que ella est aba en su cuarto con miedo a mi ira y celos , su mama y yo subimos al cuarto mi suegra algo molesta toco el cuarto de jocelyn , ella dijo que no , se fue su mama y me quede ahi por 2hrs para que saliera pero no funciono asi que me fui , dicie ndole que mañana hablariamos y me fui.

Despues de aquella noche de la fiesta de nancy , fue algo extraño ya que habia entrado mucho miedo al ver a charlie , senti que estaba enojado y a la vez celoso , me fui corriendo de ahi , obviamente llegue a casa , no se por que lo senti. Me siento algo confusa.

Sali de mi cuarto y fui por mis audifonos , sali a correr para quitarme el estres que llevo desde que me dijieron que me casaria con un demonio es una locura y aparte saber que tengo poderes gracias a el y ¿para que ? Para defenderme.

Mientras tanto ya me habia cansado despues de estar corriendo por 30 minutos , llege a casa me duche y me arregle , sali a la calle con mis audifonos escuchando *Only the young - Brando flowers* , caminaba con mucha tranquilidad para que despues de unos minutos desapareciera.

Camine en la ciudad por unos minutos , pero me lleve una gran sorpresa que no sabre que hacer en estos momentos.

CAPITULO: 27

ENGAÑO

Mientras caminaba en la ciudad escuchando musica despejaba muchas cosas en mi mente pero eso cambiaria por completo.

Llegue al trabajo de charles estaba afuera parada viendo la gran empresa de el (aparte de ser dueño de casinos) me sorprendía de ver como trabajaba , sonrió un poco pero esa sonrisa desapareció.

Vi a charlie saliendo de su trabajo pero no venia solo , venia con su asistente y eso me puso celosa , un momento por que me pongo celosa Bueno despues veo eso, el no se dio cuenta que estaba ahi , asi que disimule no verlo para ese entonces me llevo una sorpresa.

La asistente de charlie se acerco a el , puso sus brazos en su cuello y lo beso , me quede pasmada de lo que estaba viendo no sabia que decir asi que me di media vuelta discretamente para irme , pero me vio y grito;

- Rowan no es lo que piensas - *Gritando* - por favor no mal pienses.

No le respondi asi que sali corriendo de ahi y oia que el tambien venia corriendo asi que acelere el curso para que me dejara de seguir y asi fue .

Llegue a mi casa me subi rápidamente a mi cuarto sin saber por que me habia engañado , me acosté en mi cama y me puse a llorar , llorar, llorar y llorar .

10 minutos despues llegan mis padres a casa asi que mejor fue que llore disimuladamente para que supieran lo que habia pasado , me aferre a mi almohada enterrando mi cara en la almohada , crei que lo odiara pero no fue asi , ahora si lo voy a odiar por lo que me hizo yó que empezaba a quererlo.

Me quede dormida por unos minutos hasta que oi el timbre , me despierto de un jalón al oir la voz de charlie , mi corazon empezo a latir muy rapido , lo que hice fue levantarme de la cama y le puse seguro a mi puerta.

Sorpresa mama estaba en la puerta tocando diciendome;

- Cariño, charles quiere hablar contigo - *Con voz suave* .

- No quiero mama , quiero estar sola - *Gritando con tono molesto* - asi que dejenme en paz por favor no quiero ver a nadie.

- El esta aqui quiere verte - *Suplicando*.

- Pues dile que no quiero ver a nadie y que se vaya al infierno donde pertenece - *Gritando molesta* .

Mama no contesto a lo que dije , pero oi que alguien subia por las escaleras , es charles ya conozco a hasta sus pasos, oigo que le dice a mi mama que él se encargaria y por la puerta me dice;

- Princesa por favor vamos a hablar si - *Suplicando* - por favor nena si.

- ¡No! ¡No tengo nada que hablar contigo con lo que vi fue suficiente! - *Gritandole enojada* -.

- No hagas esto dificil por favor - *Con un tono de voz muy malevolamente* -.

- No importa al fin y al cabo no saldre - *diciendo con mucho orgullo* - .

- Bueno tu lo pediste - *Con un tono burlon* - aqui voy .

No dije nada me quede algo Asustada cuando dijo ***Bueno tu lo pediste - Con un tono burlon - aqui voy***

En ese momento los seguros de mi puerta se empezaron a abrir solos , entre en panico y lo que hice fue meterme debajo de la cama , ya estaba abajo hasta que oi como azotaron fuerte la puerta , mi corazon empezo a latir muy fuerte , hasta que oigo sus pasos en mi habitacion que ala vez decia;

- Vamos princesa - *Riendose malevolamente .*

Yo no respondo , hasta que se asomo debajo de la cama haciendo que me espantara pero sin gritar y me vuelve a decir;

- Vamos princesa sal de ahi o quieres que te saque - *Con una sonrisa malevola* -.

Movi la cabeza con un NO ,pero me arrepenti , me miro fijamente y senti que mi cuerpo no respondia asi que ahi me di cuenta que iba hacer algo malo , sus ojos cambiaron de color rojo con llamas que ala vez sonrie con una sonrisa diabolica mostrando su dentadura blanca y sus colmillos mas largo y punti agudo que eso hizo que tragara saliva (aun sin moverme) .

Senti que algo me jalaba hacia adelante para salir de la cama directo a el cuando siento que salgo casi volando ,el me toma entre sus brazos , pero su semblante decia algo mas que enojado estaba furioso.

CAPITULO: 28

PERDONAME........

Estaba entre los brazos mirandole a la cara que mostraba su semblante de mas que enojado si no de furioso.

Me lleva a la cama me acuesta él se sube arriba de mi y empieza a besarme en mis labios con unos besos muy tiernos , asi que reaccione puse mis ojos cafes a un azul intenso que empezo salir mi poder y lo aventé contra la pared , intente salir pero no pude ya que cerro la puerta y se acerco a mi me puso contra la pared y me dice;

- Por que haces esto Rowan- *Con un tono de voz de furioso.*

- ¡Por que no quiero estar cerca de ti me das miedo eres un maldito demonio! - *Gritandole y ala vez apartandome de él .*

- Princesa no tienes ningun derecho a gritarme , Por que tu solo eres mia ¡¡¡solo mia!!! - *Gritando muy furioso con los ojos en llamas .*

- Yo no soy tu princesa y yo no le pertenezco a nadie , ni a ti ni a nadie - *Gritandole.*

- No vuelvas a decir eso solo ..... Solo quiero - *Calmandose.*

- No quieres , mejor vete al infierno donde perteneces , por que yo no te amado sino al contrario te guardo odio , si odio eso es lo que tengo contigo - *Gritando con odio.*

- Rowan Por favor no siguas - *Suplicando* - Perdoname.

- No , no te voy a perdonar me harias el gran favor de irte y no buscarme mas , por que ya no quiero saber nada de ti ¡¡largate!! - *Gritando.*

no dijo nada asi que se levanto y camino hacia a mi y por ultimo me dijo;

- Perdoname , yo quiero hacerte feliz - *llorando.*

- No lo se , lo voy a pensar - *En voz baja Conteniendo las lagrimas.*

No dijo nada se dio media vuelta y se marcho , entonces me di cuenta que yo seria la unica que saldria mal en esta situacion asi que me puse a llorar cayendo de rodillas al suelo mientras que llevaba una mano a mi boca ya que contenia las ganas de llorar , me subi a mi cama despues abraze mi almohada y enterre mi cara ahi para seguir llorando hasta quedarme dormida.

Al dia siguiente me desperte con un dolor de cabeza y con los ojos hinchados ya que fue que estuve llorando todo el dia.

Baje a desayunar con mis padres ya que es fin de semana puedo levantarme de tarde , Llegando al comedor mis papas me miraban muy seriamente ya que seria por la discusion de charlie y yo , despues mi papa dice;

- Hija que fue lo que paso ayer para que ustedes llegaran a una discusion tan fuerte - *preocupado.*

- Bueno ...... Yo .... Yo....... Ayer fui ala ciudad a darme una vuelta , en ese camino llegue a la empresa de el - *Con voz nerviosa* - nunca me imagine que me llevaria una gran sorpresa ......fue que vi que charles salia de su trabajo junto con su secretatia y su secretaria lo beso.

Mis padres se miraron por un momento para despues ver que me regresaban su mirada hacia a mi.

CAPITULO: 29

RECONSILACIÓN...

Mientras mis padres regresaban sus miradas hacia a mi , a lo que me daba entender que su respuesta no seria nada buena a lo que dicen ;

- Hija , tienes que regresar con el a como de lugar -
Dice mi padre con voz dura y seria.

- ¡Que! Oi bien lo que dijiste que regresara con el - *Con sascarmo con odio.*

- Asi es , como lo escuchaste ... Tienes que regresar con él -
Con voz seria y fuerte.

- Recuerdas que yo me voy a casar con él para pagar tu deuda que tienes -
Burlandome de lo que le decia.

- Lo se , se que te casaras con él para saldar mi deuda con él ,y se que lo que hice estuvo mal - *Conteniendo las lagrimas.*

- Si sabias que tarde o temprano perderias , hubieras abandonado tu vicio , pero no fue asi , asi que yo soy la que tiene que pagar tu deuda -
Seria con un tono de voz fria - solo soy un objeto para saldar tu deuda.

- ¡Perdoname hija no sabia lo que hacia , te pido que me perdones! -
Cayendo de rodillas mientras soltaba en llanto.

No le respondi a lo que me dijo asi que me fui un rato ala calle , dejandolos solos con mi expresion seria de siempre, mientras caminaba pensaba a lo que me habia dicho mi padre y ala vez recordaba de las consecuencias si esto pasaba.

Llego al parque donde me habia escondido la otra vez , me sente en una banca analizando todo lo que tenia mientras veia a los niños jugando , despues de 1hr de analizar la situacion , no me quedo de otra ya que al fin y al cabo tengo que ayudar a pagarle a charles.

Me levante de la banca , caminando saque mi celular , busque el numero de nancy , le marque me contesta;

Llamada

- Hola Rowan

, como estas , no he sabido nada de ti despues de lo que ocurrio el viernes en la f iesta - ***Sorprendida***

-

Hola , estoy bien gracias , si lo se perdon por no haberme comunicado contigo d esde ese dia te pido una disculpa - ***Con voz seria y pidiendo disculpas.***

- No te preocupes rowan , bueno cambiemos de tema , dime que pasa -
Sonriendo de felicidad.

- Bueno quiero pedirte un favor - ***Nerviosa.***

- Si claro dime - ***Sonriendo.***

-

Bueno voy al grano , que harias si uno de tus padre era vicioso a los juegos de l os casinos , mientras que su esposa esta embarazada de ti , y en ese mismo instan te pierde tu papa , y aparece el dueño un joven y le viene a cobrar lo que le debe y no tiene con que pagarle , asi que el dueño busca otra manera de pago que esa otra manera de pago eres tu , que harias en esa situacion? -
Nerviosa y ala vez trangando saliva

-

Wooooiw esa pregunta si que suena de locos , bueno si quieres una respuesta a esa pregunta seria casarme con él - ***Riendose.***

- Y Por que te casarias con él - ***Dudosa a por su respuesta.***

-

Bueno por una gran razon lo haria y es esta , es por que esa persona si te amara de verdad , te protegera de todo y no permitiria que te hagan algo malo...

Mientras ella me decia por que se casaria si ella estuviera en esa situacion , tod as las imagenes venian a mi mente hasta que.....

- *Por eso me casaria Por que me lo preguntas* - ***Dudando nancy.***

- *No nada solo tenia curiosidad por esa pregunta* - ***disimulando una risa.***

- *Ahhh Bueno esta bien ,....bueno te dejo tengo cosas que hacer* - ***despidiendose .***

- *Esta bien gracias cuidate bye* - ***Colgando el telefono.***

Llamada finalizada.

Despues de hablar con nancy por telefono me quede sorprendida ante su respuesta yo esperaba otra respuesta ante esa situacion.

Llegue a casa , entre a la cocina ya que mis padres salieron por viveres , abri el refrigerador tome un jugo y me prepare un emparedado lo tome y me fui a mi cuarto junto con mi jugo.

Entre a mi cuarto me acoste me puse a ver anime mientras comia mi emparedado y mi jugo viendo INU X BOKU .

Viendo la serie de anime , pensaba en el decidiendome si hablar con el o no , de tanto pensar tome mi celular , busque su Numero y lo encontre , pero algo me decia si marcar o no , pero marque empezo a sonar me puse nerviosa de lo que estaba haciendo para mi mala suerte rechazo mi llamada eso me molesto es un idiota.

En 10 minutos sono mi celular era charlie asi que conteste;

Llamada;

- Hola - ***Nerviosa***

- Hola princesa - ***Con voz triste y ala vez Emocionado -*** *que pasa nena .*

- Bueno yo queria pedirte algo espero que no te moleste -
Nerviosa y avergonzada ala vez .

- Como me voy a molestar contigo mi amor - ***Con un tono triste -***
dime princesa que necesitas.

- Bueno...... Yo........queria pedirte - ***Se cortaba mi voz por los nervios.***

- Vamos dime no te pongas Nerviosa si - ***con voz suave con un tono triste.***

-
Bueno se ... Que he sido muy mala contigo.... Durante el dia que nos conocimos ..
.y queria pedirte que si podiamos vernos en un ....lugar para hablar ... Sobre tod
o esto - ***Nerviosa y ala vez comiendome las uñas de las manos de los Nervios.***

-
Claro que si mi princesa , todo lo que tu me pidas te parece si nos vemos hoy en
mi casa como por la noche a las 6:00 pm te parece bien ,mi princesa -
Con un tono suave y ala vez triste.

- Si.... Claro ...a las 6:00pm , pero hablando donde vives -
Haciendo la pregunta del millon.

- *De eso no te preocupes le pedire a mi chofer que pase por ti -* ***Serio.***

- *Por que no me voy en un taxi -* ***Nerviosa.***

- No , ni quiero que te pase algo , si te pasa algo nunca me lo perdonaria - ***Triste.***

- *Bueno esta bien ... Me voy -* ***Dije algo vergonzada .***

- *Nos vemos princesa te amo* - ***manda un beso por telefono muy triste .***

Llamada finalizada.

Bueno hable con el ya que tengo que arreglar esta situacion de la deuda y de nuestra relacion.

CAPITULO: 30

CITA EN LA CASA DE CHARLES.

Despues de haber llamado, me prepare en seguida al baño para ducharme , terminando de bañarme me diriji al ropero , me puse unos mallones negros con una blusa verde con cuadros negros larga y unas botas negras de charol , me puse mi chamarra negra y me fui a peinar ya estaba lista aunque nerviosa de ir a su casa ya que nunca he ido a su casa.

En pocos segundos pitaron a fuera de mi casa , me asome y era el chofer de charlie , asi que baje y les deje una nota a mis padres de que iria a ver a charles.

Sali de mi casa y subi al coche negro , me puse Nerviosa asi que intente relajarme asi fue durante el transcurso del camino no decia ni una palabra.

Llegamos a nuestro destino su casa era magnifica no me la podia creer , muy lujosa y grande me quede con la boca abierta , (y yo que creia que era una mas sencilla me equivoque).

El chofer se bajo y me abrio la puerta , baje un poco nerviosa ya que me sentia rara al estar aqui , ya parada en la banqueta , una de las mucamas vino corriendo a recibirme , y me dice;

- Buenas noches señorita rowan la estabamos esperando , mi nombre es julia es un gusto en conocerla - *Con voz suave y Agachando la mirada como respeto -.*

- Buenas noches julia y igual es un gusto en conocerla - *Dije con nerviosismo.*

- Siguame por aqui - *Agachando la mirada.*

Asenti con la cabeza , la segui entramos al penthouse (Bueno asi lo considero yo) llegamos a una puerta de dos blanca que combina con el color de la pared color crema y la mucama julie dice;

- Mi amo esta ahi dentro esperandola ahi adentro , por favor entre - *Agachando la mirada.*

Asentu con la cabeza entre como ella habia dicho entre era una sala , pero lo extraño es que este lugar se me hace familiar pero no lo recuerdo , en fin.

Ahi yacía el sentado En el sillon con una camisa negra desabrochada por completo dejando mostrar todo su torso completo al descubierto que hizo que me pusiera roja al verlo pero a la vez tenia su semblante triste y ala vez tomando whisky .

Me mira de pies a cabeza y dice;

- Hola nena bienvenida - *Haciendo una sonrisa debil* - Crei que no vendrias .

- Hola , ... Gracias ..... Claro que vendria ..... Para arreglar esto de lo que hemos hecho - *Nerviosa.*

No responde a lo que habia dicho asi
que no dije ni una sola palabra en ese momento.

En ese momento empeze a ver alrederdor de su casa asi que me dice;

- Te gusta la casa - *Con voz triste.*

- Este....si .... Es muy bonita - *Dije con nerviosismo.*

- Si te gusta te puedes quedar conmigo - *Con una sonrisa debil.*

- Pero ni siquiera estamos casados - *Avergonzada.*

- Esta bien no quieres estar aqui - *Dijo decepcionado* .

No dijo nada durante 10 minutos y yo ya que queria decirle de la deuda de mi padre de como pagarle , hasta que hable yo;

- Bueno tengo que decirte algo sobre la deuda de mi padre - *jugando con las manos de miedo.*

- Esta bien dime que pasa con la deuda de tu padre - *Lo dijo con sarcasmo.*

- Queria saber si la deuda que tiene mi papa contigo se puede pagar de otra forma - *Dije con voz quebrantada.*

- A que te refieres - *volteando dando la espalda y se dirije a la barra para servirse whisky.*

- Bueno a lo que me refiero es que te pague en efectivo es decir pagarte con dinero la deuda de mi papa - *Con nervios dije.*

No dijo nada y azota el vaso de enojado que estaba por lo que dije , se voltea a verme y en su semblante me decia que no era nada bueno

.

.

CAPITULO: 31

DISCUSION ... POR AMOR.

No dijo nada y azota el vaso de enojado que estaba por lo que dije , se voltea a verme y en su semblante me decia que no era nada bueno y me dice;

- Quieres pagarme en efectivo es decir dinero -
Levantando su cejas a la vez y cruzando de brazos .

- En efectivo quiero pagarte lo que te debe mi padre -
Dije nerviosa ya que su mirada me daba miedo .

- Ahh vaya tu eres suficiente para que pague su deuda conmigo -
Acercandose a mi lentamente con una mirada seductora.

Me quede helada me hacia atras ya que charlie se me acercaba muy seductor y me empezo a entrar miedo creo que fue una mala idea de haberle llamado me estoy arrepintiendo .

Choque con la pared y el se me puso enfre de mi mientras yo miraba hacia abajo , puso sus brazos en la pared recargandose y se acerca a mi oido y me dice;

- Tu eres el pago que me dio tu padre , pero hay algo mas . ....-
Susurrandome al oido que ala vez contenia las lagrimas.

No dije nada en ese momento por que me daba miedo , pero queria saber que era lo que habia mas Asi que le dije;

-Que es lo que hay mas .... A que te refieres - *trago saliva y ala vez nerviosa.*

- Lo que hay que cuando te vi por primera vez en los brazos de tu madre me enamore de ti , - *deja caer unas lagrimas en mi cuello*

Me alza con sus brazos despacio pegada en la pared , me alzo por completo y me recarga mas a la pared , toma una de mis piernas y la acaricia , despues me besa en los labios apasionadamente , paso mi cuello y mis brazos acariciaba su espalda y la otra su cabello , vuelve de nuevo a mis labios Y me dice ;

- Se que me amas rowan por que te gusta que te bese y se bien que me amas pero..... - *Me baja y me suelta* - pero esta discusion parece una discusion de amor que de dinero.

- Pero yo....- *Me interrumpe* .

- Cariño ya no sera necesario que te cases conmigo la deuda de tu padre conmigo esta cancelada , asi que eres libre ...... Pero si necesitas algo puedes pedirmelo .... Asi que terminamos esta discusion te puedes ir ... Le pedire a mi chofer que te lleve a tu casa - *Con un tono de voz triste.*

Se voltea y se va a la ventana y lo ultimo que me dice es *Adio*s.

Me fui y obviamente me fui triste por que realmente lo amaba , mi corazon me decia que me regresara y lo besara pero no fue asi , me fui de ahi subi al coche y nos fuimos .

30 minutos despues llegue a casa , mis padres estaban ahi preparando la mesa para la cena , voltean a verme y se dan cuenta de que estuve llorando mama dice;

- Hija dime que te paso - *Con voz suave intentando tranquilizarme*

- Lo que paso fue que la deuda de mi padre fue cancelada , Asi que ya no es necesario casarme con el ....con charles- *Dije con tristeza* .

- Hija .... Te enamoraste de el eso es lo que paso hija , si lo amas tomate tiempo para que acomodes tus sentimientos, - *dijo mi mama acariciando mi cabeza.*

- Tienes razon mama me tomare tiempo para acomodar mis sentimientos - . *dije llorando.*

Me fui a mi cuarto despacio mientras caían mis lagrimas al suelo , entre al cuarto , me di un baño , mientras me baña pensaba en todo desde que nos conocimos , en la forma de tratarme , en el amor que me dio de su corazon.

Eso me hizo que volviera a llorar , termine de bañar sali me dirijo a mi ropero , saque mi pijama me la puse apague la luz , me acoste tome el control del estereo y lo encendi puse una cancion de CHAD VALLEY - FALL U 4.

Mientras escuchaba la cancion empeze a llorar , tome mi almohada y enterre mi cara en la almohada y llore de tristeza y de desesperacion , llore , llore , llore hasta quedarme dormida

Y soñe con el

Estaba en su casa de nuevo en el pasillo donde me llevo julia , camine hacia la sala donde lo habia visto y ahi yacia él parado en la ventana , con su vaso de w hisky
Estaba Charlie
llorando decia cosas pero no lo le entendia en absoluto , se volte , deja su vaso y se va de la sala aun con su playera desabrochada , se fue a su cuarto , lo segu i detras
Al llegar a su cuarto me quede con boca abierta se quito la playera y mire su es palda
Desnuda se quito el pantalon y mas quede con boca abierta , pero tenia boxer e ntra al cuarto de baño y lo siguo y adentro del closet estaba la regadera pero es taba tapizada pero con la luz se veia su sombra se quito su boxer adentro de la bañera y

se empezo a bañar , algo me impulsaba a entrar , pero me detuve , lo que oi de el fue "te amo a rowan quiero que regreses conmigo"
Empeze a llorar y gritarle que si pero no me oia asi que segui gritando.

Desperte de jalon Por lo que soñe asi que me quede sentada por un momento pensando en el y eso me decia qur si estaba enamorada de él , me acoste de nuevo para dormir y decidi que queria regresar con él , sonrei por la decision que habia tomado.

CAPITULO:32

UNA DECISION TOMADA.

Ha pasado un mes desde que hable con el , y ha decir verdad me siento tranquila por que ya no tengo la necesidad de verlo y sentirme intimidada por él .

Asi que decidi en este mes salir con mis amigas al cine , aunque la decisión que tome el mes pasado no lo cambiaria por nada solo espero el momento que él venga a mi casa y se que ha pasado un mes desde que hable con él pero es mejor esperar .

Asi que me arregle me puse un pantalon negro con botas negras de charol y una playera de color negra con signo de un corazon blanco y mi sueter negro de cuero , me miro al espejo me veo muy gotica.

Baja a las escaleras y mi papa hablaba con mi madre en voz baja como si algo ocultaran , no le tomo importancia , asi que me acerco a mis padres y les digo;

- Ahorita vengo voy a ir al cine con mis amigas - *regalandoles una sonrisa.*

- Claro hija , pero no llegues tarde ehhh - *Dijo mi padre con una sonrisa.*

Le guiñe el ojo , di media vuelta y vi a mis amigas esperandome en el auto, subi al coche y sol puso una cancion que me gusta se llama *Goodbye - wet baes* al escuchar la cancion me quede helada ya que me acorde que esa cancion la puso el dia que me curo mis costillas (**pasan imagenes de ese dia**) cuando sus manos me acariciaban mis costillas rotas y el arriba de mi con su pecho rozandome la espalda , sus leves caricias pasando por toda mi espalda para despues llegar a mis costillas para apretar y ponerlas en su lugar , mientras yo gritaba de dolor y ala vez me tranquilizaba cuando me volvia acariciar y sintiendo el roze de su pecho pero mojado (**termina las imagenes**).

Una de mis amigas me estaba hablando y no le ponia atencion hasta que me grito por mi nombre;

- ¡¡ROWAN!! - *dijo gritando sol.*

- ¡¡Quee!! - *Dije Gritando del susto.*

- Te estábamos hablando desde hace mas de 5 minutos , te quedaste pasmada que te paso , estas bien - *Dijo nancy mirando preocupada.*

- Si .. Si estoy bien .. Lo siento es que pensaba cosas que tenia que hacer para este ultimo ciclo escolar - *Dije con una sonrisa* .

No me dijieron nada solo bajamos del auto sonriendo del chiste que dijo sol , caminabamos hacia donde esta el cemtro comercial para ir al cine ya que ninguna de nosotras tenia novio quedamos solteronas otra vez , llegamos hacia donde estaba el cine pedimos los boletos para ver la pelicula de el Dr.Strange

En ese momento volteo a ver otro lado y veo a uno de los hombres de charles y obviamente volteo a donde estaban las chicas oi la voz de el en el otro lado de la fila , pero no venia solo venia con su Asistente y eso me dio celos ya que no he podido olvidarlo , me contuve pero me dio mas celos fue que pude oir como se besaban ya que los podia oir y ver gracias a los poderes que me concedio, podia ver como se juntaban sus labios parece que se pudo olvidar de mi muy rapido , pero me di cuenta que no la besaba como a mi me besaba , el me besaba de una forma mas tierna y con amor , pero ese beso no era asi con su asistente .

Nos fuimos de ahi ya que sol no dejaba de decir que es su admiradora Numero 1# , aunque no entendia a lo que se referia , entramos a la sala del cine para ver la pelicula.

Pero ohh ohh sorpresa el veria la misma pelicula que yo con mis amigas , acaso se dio cuenta que estoy aqui?? , bueno eso no se pero estaban detrás mio y la asistente detras de sol , fue una tortura durante todo el resto de la pelicula , pero a la vez increible ya que extrañaba su olor , cerre mis ojos y empeze a poseer a la asistente con mucha discresion hasta que en unos segundos ya estaba controlando todo su cuerpo de ella y empeze a mirarlo de arriba a abajo puse la cabeza en su hombro (no la mia la de la asistente) y podia oler su perfume tan rico y miraba su pecho.

Al parecer no se dio cuenta pero lo que si me di cuenta es que no estaba viendo la pelicula si no a mi , en ese momento me di cuenta que él en verdad me ama , y yo que lo trate mal durante el tiempo que estuvimos juntos , y me arrepiento , asi que tome una decision , ¿cual es? Que cuando venga algun dia a mi casa le dire que estare con él y es una decision tomada.

CAPITULO:33

CHARLES EN MI CASA.

Mis amigas y yo salimos del cine la pelicula ya habia terminado , sali del lugar lo mas pronto posible , por que no queria que charlie me viera , las lleve de jalones del lugar , llegamos al Estacionamiento ufff logre salir , estaba agachada mirando al suelo agarrando aire ya que casi me daba un infarto al verlo en la sala del cine .

- Rowan ¿estas bien?,que te ocurrio adentro en el cine - *Sorprendida dice nancy.*

- Nada solo que me urge llegar a mi casa por que tengo cosas que hacer - *Mintiendo y Regalando una sonrisa falsa.*

No dijo nada solo asintio con la cabeza , nos subimos al coche , mientras estaba en el coche miraba por la ventanilla pensando en el , lo extrañaba apesar de todo lo que le hice y me remuerde la conciencia de las cosas que le dije y en la forma en que lo trate , ayyy dios mio ayudame que es lo que tengo que hacer ayudame por favor.

Al llegar a casa me despedi de mis amigas entre a casa salude a mis padres ya que estaban preparando la cena , subi a mi cuarto entre y me cambie de ropa me puse mi pijama , tomo mi cel y me tumbe en la cama hasta que se oyo el timbre y no le puse atencion asi que segui chateando en facebook ,twitter y whats e instegram ,hasta que oi la voz de mama saludandolo yo quede helada y en mi subcociente me decia;

Que?!! El que hace aqui , nooo nooi nooo nooo noo , esto no puede ser , acaso .. Mis padres lo invitaron a cenar ¡ayyyy dios mio ayúdame que voy a hacer ! no se NO SE que voy a hacer .

De pronto oi la voz de mama gritarme desde las escaleras para que bajara a cenar , que hare solo respira.

Baje a alas escaleras y ahi yacia sentado el sonriendo , al llegar al comedor me vio y su sonrisa fue desapareciendo poco a poco .

Me sente en la mesa como si nada hubiera ocurrido, tome la comida que hizo mi mama ESTOFADO DE CARNE Y DE POSTRE PAY DE MAMZANA .

Iba a tomar un poco el salero , pero el salero esta junto a el ,se dio cuenta y me dice;

- Ten Rowan - *Dijo estirando la mano con el salero.*

No le respomdi solo tome el salero y segui cenando Como si nada y solo puso su cara triste al ver como le recibi el salero.

Mis padres empezaron a decir cosas graciosas para poner el ambiente en el comedor, todos estabamos riendo por 3hrs .

Mi Papa se para del comedor y va directo a la cocina a traer el postre , para segundos despues llega y sale y dice;

- Miren , miren que rico esta el pay que mama hizo - *Dijo mi Papa riendose .*

Reimos al oir lo que Dijo Papa todos asentimos con la cabeza y mama toma el cuchillo para repartir el pay y en eso dice;

- Una pregunta - *Dijo apenado.*

- Si dime - *Dijo mama con amabilidad.*

- De que es el pay - *Dijo con un tono serio.*

- De manzana - *Dijo con voz suave.*

- Creo que no comere postre - *Dijo serio.*

- Por que ? - *Sorprendida.*

- Bueno le dire que soy alérgico a las manzanas - *Serio.*

No dijo nada a nadie y seguimos cenando comimos el postre de manzana menos charlie ,solo miraba su cel ya que durante la cena no dejaba de molestar y no le quedo de otra que contestar .

Charlie se paro de la cocina y le dijo a mi mama que si le prestaba el baño , ella asintio con la cabeza y le señalo donde quedaba el baño se fue , y sono el celular de charlie y alcanze a ver que era su asistente que le envio unas palabras de amor , ademas note que los mensajes de el que envio le decia que lo dejara en paz , pero ella insistia que no la dejara y le envio un corazon.

Oigo la puerta del baño abrirse , en ese instante miro rapidamente a mi plato de postre disimulando que miro mi pay de manzana y siento que pasa detras mio eso me provoco escalofrios ya que aún lo amo , pero en ese instante miro su celular ya que estaba prendido y yo aun mirando hacia abajo pero senti su mirada sobre mi y luego le pregunta a mi madre;

- Señora sono mi celular - *Dijo mientras no me quitaba la mirada de encima*

- Asii!! Solo que deje que sonara por que estabas ocupado - *Dijo mi madre con una gran sonrisa.*

- Ahh esta bien no se preocupe - *Dijo quitando su mirada para despues ponerla de nuevo.*

Mi madre le regalo una sonrisa , mi madre me suelta un codazo en la costilla y volteo como si algo me hubiera perdido ;

- De que me perdi - *Dije algo distraida.*

- Charles ya se va asi que despidete - *dijo con los ojos de pistola .*

- Ahhh que bien ADIOS CHARLES - *Dije con sarcasmo.*

- Hija despidete bien y acompañalo a la puerta por favor - *Dijo parandose de la silla y le da un beso en el cachete y se va.*

No me quedo de otra asi que me pare de la silla lentamente como si nada y el me miraba con cara de *TE EXTRAÑO* , pero a decir verdad a mi me miraba diferente y a su asistente no la miraba asi a ella la miraba como *PASAR EL RATO* , y la besaba sin ganas y conmigo era muy besucon .

Camine aun lado de el sin decir ni una palabra , lo acompañe a la puerta , la abri el se dirigio a la salida , voltea y me dice;

- Gracias por la cena - *Se acerca un poco.*

- No me debes de agredecer a mi la cena si no a mi mama - *Dije nerviosa ya que estaba cerca y di un paso atras.*

- Tienes razon es a tu mama a quien le debo de dar las Gracias por la cena - *Dijo mientras el se acercaba.*

- Si no te preocupes ..... Bueno te dejo ir Ok - *Dije mientras cerraba la puerta pero el la detiene.*

- Asi te despides de mi - *Dijo mientras abria la puerta - .*

- Bueno..... Yo ... Cuidate te vas con cuidado - *Dije con media sonrisa falsa .*

- Ok - *Dijo mientras daba un paso a atras .*

Me distraje un momento pero reaccione rapidamente ya que me quizo besar y volteo al otro lado y me da un beso en la mejilla , se dio cuenta y en su semblante se notaba una tristeza e decepción , no dijo nada ,se subio a su auto mientras lo prendia un perro le ladraba ya se dio cuenta que es un demonio , Charlie volteo a ver al perro este se asusto y se metio , me miro con su mano me dijo adios.

CAPITULO:34

RECORDANDO LOS MOMENTOS.

Ha apenas ayer vino a mi casa y no me atrevi de decirle que lo amo y que queria regresar con el , al contrario lo rechaze de nuevo (no puede ser) la regue de nuevo.

El es un demonio lo se , pero no se que decir , la verdad es que lo amo , esos buenos y malos momentos con el es muy Bueno ya que aprendido cosas con el y para esto tengo que recordar lo que paso durante el dia que nos conocimos hasta el ultimo dia que hable con él.

El dia que lo conoci que fue en mi cumpleaños , ese dia cruzamos nuestras miradas , él compro mi pastel favorito ni siquiera le di las gracias , despues ese dia platicamos afuera el me mostro cariño , luego pedi mi deseo **que el me dejara en paz , me dejara libre que buscara otra chica , Y que lo pudiera odiar y que solo fueramos amigos y lo arrollara un trailer.**

Despues el dia que charlie llamo a casa cuando mi mama y yo ibamos a ver lo de la boda , mi papa fue el quien le contesto fue ese dia que pidio
que **salieramos juntos para conocernos mas** , es cuando fuimos al dicho restaurant
, **cuando ese dia me puse celosa de la recepcionista para despues embobarme con el mesero guapo del restaurant , cuando platicamos en el restaurant que hasta lloro , me llevo a casa y
Me dio mi primer beso .**

Tambien lo que paso en mi cuarto a decir verdad no se si fue real que el estuviera en mi cuarto el dia que **senti sus besos en mi cuarto mientras dormia.**

Cuando un dia antes de que
me **rompiera las costillas las chicas que ahora son mis amigas , le dije que vol vieramos a empezar y le pedi disculpas.**

Luego al dia siguiente el dia que me rompieron las costillas **el
curo mis costillas , Empezo a decirle a mi madre que se quedera aqui en el cuarto , entonces ella se quedo , se subio arriba de mi cintura , coloco sus manos suaves en mis costillas de una forma de acaricias y
las apreto fuertemente a mis costillas que hizo que gritara con fuerza
, senti que me las estaba acomodando en su lugar , despues me acaricia toda mi espaldo que ala vez rosaba su pecho en mi espalda que provocaba que se me subieran los colores de los que ya tenia , me tocaba con amor y delicadeza en ese momento volvio apretar sus manos a mis costillas que grito con fuerza del dolor cada vez menos se sentia el dolor de mis costillas , en ese momento senti como rozaba su pecho a mi espalda pero esta vez
se sentia mojado obviamente era sudor , pero no sabia si era mia o de el pero eso no importa , senti que ponia agua caliente en mis costillas se sentia bien ya que me daba un delicioso masaje en mis costillas con sus manos asi estuvo por 1 minuto, hasta que termino.**

Estos recuerdos me estan matando hasta el sueño que tuve con el el dia que fui a su casa ya no se que hacer , hasta el dia de la fiesta que nancy
hizo **cuando Volteo atras me doy cuenta que es Charlie me tapo la boca , el me vuelve a tomar de la cintura , bailo junto a mi con la cancion , me puse roja y no supe que decir , todos nos observaban , al los pocos minutos termino la cancion me separe de el inmediatatamente me sali de la pista me fui corriendo del lugar y nancy me detiene del brazo.**

Luego de ese dia en la fiesta me puse celosa cuando lo vi besandose con su asistente , ese mismo dia vino a mi casa para arreglar el maletendido;

- Princesa por favor vamos a hablar si - ***Suplicando*** **- por favor nena si.**

- ¡No! ¡No tengo nada que hablar contigo con lo que vi fue suficiente! - ***Gritandole enojada -.***

- No hagas esto dificil por favor - ***Con un tono de voz muy malevolamente -.***

- No importa al fin y al cabo no saldre - ***diciendo con mucho orgullo - .***

- Bueno tu lo pediste - ***Con un tono burlon*** **- aqui voy .**

El cuando habia dicho pense que no lo en serio hasta que vi;

No dije nada me quede algo Asustada cuando dijo ***Bueno tu lo pediste - Con un tono burlon - aqui voy***

En ese momento los seguros de mi puerta se empezaron a abrir solos , entre en panico y lo que hice fue meterme debajo de la cama , ya estaba abajo hasta que oi como azotaron fuerte la puerta , mi corazon empezo a latir muy fuerte , hasta que oigo sus pasos en mi habitacion que ala vez decia;

- **Vamos princesa -** ***Riendose malevolamente*** .

Que en ese momento no le habia respondido y negaba con la cabeza ;

Yo no respondo , hasta que se asomo debajo de la cama haciendo que me espantara pero sin gritar y me vuelve a decir;

- Vamos princesa sal de ahi o quieres que te saque -
Con una sonrisa malevola -.

Movi la caveza con un NO ,pero me arrepenti , me miro fijamente y senti que mi cuerpo no respondia asi que ahi me di cuenta que iba hacer algo malo , sus ojos cambiaron de color rojo con llamas que ala vez sonrie con una sonrisa diabolica mostrando su dentadura blanca y sus colmillos mas largo y punti agudo que eso hizo que tragara saliva (aun sin moverme) .

Senti que algo me jalaba hacia adelante para salir de la cama directo a el cuando siento que salgo casi volando me toma entre sus brazos , pero su semblante decia algo mas que enojado estaba furioso.

No se que hacer he sido una malagradecida Con el , vino a mi casa ni siquiera me atrevi decirle que lo amo y queria estar con el estos recuerdos me matan y me remuerde la conciencia.

Tendre que decirle tarde o temprano no lo puedo estar ocultando por que si lo hago me hare daño a mi misma , Asi que tendre que ver como.

CAPITULO: 35

LLAMADA.

Despues de haber pensado en los recuerdos que tuve con charlie , me pare de mi cama me vesti y me fui a la calle , camine rumbo donde estaba la empresa , pero despues de unos minutos vi a charlie afuera dando auntografos afuera de su empresa no entendia nada de lo que las chicas decian y ademas ni si quiera saben que es un demonio.

Asi que decidi seguir mi camino para pasar desapercibida pero se dio cuenta Por que senti su mirada encima pero no podia seguirme ya que los papparazzi no lo dejaban di vuelta ala calle que estaba ahi , me detuve y me recargue en la pared solo asomaba un poco mi cabeza y veia aun quedaba autografos a fuera de su empresa y las chicas Gritando que son sus fans Numero 1# y en ese momento me vino a la mente que Sol le decia lo mismo pero aun no se a que se refieren.

Despues de 10 minutos que se fueron charlie volvio a entrar a su empresa , asi que me regrese hacia su empresa no tenia el suficiente valor de entrar ya que ahi visten muy decente y yo como una chica ordinaria , entonces entre ala empresa , mientras caminaba hacia la recepcion la gente se me quedaba viendo en el atuendo que tenia , llegue ala barra de la recepcion , la recepcionista voltea a verme y me dice;

- Digame señorita en que puedo ayudarle - *Dijo con sacarsmo* .

- Bueno yo...yo.. Queria hablar con charles french stone-
Dije algo timida encojiendome de hombros.

- Hahahaha para estar con el joven charles tiene que sacar una cita -
Dijo Riendose

- Bueno gracias - *Dije dando media vuelta.*

Sali de la empresa ya que ahi solo se permite a gente rica , no me quedo de otra que irme a mi casa .

Llegue a casa me subi a mi cuarto ya que es temprano mis padres se fueron pasear un rato , me di un baño , me vesti y me acoste , me quede mirando el techo pensando en si llamarle o no , pasaron 10 minutos de haberlo pensado asi que tome una decision , me levante de la cama y tome mi celular para despues volverme acostar .

Marque su celular y para mi mala suerte me rechaza la llamada idiota , le volvi marcar pero nada , en fin avente mi celular y para mi sorpresa me marca;

LLAMADA;

- Hola - ***Dije nerviosa.***

- Hola princesa ¿que pasa? - ***Dijo con un tono sorprendido.***

- Bueno ... Yo ....yo... Queria pedirte un favor - ***Tartamudeando de lo nerviosa.***

- Claro que si princesa , ¿Que necesitas ? - ***Dijo muy alegre.***

- Bueno yo queria .. Bueno tu.. Hay no se ... Puedes venir esta noche a mi casa - ***Nerviosa hasta sudando.***

- Claro que si princesa , saliendo de trabajar voy para tu casa , si mi princesa - ***Me dijo Emocionado.***

- Claro te espero aqui - ***Dije temblando de miedo ya que creo que fue un error .***

- Bueno , te veo en un rato si besos princesa - ***Manda un beso por el telefono .***

LLAMADA FINALIZADA

En verdad estoy coml estatua ya que le llame aqui y exactamente que ahorita no estan mis padres espero que no quiera hacerme algo malo ya que siempre me besa y con los besos siempre pasa algo mas ¡ayyyyy dios mio ayudame con este demonio que capaz que me hace algo que estoy sola buaaaa! , vaya no debo ponerme tan dramatica ya que se me va el aire .

Bueno ya lo llame ya que hago.

CAPITULO: 36

RECONCILIACION.

Mientras esperaba a Charlie en mi casa yo estaba recostada en mi cama hechando una siesta, tenia puesta un short de cuadros y una playera de manga corta de color gris , estaba de boca abajo durmiendo con tranquilidad , hasta que alguien lo interrumpe , tocaron el timbre asi que no me quedo de otra que levantarme , me cepille el cabello para que no pareciera despeinado.

Baje a las escaleras descalza como siempre , abri la puerta para mi sorpresa era el se quedo sorprendido al verme en fachas pero lo entendia ya que no me daban ganas de arreglarme

El se acerca a mi pidiendo una disculpa arrodillándose ante mi tomando mis manos suplicando con la mirada.

Sin embargo había tantas cosas que pasaban en mi cabeza que no sabia que hacer al respecto esto se le llama desconfianza a la persona que me han comprometido para ddespues haberme enamorado de el.

Le dare una oportunidad mas y si vuelve a fallar será demasiado tarde para pedir disculpas.

CAPITULO:37

UN DIA CON CHARLES

Narra Charles:

Mi Princesa me pidio que regresaramos otra vez e empezamos desde 0 obviamen te dije que si ya que me hace falta desde que
la vi por primera vez me enamore de ella , actualmentr esta saliendo bien espero que sea asi por siempre pero lo que mas temo es que vea mi verdadera personali dad demoniaca , me volveria loco si se va de mi ,pero en fin estamos juntos y voy a disfrutar cada momento con ella ,
.... Ahora me propuso algo me dijo que haremos el primer dia de novios le propu se que vieramos peliculas y asi fue aunque tuve que pedir una pizza e hamburgue sas ya que rowan no sabia como conseguirlas asi que llame y wuala! Mientras y o llama , mande a rowan por refresco pero no
me esperaba la llamada de mi asistente ya que queria salir conmigo , Pero la rec haze desde hace unos dias ya que estaba por mi dinero y solo queria que me acos

tara de nuevo y me di cuenta que mi princesa escucho asi que desapareci por un instante y apareci detras de ella y la rodeo con mis brazos y me di cuenta que est aba triste por lo
que oyo y le aclare a mi nena que ella es la unica en mi vida y asi fue nuestro dia como novios empezaria con ver peliculas todo el dia.

Bueno entramos al cuarto a ver las peliculas , en lo que llegaba la pizza y las hamburguesas , pusimos la pelicula de comedia que es *SON COMO NIÑOS 1 ,* le pedi a Charlie que se desfajara ya que era un dia de descanso y asi fue a decir verdad su torso lo dejo en descubierto yo me quede con la boca abierta intenter disimular pero no fue sencillo.

- Que pasa princesa acaso de solo ver mi torso te pusiste roja - *Dijo Riendose.*

- Es en serio crees que solo ver tu torso me pones nerviosa te equivocas - *disimulando los nervios.*

- Quieres ver que tengo razon - *empezo a acercarse.*

- Este... Yo..yoo - *me interrumpe.*

Se acerco lentamente gateando en la cama para acercarse a mi , se posa enfrente de mi y pasa su dedo en mis labios para en ese momento nuestros labios empezaron a rozar y en ese momento senti su torso desnudo en mi me abraza hacia su cuerpo besa mi cuello y.....dios me escucho llegaron mis padres ,el se separo de mi y nos pusimos a ver la pelicula , dentro de minutos olvidamos lo que paso y nos pusimos a reir de la pelicula.

En ese momento oi que alguien subia y era mi mama nos vio juntos , Charlie y yo volteamos al mismo tiempo e nos quedamos viendo a mi mama a lo que dijo;

- Lo siento - *empezo a cerrar la puerta lentamente.*

El y yo nos Miramos que al momento nos pusimos a reir lo que paso con mi mama al vernos , para ese entonces yo me pose en las piernas mientras veiamos otras peliculas charlie me hacia cariño en mi cabello , eso me gusta pero al parecer me dio sueño y me quede dormida.

NARRA CHARLES;

Mi princesa se quedo dormida por que le hice cariño en su cabello , me encanta verla asi dormida parece un bebe hermosa , le doy un beso en su cabello y la car icio , me facina y me alegra que hayamos vuelto otra vez juntos eso esperaba , es estar juntos de nuevo, me gusta que se ponga celosa ademas , tengo un pequeño cuarto donde hay fotos de ella y en medio de esas fotos hay una grande y alreder dor de ella pequeñas fotos , ahh su mama llego asi que me levante y a comode a j ocelyn en su cama e la rope y le di un beso en su cabeza tome mis cosas me fui a mi casa ....fue un gran dia para mi hoy me diverti mucho con ella , vimos pelis ayyyy fue el mejor me voy a dormir mañana la vere de nuevo.

CAPITULO:38

AL DIA SIGUIENTE...

Al dia siguiente me desperte en mi cama volteando alrededor me pare rapidamente en busca de Charlie pero el ya no estaba , asi que me propuse a vestirme me puse un vestido de que parece del siglo pasado bueno no se nota mucho , me termine y baje a desayunar y ahi yacian mis padres desayunando;

- Hola buenos dias - *Dije sentandome en la silla para desayunar.*

- Buenos dias cariño - *Dijo mi mama regalandome una sonrisa mientras comia un pedazo de pan sin levadura.*

- Mama una pregunta que paso con el - *comiendo pan sin levadura.*

- Bueno el se fue despues de 15 minutos de que te quedaste dormida - *dijo dando una mordida al pan.*

- Se fue con una gran sonrisa en su rostro -
Dijo mi papa mientras daba un sorbo a su jugo - que le diste para que se viera tan alegre - *diciendo entre risas.*

- Lo que fue es que ayer en la mañana le marque al cel ..y le dije que viniera ya que queria hablar con el - *diciendo mientras tomaba mi jugo.*

- Ya entendi... Regresaste con el verdad - *dijo mi mama con mucho asombro.*

- Asi es mama .... Pero ahora en este caso ya no es por la deuda de mi padre si no.... Que yo lo decidi. - *limpiando mi boca con una servilleta.*

Mis Papas no dijieron nada asi solo pude ver que se emocionaron al oir que regrese con el , bueno eso fue fantastico ya que lo hice por que lo amo , termine de desayunar y me fui a lavar los dientes.

Sono el telefono mi mama contesto y me grita por las escaleras;

- ¡¡ Rowan te habla charlie !!! - *Gritando.*

- ¡¡Ahora bajo !! - *Gritando desde el baño.*

Baje rapidamente de las escaleras corriendo y tome la llamada ;

Llamada;

- *Hola* - **dije Nerviosa.**

- *Hola princesa ¿como amaneciste ?* - ***con vos suave y ala vez Emocionado.***

- *Bien y tu* - ***tratando de tranquilizarme.***

- *Bien gracias ... Princesa tienes planes hoy* - ***Dijo algo serio.***

- *No por que* - ***algo confusa .***

- mmm.m si no tienes planes hoy - ***proponiendose para algo -***
no se si tu gustarias ir al zoologico conmigo .

- Claro que si - ***dije Emocionada-*** *a que hora.*

- A las 2pm paso por ti - ***Emocionado -***
hace calor en el zoologico .. Asi que te recomemdaris que te vinieras fresca.

- Claro te espero .... Ok te veo en un rato - ***con voz suave digo.***

- Ok mi amor te veo al rato - ***me manda un beso por el telefono.***

- ok mi amor - ***le regreso el beso por el telefono.***

Llamada finalizada.

Pegue un brinco de la emocion que tenia asi que me subi rapidamente me di un baño y me puse una playera de botones flojita , delgatida de manga corta azul y un short de tela de color crema y unos tenis .

Me acoste en mi cama para dar un suspiro , de lo enamorada que estoy mientras pensaba en eso oi que sono el timbre asi que me levane rapidamente y oi la voz de Charlie para que un instante mi sonrisa apareciera.

Baje corriendo a las escaleras y el abre sus brazos diciendo;

- Hola mi princesa -
abrazandome para despues darme un beso en la cabeza y me carga

- Hola mi amor -
dandole un beso en sus labios que el correspondio con mucho gusto

- Lista mi amor para ir al zoologico - *dando un pequeño beso corto en mis labios.*

- Siiiiiii - *dije emocioda .*

- Ok - *poniendo mi cabello detras de mis orejas y voltea a hacia mis papas* - se la traere temprano y descuiden la cuidare.

Mis padres asintieron me fui con el tomada de la mano , me subi al coche en la parte de el copiloto y puso en marcha en direccion al zoologico.

(Cancion de up here de dmx).

CAPITULO: 39

EN EL ZOOLOGICO...

Mientras el conducia a hacia el zoologico , yo miraba por la ventana se dio cuanta que algo me pasaba y dijo;

- Cariño que tienes - *decia con voz preocupante mientras conducia*

- Nada Cariño - *con voz triste dije.*

- Mi amor te conosco que sucede , te vez triste - *frenando el coche ya que el semaforo se puso en rojo.*

- Bueno yo ... Queria saber si de verdad me amas - *dije encojiendome de hombros con voz triste.*

- Mi amor Claro que te amo y bastante , no se que haria sin ti si no estuvieras a mi lado - *dando un beso en mis labios* - ehh eres lo unico que tengo en verdad.

- Enserio mi amor - *Mirandolo a los ojos.*

- Claro mi amor - *Me da un ultimo beso ya que el semaforo se puso verde.*

puso en marcha el coche , el conducia y yo miraba por la ventana para contemplar el paisaje maravilloso..

...

Despues de 1hr de camino llegamos al zoologico me quede con la boca abierta es impresionante , me tomo de la mano y fuimos a la taquilla compro las entradas y nos fuimos a la entrada del zoologico.

Entramos y al ver la maravilla me quede con los ojos muy abiertos ya que es impresionantes , hay mucho tipos de animales y aqui es donde empieza nuestra aventura..

Caminamos y vi un elefante que mis cachetes rosaditos de la emocion

me corriendo al elefante y vi como levanto la trompa que eso me emociono mas de lo que estaba

Y dije : ¡¡ MIRA ES MUUY GRANDE GRANDE GRANDE , ESTOOOOO ES GRANDIOSO YUJUU !! - *Dije Gritando de la emocion.*

Solo puede observar a el Sonriendo y sin embargo me olvide de el por completo , al voltear me dio verguenza de dejarlo solo mientras que yo me emocionaba de ver cualquier animal y a él lo dejaba a un lado pero el me dice;

- Mi amor por lo que veo es que nunca has venido a un zoologico verdad -
Con voz seductora.

- Estee...no... Nunca he venido a ...un .
Un..zoologico .. Es la primera vez -
dije con verguenza y encojiendome de hombros.

- No te preocu...- *lo interrumpi.*

- ¡¡ MIRA ESA GIRAFA QUE CUELLO TAN LARGO , ESSSS INCREIBLEE !! - *Dije Gritando* - ¡¡ASOMBRO , ASOMBROSO !!

Habia interrumpido a charlie ya que al ver a un animal me impresionaba.

..

Despues de 3 hrs en el zoologico fuimos a comprar de comer mas dicho el me comprara algo de comer , sin embargo yo descansaba debajo de un arbol que habia estaba sentada en el balcon que hay en el zoologico , mientras el me compraba algo de comer y beber.

Charlie trajo unos nuggets con te helado
Comimos en silencio , me sentia mal de hacerle caso y le digo;

- Perdoname por dejarte solo - *Dije triste.*

- No te preocupes mi amor esta bien , Lo que mas me importa es que te diviertas - *Dijo Riendose y me besa para despues sentir su lengua en mi boca.*

- Charlie me metiste tu lengua a mi boca - *Empujandolo* .

- Pero te gusto no es asi mi amor - *dijo con una sonrisa pervertida.*

No dije nada ya asi que al momento de voltear vi a un mono y dije ;

- ¡¡ MIRA ESE MONO !! - *Llevandolo de la mano a jalones* - ¡¡ESTO ES INCREIBLE !!

En ese momento oi aplausos y volteo por todos lados y veo que hay delfines y tomo de la mano lo llevo;

- ¡¡MIRA DELFINES !! - *Brincando para alcanzar a* ver

me carga y pone en su cuello mientras yo gritaba de emocion al ver a los delfines ;

- ¡¡WOOOOOOOW VISTE ESO LO QUE HIZO EL DELFIN !! - *Gritando.*

El solo se reia al ver mi comportamiento de una niña chiquita .

Despues de media hora nos fuimos , conducia como siempre y me dice ;

- Que te parecio el dia mi amor - *Sonriendo dijo.*

- Bien gracias y perdon por haber actuado asi en el zoologico - *dije triste.*

- No te preocupes mi amor , me gusta como te comportas si - *dijo dando un beso corto en mis labios para despues volver a mirar el camino.*

No dije nada hasta que de pronto algo hizo que frenara Charlie bruscamente que hizo que me pegara en la frente;

- Mi amor estas bien - *dijo con voz preocupante.*

- Si no te preocupes solo fue un golpe amor - *sobandome la frente.*

No dijo nada y acelero a todo dar el nunca manejaba asi a toda velocidad nunca habia manejado asi , pero su semblante decia que estaba furioso intente decirle algo pero mejor no ya que sus ojos estaban en llamas y me daba miedo .

Llegamos a casa el bajo rapidamente del coche abrio mi puerta y me llevo a la casa me da un beso y se despide de mi, se fue de algo enojado.

Me subi a mi cuarto y me dormi para poder ir ala escuela mañana.

Pero que fue lo que paso no se? Bueno ya sabre pronto.

CAPITULO: 40

EXPULSADA DE LA ESCUELA.

Al dia siguiente lunes el dia para ir a la escuela (no puede ser) me levante como siempre sin ganas de ir pidiendo permiso a un pie y al otro pie ahhh que flojera , Me puse mi uniforme , me peine y baje a las escaleras corriendo hacia la cocina tome un jugo y mi mama dice;

- Hija desayuna algo - *sacando una bolsa con trastes de comida* - te prepare arenques marinados para que te lo lleves.

- Gracias mama ahora creo que los voy a presumir he - *Dije soltando una risita.*

Tome la bolsa de la comida y me fui a la escuela mientras caminaba Pensaba en lo que ocurrio ayer .

actuo muy enojado ayer durante el camino a mi casa , conducia de una forma extraña , estaba furioso , sus ojos en llamas , el frenazo , ...ayy no se como fue eso aunque que tengo el moreton aun .

Llegue ala escuela entre a clases y me tope con mis amigas me saludaron rapidamente y se fueron a sus respectivos salones .

Entre a clases me tocaba matematicas (Dios no me tortures con Esta materia por favor)

Entro otro maestro de matematicas era un señor viejito de la tercera edad nos pidió que abrieramos el libro en la página 145 , el maestro de matemáticas me daba muy mal espina no sabía por qué pero parecía que no era nada agradable.

Terminó la clase de matemáticas y empezó la clase de español , al igual que la clase anterior de matemáticas era otra más es la nueva de español pero tampoco me daba muy buena espina.

Termino clase de español y empezó la clase de historial igual también era otro maestro nuevo pero tampoco me daba muy buena espina.

Ya terminados los tres módulos de clase me fui a la cafetería y me senté a tomar mi desayuno tome mi cel y me di cuenta que tenia mensajes de el muy extrañas era 10 mensajes;

1 . ***Mi amor estas bien ...dime que estas bien***

2. Princesa contesta por favor ... Has de estar en clase verdad.... Cuidate ahorita en la escuela......

3. Mi amor pasare por ti a la escuela te estare esperando.... Afuera ....ya sabes en donde

4 . Mi amor te amo y... Perdon por haber frenado asi ayer soy un hijo de#@%€%#&# me siento culpable que lleves ese moreton en la frente.

5. Estoy preocupado por ti....

No puedo creer lo que estoy leyendo me impresiona su reaccion pero no entiendo del mensaje que dice que me cuide en la escuela ....en realidad estoy muy confundida no se que es lo que esta sucediendo en realidad.

Termino el receso y me fui a clase de arte aunque a decir verdad todos los maestros de mis clases son nuevos y todos me dan una mala espina no me agradan.

Al terminar la clase de arte me fui a clase de musica , igual es nueva la maestra de musica , durante 35 minutos despues aparece el prefecto y llama a la maestra e le susurra algo como dije no me dan buena espina .

Me hace señas la maestra me levanto de mi asiento y me dice;

- La directora necesita hablar contigo - *dijo en voz baja .*

- Claro - *dije con voz seria y fria*

Camine hacia el prefecto el me tomo del hombro y me llevo ala direccion .

Al llegar ala direccion entre sola ya que el se fue , al entrar la directora estaba revisando unos documentos , y al verme deja los documentos a un lado;

- Hola rowan buenas tardes , ¿como estas ? - *Dijo con una sonrisa mostrando su dentadura blanca.*

- Bien gracias - *con voz seria dije*

- Me alegra al oir eso ...mmm...- *Despues pone en su rostro se forma de alegre a seria* - sabes Por que te llame Rowan

- No señorita directora - *Seria dije y ala vez muy fria.*

- Bueno - *se siente incomoda al ver mi actitud* - te llame para decirte que ya no podras seguir asistiendo ala escuela - poniendo las manos en el escritorio .

Me quede impactada al oir eso me hizo sentir mal y le respondi muy seria y friamente;

- ¿Por que ? Para sacarme de la escuela debe de haber un motivo de la cual razon yo dejaria de venir a la escuela - *Con voz seria y con un tono brusco* - No es asi señorita directora.

- Si en eso tienes razon ...- *Traga saliva de lo incomoda que estaba* - el motivo que dejaras de asistir a la escuela es que tus.. Padres no pagaron tu cuota del mes ....recuerda que esta escuela es privada.

- No es necesario que me recuerde que esta escuela es privada - *dije poniendo una cara burlona* - y que tengo que hacer - *retandola.*

- Bueno las reglas son muy claras sera en este mismo instante asi que ...- *da un suspiro* - ve a recojer tus cosas por favor . - *señalando la puerta* .

- Al pagar la cuota volveré a la escuela sin que usted me impida seguir estudiando- Le grite

-Obviamente volverás- Dijo con sarcasmo

- Y todavía tiene el sarcasmo decirlo de esa forma , ahora entiendo por qué debía cuidarme de la escuela ....son por ustedes

No le respondi nada solo le regale una mirada seria y fria que hizo que la directora se sintiera incomoda e le regale una sonrisa burlona , di media vuelta y sali de la direccion azotando la puerta.

Camine en el pasillo en direccion a mi salon de clases , entre abri la puerta tome mis cosas y sali sin decir alguna palabra , tal vez en mi semblante se notaba que no me dolio lo que me dijo la directora pero por dentro estaba llorando.

Era temprano camine en los pasillos en direccion a la salida , sono la campana para que pasara otra clase , todos salian del salon , unos caminaban a sus casilleron otros a su clase .

Mientras caminaba una cancion empezo a escucharse en la escuela era la de *I CRY - FLO RIDA* para mi era un largo camino a la salida.

Al salir de la escuela me fui a unos de los arbolitos , saque mi celular y le marque a charlie .

me contesto;

Llamada;

- Hola princesa que sucede - ***Dijo sorprendido.***

- Hola - ***dije con tristeza.***

- ¿Que pasa mi amor por que estas triste? - ***dijo preocupado.***

- Te contare despues por el telefono no quiero hablar - ***Conteniendo las lagrimas*** - puedes pasar por mi por favor y te cuento en el camino.

- Claro mi amor ¿Dime en donde estas ? - ***Con un tono de preocupado*** - para pasar por ti.

- Estoy en frente de la escuela en la esquina donde esta unos arboles - ***dije casi a apunto de llorar*** - ya sabes donde.

- No te muevas de ahi enseguida voy por ti - ***dijo preocupado*** - quedate ahi no te vayas a ir si mi princesa.

- Si - ***Apenas podia hablar ya que sentia un nudo en la garganta .***

- ok mi amor voy para alla - ***me manda besos por el telefono.***

Llamada finalizada .

Como siempre termine de hablar con el y me quede donde me habia dicho , no sabia que esto pasaria ....que terminaria expulsada de la escuela .

CAPITULO: 41

¿POR QUE ESTABAS ENOJADO AYER ?.

Mientras esperaba empeze a pensar de por que estaba enojodo ayer cuando freno? No se realmente que fue lo que le hizo que frenara asi , hacerlo enojar e acelerar a toda a velocidad.

Yo pensaba hasta que llego y pito , volteo a mi lado derecho , estaba estacionado en la esquina de la misma literal donde estaba yo , bajo del auto mientras que yo me paraba apenas del jardin , se acerco a mi me da un beso corto en mis labios y me carga la mochila y me dice;

- Hola mi amor - *Dijo Charlie con una sonrisa.*

- Hola cariño - *Dije Agachando la mirada al piso.*

- Que tienes nena ? - *Alzando mi rostro con su mano* - es por que te expulsaron de la escuela verdad.

- Si - *Dije en voz baja pero a la vez sorprendida-* ¿cómo sabes que me expulsaron de la escuela?

-Oí a tus padres hace unos días que están mal de dinero para pagar tu colegiatura y que no podrán pagarlas - Dijo triste

No sabía si creerle o no pero en fin

- Princesa no te preocupes yo me hare cargo despues , si , - *me besa apasionadamente* - vamonos mi amor

Asenti con un si , me tomo de la mano y me llevo al coche como siempre me abre la puerta del coche del copiloto , me subi y baje un poco la ventanilla para que entrera un poco de aire , miro la ventana de la directora y me doy cuenta que nos estaba viendo y al darse cuenta que la vi cerro la cortina rapidamente.

No le puse mucha atencion pero me dio un presentimiento malo algo me decia que no era raro si no que extremadamente malo.

puso en marcha el coche y puso la cancion de *DIILEMMA - (FEAT. KELLY ROWLAND)* , mientras conducia no me atrevia a preguntarle lo del ocurrido de ayer.

Sin embargo me pregunta lo de la escuela;

- Y Dime mi amor ¿que fue lo que ocurrio? - *Dijo mientras miraba en frente.*

- Bueno lo que sucedio fue que mis padres .... - *Hice una pausa* - no pagaron la colegiatura como tú me has dicho y me expulsaron - *dije en voz baja y en encojiendome de hombros.*

- No te preocupes mi amor yo lo arreglare , te parece bien - *Tomando mi mano que estaba junto ala palanca y me mira*

El volvio de nuevo su mirada al frente y seguia conduciendo , aun tengo la curiosidad de preguntarle y ala vez no , me da miedo que se enoje si le pregunto lo de ayer.

En ese momento que le iba a preguntar el hablo ;

- Te parece si vamos a comer algo e vamos a mi casa y despues te llevo a tu casa - *dijo con una* sonrisa

- Si Claro , me parece una buena idea - *dije con poco animo* .

El No dijo ni una palabra mas , asi estuvimos en silencio durante 25 minutos hasta que llegamos al lugar de siempre , la comida rapida de charles.

Bajamos del auto , empeze a caminar dejando un poco atras y el se dio cuenta sale corriendo y me abraza por detras ,mientras que me susurraba cosas lindas y daba besos en mi cuello.

Entramos al lugar favorito de charlie , él me tenia abrazada de lado poniendo su mano en mi cintura , dina nos saludo como siempre , nos trajo la orden de siempre;

- cariño - *Dije Nerviosa* - Puedo hacerte una pregunta .

- Claro mi amor dime - *dando un sorbo a su soda .*

- Pero no te enojas - *dije nerviosa*

- Claro que no - *Sonrie* - nunca me enojaria con mi princesa - *Toca mis cachete*s.

- Bueno yo...- *me interrumpe*

- Espera aqui mi amor - *Diciendo con voz seria y algo preocupado*

Se para de la silla y camina a donde esta dina , saco su cartera y le pago , Pero....algo le dijo a dina y ella acepto.

Entonces se acerco a mi rapidamente y me dice;

- Cariño ya hay que irnos - *dijo con voz algo molesto.*

- Si Claro - *Dije Tartamudeando.*

Me levante y me llevo casi corriendo y en su semblante se notaba que estaba furioso , subimos al coche y salimos del lugar rapidamente.

El conducia mientras yo estaba algo confundida aun quiero saber por que se actua muy raro , mientras yo hablaba en mi mente , me habla;

- Ahora si mi amor que me ibas a preguntar - *con voz seductora.*

- Lo que te iba a preguntar es....- *Hice una pausa* - ¿Por que estabas furioso ayer? - *Miedosa.*

Charlie hizo una pausa por 3 minutos , ya sabia que se habia molestado , entonces iba a decir algo Pero no Dijo nada.

Llegamos a su casa baje del auto , julia llego para recibirnos le dijo que le prepara whisky , ella se retiro el me tomo de la mano y entramos a a su casa .

Al entrar nos fuimos ala sala de la otra vez que discutimos de la deuda de mi padre bueno eso es del pasado , me toma de la cintura y me besa apasionadamente ;

- Bueno te dire antes que me odies - *me da un beso corto en mis labios.*

- cual - *levanto una ceja.*

- Los demonios como yo se enteraron de que eres mi novia ..bueno mi prometida - *Se sonroja .*

- ¡Que ! Y...un momento dijiste que soy tu prometida , entonces significa que nos casaremos dentro de 2 meses y que es lo que quieren - *Asustada .*

- No te asustes mi vida , no dejare que te hagan daño - *Me abraza .*

- Ques lo que quieren? - *Asustada.*

- Asesinarte - *Lo dijo rapido.*

Me quede en shock por lo que dijo , mientras me tenia abrazada y me dice ;

- Quiero hacer el amor contigo - *Con voz seductora.*

- En serio o lo dices de broma - *sonrojada.*

- Acaso he dicho algo de broma - *muy seductor..*

- No - *seria*

- Entonces - *camina hacia a mi .*

- A mi me gustaria pero hasta que nos casemos - *Mirando el suelo.*

- Si quieres nos fajamos - *Sonrie muy* seductor

- Es decir tocarnos verdad - *sonrojada.*

- Asi es , Que te parece la idea - *me pegua a hacia la pared.*

- Me parece muy buena idea aunque me da algo de miedo , nunca he hecho esto - Nerviosa.

- No te preocupes solo dejamelo a mi - *me empieza a besar.*

Me empezo a besar aunque me tenia pegada a la pared .

Paso 3 hrs que tuve faje con él , fue divertido si asi es él en el faje me imagino cómo ha de ser para hacer el amor .

Me llevo a mi casa y antes de bajar queria tocar lo que tenia abajo como para complacerlo lo que me hizo , asi que le dije;.

- quiero agradecerte por lo de hoy - *Dije con voz seductora.*

- No te preocupes mi amor - *acaricia mi mejilla.*

Me acerque y lo bese , baje e me fui a mi casa .

CAPITULO:42

EFELIOS...

Entre a mi casa ya que se habia ido , asi que fui a la cocina a tomar un poco de jugo , al cerrar el refri encontre una nota de mis padres que decia;

Hija lamento no haberte llamado antes tu padre y yo nos fuimos del pais para arreglar unos asustos importantes
Cuidado hija cuidate por favor si
Bye
Atte:
Mama y Papa.

Vaya algo bueno de esta vida es que tendre la casa para mi solita , subi a mi cuarto para darme una ducha , me desvesti y me meti al baño.

Despues de unos minutos de haber salido de bañarme estaba acomodando mi closet , y al cerrar la puerta aparece un hombre qur no conosco , tenia el cabello castaño claro ojos verde esmeralda y sus rasgos finos e vestia de un traje negro y dice;

- Hola soy efelios - *Dijo estirandome la mano.*

- Yo soy....- *me interrumpe.*

- Rowan la prometida de charles no es asi - *dijo muy frianmente.*

- Asi es ....- *me interrumpe de nuevo.*

- No es necesario que me digas quien eres - *hizo una pequeña pausa y añade* - se todo de ti

No dije nada , solo vi como se acercaba a mi y empezaron a temblar mis piernas de miedo , se ve muy diabolico , en su mano se puso como si fuera lava e intento lastimarme pero no lo consigue ya que tocaron la puerta y se oyo la voz de charlie , asi que efelios salio de mi cuarto por la ventana.

Baje rapidamente abri la puerta y me aventé ante entre sus brazos que hizo pusiera la cara de sorprendido y me dice;

- Que te ocurre cariño - *dije con una pequeña sonrisa.*

No conteste ya que estaba asustada y con el corazon a todo dar que hacia que respirara muy rapido y me vuelve a hacer la pregunta pero esta vez con tono preocupante;

- Que ocurre mi amor? Estas bien? - *Abrazandome*

No le respondi solo movi la cabeza y despues añade;

- Ven vamos a sentarnos - *me toma de la mano.*

Yo solo dije SI , me sente en el sofa tenia mucho miedo que me hiciera algo malo como me lo quiso hacer ese tal efelios , sale de la cocina con dos vasos de jugo con una sonrisa en su rostro .

Al llegar a mi su sonrisa desaparece poco a poco al notar que estoy muy rara , se sienta junto a mi lado y acaricia mi rostro y me dice;

- Que te sucede mi amor ? - *con voz preocupante.*

- Nada - *mient*o

- No mientas te conozco bien - *pone du rostro triste y añade* - asi que dime que te sucede .

No dije nada estaba pensando si decirle o no , dure asi por unos segundos pero no me quedo de otra que decirle , asi que le dije;

- La verdad es ....que estoy preocupada y con mucho miedo - *dije tomando mi vaso*

- Que es mi amor? Dime - *preocupado y sujeta el vaso entre sus manos.*

- Te lo dire si me prometes que no te enojas - *Poniendo la cara de ternurita.*

- Claro que no - *tocando mi mejilla y ala vez sujeta su vaso de jugo*

- Bueno un hombre aparecio de la nada en mi cuarto se llama efelios , y intento lastimarme y...- *se oye que se rompe un vaso.*

Volteo y vi que Charlie rompio el vaso en el momento que le dije el nombre de esa persona que mire a su rostro y estaba furioso y sus ojos estaban con llamas ardiendo.

CAPITULO: 43

EL VERDADERO DEMONIO....

Volteo y vi que Charlie rompio el vaso en el momento que le dije el nombre de esa persona y mire a su rostro y estaba furioso y sus ojos estaban en llamas ardiendo.

Me quedo sin palabras al ver como se levanta del mi lado y empieza a caminar de un lado a otro como si estuviera desesperado.

Pega un grito de furia con un gruñido demoniaco , eso hizo que me tapara los odios ,y vi como él mismo se rasgaba la playera .

Eso me hizo que me fuera de la sala
Pero no logre escapar ya que volteo , se acerca a mi rapidamente y me dice;

- Te hizo algo efelios ¡dime! - *Gritando muy furioso*

- No , pero lo intento hasta que llegaste tu - *Dije asustada y encojiendome de hombros en el sillon.*

- Intento tocarte - *con voz demoniaco y ala vez me acariciaba mi rostro.*

- Si , dijo que venia a matarme por que soy tu prometida - *dije temblando de miedo haciendo que me encojiera en el sillon.*

- Asi que esa es su mision ....- *Dijo con un voz demoniaco* - Que estupido .

No digo nada ya que temblaba con solo oir esa voz demoniaca , se acerca me saca su lengua se hace larga y me acerca a el y me mete la lengua en mi boca .

Sentia que me axfixia y despues la saca eso hizo que cayera del sillon , empeze agarrar aire ya que me habia quitado oxigenacion y me dice mas tranquilo.;

- Te di un poco de mi sangre o para cuando un demonio este cerca yo me de cuenta ,también te protegerá así no sentirán tu esencia y tendras una parte de mi cuando te sientas sola , estare ahi en ese momento si . - *me da un beso corto en mis labios.*

No dije ni una palabra ya que parece que me da miedo mi prometido , si asi con su propia voz da miedo me imagino como se vera en apariencia ya que su voz me dice que es un demonio grande fuerte y muy malvado , ayyyyyy me da miedo me hace temblar ya no si esto es real.

- Mi amor que tienes ? , ¿por que tiemblas ? ¿Te sientes bien ? - *dijo muy preocupado.*

Hasta lo preguntas tu eres el causante que este temblando de miedo vaya parece que no se dio cuenta.

- Tiemblo de miedo por ti - *dije aun temblando* - el demonio ha demostrado sus verdaderas intenciones.

- Lo siento mi amor , no fue mi intencion en asustarte solo es..., que cuando alguien se mete lo que es mio me hace enojar - *me da un beso y añade* - contigo jamas me enojaria .

Me quite de el y me fui a una esquina temblando de miedo , se da cuenta que el hizo que me diera miedo y me dice;

- Mi amor perdoname - *me rodea con sus brazos* - no fue mi intencion en asustarte.

- Por que mejor te regalo una playera ya que no tienes - *dije temblando.*

- De eso no te preocupes puedo hacer que aparesca otra playera si mi amor - *me da un beso ..*

Yo asenti con la cabeza aun con ese miedo ,y dije;

- Tu nunca me harias daño verdad - *Encojiendome de hombros .*

- Jamas y si te llego a hacer daño no me lo perdonaria jamas en mi vida - *con sus manos toma mi rostro y posa su frente con la mia.*

- En verdad lo dices en serio - *dije con voz cortada mientras que mi frente sentia la frente de bill.*

- Si mi amor , jamas te haria daño te prometo que esto no va a volver a suceder - *me da un beso corto en mis labios .*

- Eso espero - *dije con unas cuantas lagrima*s.

- Tengo que decirte que nuestra boda sera dentro de dos semanas - *dijo con mucha emocion.*

- ¡¡Queeeee!! Falta dos meses porque tanta prisa - *dije muy sorprendida.*

- Te lo explicare ......mira efelios ya sabe quien eres y obviamente no se dara por vencido hasta matarte ya que recibe ordenes , ya como sabe quien eres no dudara en arrebartarte de mi hara lo que sea por asesinarte , es por eso que nos tenemos que casar lo antes posible - *dijo emocionado.*

- Pero ..pero.. Pero - *dije algo asustada que hacia que tartamudeara.*

- Pero nada - *dijo poniendo sus manos en mis hombros y añade* - lo hago por ti mi amor por eso te amo no quiero que te hagan algo.

- ....- *no dije nada*

- Que no estas emocionada sobre tu boda mi amor - *dijo con una sonris*a

- Si pero ....- *me interrumpe*

- Nada de peros ehhh - *sonrie* - sabes que no me gusta que digas eso .

- ....-*No dije nada.*

- Vamos sonrie mi amor - *me da un beso corto en mis labio*s

Asenti con la cabeza y le regale una sonrisa casi falsa , caminaba como si buscara algo y me dijo;

- ¿Donde estan tus padres ? - *dijo buscandolos con la mirada.*

- Para que los quieres - *dije poniendo los brazos cruzados y recargandome en la orilla de la puerta de la sala.*

- Para que crees ...- *dijo muy feliz y añade* - para decirles las buenas noticias sobre nuestra boda adelantada - *dijo muy emocionado*

- Para tu informacion ellos se fueron hoy del pais ya que tuvieron un problema - *dije algo seria*

- Ha asi bueno tenemos la casa sola para nosotros que te parece - *dijo acercandose muy seductor*

- Ni creas que lo voy hacer - *dije subiendo a mi cuarto*

- Por que no - *dijo decepcionado*

- Por que voy a ir a jugar video juegos en linea con mis amigas de la clase bueno , ya no voy a la escuela ya que me expulsaron de ahi - *Dije emocionada*

- Y que no me vas a invitar - *dijo con una sonrisa.*

- Si sabes jugar si - *dije sonriendole*

- Entonces aqui voy - *dijo subiendo corriendo en las escaleras*

Grite al verlo subir corriendo y subi rapido e reirme , entre al cuarto y la cerre , oi a charlie diciendome entre risas;

- Amor abre la puerta o quieres que la abra yo mismo - *dijo entre risas*

- Nop - *dije entre risas y añado* - quiero que lo abras tu .

- Mmmm mi princesa , bueno si tu quieres lo hare - *dijo entre risas.*

- ahhh - *dije entre risas corriendo de un lado a otro.*

Vi como abria los seguros y yo gritaba *ahhhhh* con risas corriendo de un lado a otro buscando donde esconderme , no quedo de otra que meterme debajo de la cama .

Y oigo sus pasos eso me dice que abrio la puerta y dice;

- Donde esta mi princesa mmmmm , donde se habra escondido - *fingiendo no saber donde estoy*

Yo riendome adentro de mi y pego un susto al momento que se asoma debajo de la cama que eso hizo que me pegara en la cabeza y dice;

- ¡¡TE ENCONTRE !! - *riendos*e

- Ahhhhh!!- *Riendom*e

- Vas a salir o quieres que te saque de ahi - *dijo desafiandome*

- Quiero que me saques - *dije retandol*o

- Bueno señorita asi sera - *riendose*

En ese momento senti que no me podia mover y de un jalon me saca de la cama y salgo flotando .

Me doy cuenta que estoy flotando , me quedo maravillada y me dice;

- Quieres que cambiemos los juegos por salir a pasear flotando en el cielo - *dijo con sonrisa muy dulce*

Yo asenti con la cabeza entonces en ese momento charles empezo a flotar y se acerca a mi y me empezo a besar y me dijo;

- Sujetate bien - *me abrazo fuert*e

Senti una gran fuerza que me jalo y salimos ala ciudad , el subio hacia el cielo me dejo de abrazar y muy suavemente me suelta solo me sujeta de su mano.

Que va a pasar en este gran paseo?

CAPITULO: 44

UN GRAN PASEO EN EL CIELO.

Senti una gran fuerza que me jalo y salimos ala ciudad , subio hacia el cielo me dejo de abrazar y muy suavemente me suelta solo me sujeta de su mano.

Y me jalo fuertemente hacia abajo para despues subirnos arriba y flotar normal , woow esto si que es un espectaculo .

En ese momento empezo a resonar una cancion en mi mente que es la de ***Steve McQueen*** , entonces mientras resonaba esa cancion en mi cabeza me divertia flotando con el afuera de la ciudad .

Entonces senti algo que me hirio mi pie y grite ;

- ¡¡Ahhh !! - *grite.*

- Que pasa mi amor - *Dijo muy preocupado .*

- Es mi pie - *dije con dolor*

- Bajaremos en ese edificio para ver tu herida - *dijo preocupado*

Yo solo asenti con la cabeza y no dije nada solo sentia caliente mi pie , bajamos al edificio que me habia señalado , me sujeto con cuidado , me tomo en sus brazos y me bajo al suelo del edificio donde bajamos , ve mi pie y se da cuenta que tengo como una astilla adentro y dice ;

- Mi amor tiene una astilla del tamaño de un lapiz - *dijo algo confundido*

- ¡Que ! Es en serio de lo que estas diciendo - *Dije asustad*a

- Si....- *hizo una pausa por unos segundos* - pero el que te lo lanzo es...

Iba a decir algo mas hasta que miro hacia arriba y ala vez volteo , al mirar atras me tope de nuevo con la mirada de efelios .

Estaba ahi parado en la orilla del edificio donde estabamos y le dice ;

- Tu fuiste el que le lanzo la astilla verdad ...efelios - *dijo enojado muy enojado.*

Asi que fue efelios el que me lanzo esto en mi pie , vaya como dijo NO SE DARA POR VENCIDO en fin que hago , espero que no se peleen aqui .

Efelios le responde;

- Asi es yo fui el que le lanzo la astilla - *sonrie muy malevolament*e

no dijo nada estaba enojado por que me hirio y miro a efelios cara a cara , efelios ya no dijo nada.

Entonces efelios saca algo atras de él saca un palo con una esfera de metal de plata con picos de todos los lados.

Efelios se avienta a charlie pero este lo esquiva pero le dejo el camino abierto donde estaba yo , se dio cuenta y corre detras de él se lanza hacia efelios .

Efelios lo golpea con la cabeza y se cae al piso , mientras que efelios aprovecha en llegar a mi para asesinarme , para eso yo me levanto del suelo y empiezo a correr .

Efelios grita;

- Corre pero eso no te servira para nada y menos con la herida que tienes - *gritando y añade con burla* - no te salvaras moriras.

Corri lo mas posible y volteo arriba estaba flotando encima de mi , en eso mis ojos cafes cambiaron al color azul y empezaron a brillar de color neon como una luz exploto en mis ojos , de pronto efelios se dio cuenta muy sorprendido .

Empeze a controlar su mente el no se dio cuenta ,y para despues ya lo controlaba por completo en eso hice que el mismo se golpeara hasta quedar inconciente .

Y asi fue se quedo incociente despues de los golpes que el mismo se dio , en eso me caigo ya que cuando uso mis poderes que me dio charlie me debilita mucho , en eso se desperto y corre hacia a mi .

Me levanta con cuidado mientras yo me mantenia despierta , estaba completamente debil me carga entre sus brazos y me dice ;

- Mi amor nos vamos a casa , en lo que llegamos tu descansa si - *Me da un beso en la frente*

No le pude contestar ya que me quede dormida.

-

-

20 minutos despues desperte en el sofa de mi casa , me levanto con cuidado y oigo unos pasos que venian de la cocina y escucho una voz ;

- Vaya despertaste princesa - *acercandose con un vaso de agua en vuelta con un trapo.*

- Asi si si si , perdon por preocuparte tanto - *Dije algo triste .*

- Nena no tienes que pedirme disculpas , si yo me preocupo por ti es por que te amo - *se sienta a mi lado y me da el vaso de agua ala cual yo tomo con gusto*

- Es que yo ..yo...yo - *Dije algo temblorosa*

- Es que nada cariño - *dijo acariciando mi mejilla y añade* - mejor voy a curarte la herida .

Se paro del sofa donde estaba yo y camino directo arriba en el baño donde hay un botiquin de primeros auxilios .

Bajo en pocos minutos con el botiquin en la mano , se acerca a mi y se sienta a mi lado otra vez y me dice;

- Mi amor estira la pierna para curarte la herida del pie - *dijo con una voz seductor*a

Sin decir nada estire mi pierna con cuidado ya que me dolia por la astilla que tengo , al estirarla el la tomo con cariño y en vez de empezar a curarme la herida dio unas pequeñas caricias en mi pierna y yo aguantando las ganas de bofetearlo.

Unos segundos despues me dijo;

- Ten esto muerdelo por que tendre que sacarla y dolera mucho ehh - *Me da un beso en el pie*

Tome la tela y la coloque en mis dientes , es cuando empezo el dolor.

Empeze a gritar del dolor ya que empezo a sacar la astilla con cuidado , miemtras golpeaba la almohada que tenia encima , hasta que por fin lo saco en ese momento cai en sus brazos ya que me siento cansada de gritar , me dijo;

- Te sientes mejor - *Dijo poniendo su frente en la mia y añade* - deja que vende tu pie mi amor si - *me da un beso en los labios* .

En ese momento empezo a curar mi herida , unos segundos despues termino en vendarla y dio un beso en la herida a lo que dice ;

- Este beso te curara de esta herida - *Sonrie* - .

- Asi , si eso funciona entonces - *Lo tomo de la mano haciendo que se acerque hacia mi* - me daras un beso para no sentirme tan agitada .

- Mmm,mm señorita no crei que fueras capaz de pedirme algo asi - *dijo acercandose para quedar cara a cara con una voz seductora .*

- Claro que si joven Kaulitz - *pongo mis brazos en su cuello .*

- Asi que no se dara por vencida hasta que la bese señorita - *con voz seductora.*

- Aha - *dije muy sonriente .*

- Bueno si es asi no me queda de otra - *dijo con una sonrisa y ala vez muy seductora.*

Me besa apasionadamente me encanta que me bese por que sus besos saben deliciosos , mientras nos entreteniamos besandonos oimos una voz familiar;

- Vaya como se devoran - *dijo mam*a

En ese momento nos separamos , me chupo los labios para quedarme con ese dulce sabor embriagante , me mira regalandome una sonrisa traviesa dandome entender ESTO NO TERMINA AQUI ash odio esa sonrisa .

Mi madre sonrie y nos dice;

- Solo esperen 2 meses mas y ya pondran estar juntos - *dijo dejando las bolsas que trajo de otro pais que fue*

- De hecho .....- *me intenrrumpe bil*l

- De hecho señora nuestra boda sera dentro de dos semanas - *dijo parandose de mi lad*o.

- Y eso por que tan pronto charlie - *dijo muy sorprendida mi madre.*

- Bueno mama es que ...- *me vuelve a interrunpir .(lo odio)*

- Mire seria mejor que nos sentaramos a platicar - *dijo señalandome a lo que mi madre reacciona muy preocupada.*

- ¡¡ Hija de mi vida que te paso en tu pie !! - *Dijo llevandose una mano a la boca.*

Aqui vamos MAMA SOBREPROTECTOR EN ACCION va a retar a charles por esto ya quiero ver eso quiero ver como lo reta enfrente de mi pudiera caminar traeria palomitas para el show aqui vamos.

En eso les dice ;

- Les explicare todo lo que sucedio al igual que la herida de mi NENA - *dijo muy seductor.*

Aqui vamos , en ese momento charlie empezo explicar del por que motivo se adelanto la boda al igual de los hechos que sucedio y de mi herida , de pronto de haber dejado de hablar empieza mi mama caminar de un lado a otro con la mano dentro de la boca .

Mama va a retarlo cuando camina asi es que esta molesta y va a regañar en este momento estaria comiendo palomita mientras disfruto del show , pero es imposible .

¡¡QUE LO RETE !! ¡¡QUE LO RETE !!

Diciendo eso dentro de mi hasta que .....

- Bueno tienes razon en lo que vas a hacer ,al igual que no es tu culpa de que mi hija este herida - *mira a charlie para al momento tenia su mirada en mi .*

Quede en shock al oir como le dijo mi mama a charles N-O P-U-E-D-E S-E-R.

- Entonces asi sera , la boda sera dentro de dos semanas - *dijo juntando las manos de emocion mi mama.*

Yo estaba congelada por un momento por algo que no esperaba.

Espero que no suceda otra cosa asi como esta .

CAPITULO:45

BODA ADELANTADA.

Ya que la boda fue adelantada (para mi mala suerte) , al dia siguiente fuimos a las mismas tiendas que fuimos anteriormente el dia en que me presentaron a mi prometido (Que mal) .

Llegamos a las tiendas nos dirigimos con la chica a quien le habiamos dicho que nos apartara las cosas .

Despues pasamos al un lugar que nunca habia estado que era para elegir la comida para una boda.

Una hora despues salimos de ahi pude convencer a mi mama que la comida que quiero en mi boda es niño envuelto , y el pastel de queso con zarzamora.

Llegamos a casa esaustas por la boda ya que mi prometido lo adelanto (lo odio) , en ese momento mi papa sale de la cocina con una sonrisa burlona y nos ve tumbadas en sillon de lo cansado que estabamos y nos dice;

- Y hora ustedes que les paso - *dijo riendose.*

Ninguna de las dos contestamos y yo me tumbo al suelo de lo casanda que estaba.

Mi Papa solo se rie y añade;

- Por eso no me gusta ayudar con las bodas - *dijo riendos*e.

No le hicimos caso se dio cuenta que lo ignoramos;

- I-G-N-O-R-A-D-O - *Dijo dentro de el mism*o.

Hasta que dijo;

- Quieren algo de tomar - *dijo sonriente*

- ¡¡SI!! - *dijimos al mismo* tiempo

- ¡Ah! ¡Ahora si no me ignoran verdad!! - *dijo algo molesto*

Solo dimos una sonrisa a mi papa y nos dijo;

- Ahora vayan a servirse el agua ustedes para que se les quite - *dijo algo molesto*.

Y nosotras ignoramos lo que dijo ;

- I-G-N-O-R-A-D-O - *Dijo dentro de el mismo.*

Unas horas despues recuperamos energias mi mama y yo nos fuimos a la cocina para preparar la cena mientras tanto mi papa prepara la mesa.

Salgo de la cocina a ver si ya habia terminado la mesa y me doy cuenta que habia un plato de mas acaso vendra a alguien , asi que me acerco a mi padre y le pregunto;

- Papa hay un plato de mas en la mesa - *dije tocando su hombro*.

- Ahh si por que , - *y añade*- tu mama no te ha dicho .

- Que es lo que le tengo que decir a Rowan - *dijo mama saliendo de la cocina .*

- Crei que le habias dicho - *dijo algo confundido*

- Era una sorpresa ahora ya no lo es TROPER - *le da un pachon en la cabeza.*

Yo me rio por lo que hizo y digo;

- Entonces me van a decir quien va a venir a cenar - *dije haciendome la que no escucho nada*.

- Bueno el que va a venir es ...- *mi mama lo interrumpe dandole un pachon en la cabeza* - dejare que tu madre te lo diga

- El que vendra a cenar será charlie- *emocionada lo dijo* .

- ....- *no dije nad*a

-De hecho el quiere cuidarte - *dijo pap*a.

- ....- *No dije nada.*

Agarre y me subi a las escalera de una por una por una ya que estoy herida y ando coja eso injusto.

Me di un baño , al terminr mi baño me cambie y me tumbe en mi cama tome el control de la TV y prendi mi XBOX e me conecte en linea para jugar con mis amigas , y empeze a jugar .

Una de ellas me dice;

- Rowan veniste vaya creiamos que no te conectarias - *Dijo sol emocionada* .

- Asi es chicas ya estoy aqui - *en eso se oye otra voz faniliа*gritando.¡ROWAN!! vaya si te conectaste crei que no - *dijo julia emocionada al igual que las otras chicas* .

- Bueno menos platica y mas tiempo de jugar - *dije con una cara emocionada* .

- Recuerden chicas que este es un secreto entre nosotras nadie debe saber que somos GAMERS , y ni decir sobre nuestro disfraz que usamos - *dijo seri*a .

- OK - *Dije yo*

- OK - *Dijieron las demas*

- ¡¡CHICAS PONGANSE SU DISFRAZ EL JUEGO ACABA DE COMENZAR!! - *Dije emocionada con una cara amenazante .*

Todas nosotras al mismo tiempo nos pusimos al mismo tiempo nuestro disfraz ;

- ¡¡QUE EMPIEZE EL JUGO ..DIGO EL JUEGO !! - *dije gritando.*

Asi que empezamos jugar FPS COMBAT , durante 1 hora estuvimos jugando solo una amigas era pesima en el juego , esa era julia ;

- Julia si que eres pesima en este juego - *dije levantando mi trompita presumie do que soy la mejo*r.

- No se por que en este juego soy mala - *Dijo sacando unas cuantas lagrima*s.

- No eres mala - *dije conteniendo la risa .*

- En serio Rowan - *dijo sonriendo*

- Eres pesima en este JUEGO - *dije levantando la tropita y riendome a la vez.*

Todas nos reimos hasta julia se rio de si misma;

- Pero es dificil este juego - *dijo confundida .*

- No es dificil el juego , - *dije con expresión de experta y añado* - lo que pasa es que tu esperas a que salga el soldado y al momento que sale tu esperas a que disparen por eso te matan muy facil .

- De hecho si es cierto - *dijo riendose Jessica.*

- Chicas tranquilas - *dijo sol*

- Creo que no le haria en un torneo de GAMERS - *Dije riendome*

Todas mis amigas nos reimos en ese momento me detengo de reir y las observaba como disfrutaban convivir entre nosotras nunca las habia visto asi con esta liz , jamas habia tenido amigas en toda mi vida , las que me odiaban antes ahora son mis amigas me siento orgullosa de ser su amiga.

En ese momento las interrumpo y les digo ;

- Chicas quisiera decirles algo importante - *dije sonriendo*

- Que sucede - *dijieron al mismo tiempo .*

- Les parece si mañana nos vemos en mi casa y salimos a comer un helado y a divertirnos - *dije sonriendo*

- Claro que si - *Dijo sol emocionada*

- ¡¡SI!! - *Todas gritaron de emocio*n

Asenti alegramente para que un segundo me sacara de mis pensamientos;

-Ya llego - *dije en voz baja .*

- Quien llego Rowan - *dijo Jessica confundida .*

- Ahhh una vieja amiga de mama - *disimulando mis nervio*s.

- Ahh bueno - *dijo con una sonrisa Jessica*

- Chicas las dejo tengo que bajar a cenar con la amiga de mama - *dije nerviosa .*

- Si Claro nos vemos mañana yoss - *dijieron al mismo tiempo .*

- Hasta mañana amigas - *dije sonriend*o.

Apague la consola pero por que pusieron esa cara cuando les dije "**amigas**" , bueno eso ya lo vere despues deja me cambio de ropa.

Me cambie rapido y oculte mis cosas baje rapidamente del cuarto antes de que mi mama me gritara para que baje .

Al bajar vi que el estaba sentado en la mesa con mi papa y le digo con emocion;

- ¡¡CHARLIE!! - *Bajando corriendo .*

- ¡¡MI PRINCESA!! - *Abre sus brazos para recibirme.*

Lo abrazo y el corresponde con mucho gusto;

- Como esta mi PRINCESA - *dijo con ternura y me da un beso en la cabeza.*

- Bien - *dije sonriendo.*

- Mentirosa - *dijo jugando y añade* - estas todavia herida sabes bien que no puedea correr .

- Lo siento - *poniendo una cara triste .*

- No te pongas asi - *Dijo sintiendose culpable y añade* - solo lo digo por tu bien mi amor .

- No te preocupes estoy bien - *Regalandole una sonris*a.

Me besa , me toma de la mano me lleva a la mesa sentamos , mama sale de la cocina con la cena .

Mi padre se levanta para ayudarla con la cena y la pone en la mesa , entonces mi mama se sienta y empieza a servir la cena .

Mientras que mi mama servia , el me daba pequeños besos en toda mi cara y yo me reia cuando hacia eso.

Y mi papa dice;

- Me recuerda cuando le hacia eso a tu madre - *dijo suspirando con una sonrisa.*

Mi madre lo fulminaba con la mirada , el y yo nos reimos hasta que ;

- Bueno vamos a cenar - *dijo mi papa frotandose las manos.*

Mientras cenabamos hablabamos de los preparativos de la boda , el salon , los invitados , ect.

Al terminar de cenar mi mama dijo ;

- Les gusto la cena - *dijo mirandonos con una sonrisa.*

- ¡¡SI!!- *Dijimos al mismo tiempo.*

- Bueno , hija ve a atraerme la lista de la boda para mostrarselo- *Con una sonrisa en su rostro.*

- Si - *Me levanto de la silla .*

- No - *dijo charlie con una sonrisa.*

- Por que ? - *dandole una sonrisa.*

- Por que no quiero que me dejes - *Dijo levantandose de la silla .*

- Asi - *levanto una ceja*

- Bueno ve a traer lo que tu mama te pidio - *se alej*a

Yo dije *"si"* me di la vuelta y me da una nalgada delante de mis padres ,solo se rieron y hice una mueca de disgusto.

Subi a las escaleras y entre a la habitacion de mis padres , me acerque a su buro y abri uno de sus cajones buscando la lista que me pidio mi mama , me fui al buro de noche y abri el cajon vi la lista la tome y al salir del cuarto senti un escalofrio.

Volteo atras y vi a efelios me quedo en shock por un instante , hasta que intente salir corriendo y siento que algo me jalo y grito para que charlie me alcanze a escuchar y de pronto .

Aparece por arte de magia que sucedera ya que efelios me tiene en sus manos.

CAPITULO:46

PELEA DE DEMONIOS...

Volteo atras y vi a efelios me quedo en shock por un instante , hasta que intente salir corriendo y siento que algo me jalo y grito para que Charlie me alcanze a escuchar y de pronto .

Aparece por arte de magia que sucedera ya que efelios me tiene en sus manos.

Narra Charlie;

Llegue a la casa de mi princesa ya que su mama me invito a cenar y asi fue al llegar mi suegro me recibe e me pide que me siente , y tuvimos una pequeña charla ya que mi nena aparece en las escaleras y me grito "Bill" fue emocionante asi que le abri mis brazos y me brazo , le tome la mano e la lleve a la mesa para sentarnos a cenar , nos sentamos y de pronto mi suegra sale de la cocina con la cena mi suegro se levanto para ayudarla , despues nos sirvio la cena mientras cenabamos estabamos hablando sobre los preparativos de la boda ....al terminar la cena mi suegra nos pregunto que tal le habia quedado y todos al mismo tiempo dijimos SI haha en ese momento le empeze a dar de besos en toda la carita de mi princesa , me di cuenta que mi suegro suspiraba con una sonrisa en su rostro ....en ese momento su mama de mi nena le pide que vaya por la lista ...sube al cuarto de sus padres pasaron 11 segundos y mi princesa grita con fuerza que eso me preocupo le pedi a sus padres que se fueran de aqui y que un rato la trai ya que no quiero que mas vidas esten en peligro , asi fue se fueron y desapareci donde estaba y apareci en el cuarto donde mi nena estaba y ahi yacia efelios que en sus manos tenia a mi princesa eso me da una rabia de celos por que no me gusta que la toque otro hombre ...parece que habra una pelea de demonios .

esta en la entrada del cuarto mientras yo intentaba quitarme el brazo de efelios de mi cuello ya que me estaba asfixiando , le dice;

- ¡¡SUELTALA EFELIOS!! -*Dijo furioso*

- Quieres que la suelte - *Dijo con sarcasmo.*

- Si , asi es sueltala - *Dijo furioso .*

- Si quieres que la suelte solo déjame que la mate y asi la podre soltar - *empezo a sacar algo de atras y añade* - solo deja que lo haga y ya asi de sencillo.

- Ni se te ocurra tocarla , ni un cabello por que en verdad no me conoces - *señalo con el hacia a mi .*

- Eso lo quiero ver - *empezo a horcarme mas fuerte .*

- No me provoques - *Dijo con un gruñido.*

Con una sonrisa malevolamente efelios provocandolo, en ese momento me apreto más fuerte en eso el corre muy rapido y veo que sus manos cambiaron a un color cafe ni oscuro y ni claro en esas manos sales unas gigantescas garras y se las clava a efelios en el pecho intentando no herirme y dice;

- Sueltala - *Con voz demonica .*

- No - *Dijo agonizando y burlandose.*

- Que la ¡¡SUELTES!! - *Grito confuerza con un gruñido demoniaco .*

Gira sus manos ala izquierda para que no sanaran las heridas , en ese momento estaba perdiendo el conocimiento por falta de oxigenacion hasta que efelios me suelta , es cuando ahi intente agarrar oxigeno otra vez aun que dificil pero lo intentaba charlie se acerco rapidamente me carga en sus brazos y voltea a efelios lo que alcanzo oir es;

- Esto no se va a quedar asi - *con voz demoniaca .*

Y desaparece para ese momento me quede inconciente .

-
-

-
-

Desperte en el coche en la parte trasera y voltie a donde estaba el me dice ;

- Hola mi amor como te sientes - *dijo preocupad*o.

- Estoy bien perdon por lo ocurrido - *dije triste .*

- No te disculpes mi amor , fue correcto de que gritaras - *me regala una sonrisa.*

- Ok...adonde vamos - *dije algo desorientada .*

- Vamos a ir al lugar de comida rapida te acuerdas , donde siempre voy - *dijo sonriend*o.

- Si , si lo recuerdo y por que ahi - *dije dudos*a

- Tus padres estan ahi esperandonos - *dijo seri*o.

- a guarda ....que es en serio y que hacen ahi - *dije desconcertada.*

- Al momento de que gritaste sabia que efelios estaba ahi asi que les pedi que se fueran de ahi y me esperaran en la comida rapida - *dijo seri*o.

- Oh ya entendi - *dije sobandome la nuca .*

- Por eso - *seri*o

- Mi amor te puedo hacer una pregunta sin que te molestes - *dije timid*a.

- Claro mi amor dime cual es tu pregunta - *dijo con una pequeña sonrisa.*

- Dime si vi bien pero....eso lo que le clavaste a efelios eran tus garras - *dije con miedo*

- No - *Dijo sin pensarlo*

- Metiroso - *Dije molesta*

- Realmente vez mal - *dijo con un tono serio y fuerte*

- Mentiroso se lo que vi a mo me trates de engañar - *gritandole molesta*

- ¡¡A MI NO ME GRITES!! - *gritando furioso*.

- Por que me mientes - *conteniendo las lagrimas*.

- Por que los demonios somos asi mentimos en todo - *dijo gritando*

Esas palabras me hirieron como una daga en mi corazon , eso me dio entender que el amor que dice tener en él es pura mentira , empeze a llorar y lo noto;

- Entonces si mienten en todo , tambien es mentira del amor que me tienes y toda esas falsas ilusiones , es pura mentira - *dije llorando*

- No mi amor eso no es mentira es la verdad - *golpeo el volante y pone su mano en su mejilla*

- Ya no te creo charlie y no te creo nada en absoluto - *dije llorando*

En ese momento frena bruscamente en la orilla de la carretera se baja y abre la puerta , se sube e cierra la puerta.

Empieza a besarme rapidamente , se sube arriba de mi y empieza a besar Mi cuello y me dice;

- Te amo - *dijo agitado*

Le suelto un puñetazo y lo avente del otro lado y me bajo rapidamente del coche y me fui corriendo mientras oia los gritos desesperados de charles que me pedia que volviera que no lo dejara.

Me detuve un momento y volteo regrese hacia él e me subi al coche sin decir nada.

se subio y empezo a conducir
Mientras yo lloraba de la decepcion hasta tosia por eso y me dice;

- Mi amor ya no llores , si , perdoname - *Dijo conteniendo las lagrimas*

No le respondi seguia llorando , llegamos a la comida rapida y yo aun seguia llorando, el se sintio culpable intento consolarme pero no funciono , yo seguia llorando como una niña chiquita y a el le desesperaba verme asi .

Bajo y me dijo por la ventana;

- Mi amor te comprare algo de comer - *Dijo muy triste.*

Yo no le hice segui llorando todavia y me vuelve a decir;

- Quedate aqui voy por tus padres ,si mi amor - *dijo trist*e.

Yo no le conteste segui llorando , se fue a la comida rapida .

NARRA CHARLES;

Entre a la comida rapida donde habia quedado con los padres de mi princesa , los vi enseguida y les hice una seña con las manos , Dina se acerca y mr dice ;

- Lo de siempre joven - dijo sonriente

- No ,no , mejor deme unas quesadilla para mi princesa - dije triste

- Claro que si - le grita al cocinero de las quesadillas

- Gracias - dije con un voz triste y mirando donde esta el coche.

- Que pasa joven - dijo preocupada

- Lo que pasa es que tuve una pequeña riña con mi Nena - dijo triste.

- Hable con ella en privado y sientate con ella y explicale la situacion - Dijo muy tierna

- Gracias - dije con unas cuantas lagrimas - eso hare.

Me dio las quesadillas y le hize señas a los padres de mi nena , ellos se levantaron en un instante y pague la cuenta de lo que pidieron.

Salimos de ahi y no dirigimos al coche

Termina la narracion.

Oigo los pasos de el con el de mis padres y yo seguia llorando como una niña chiquita , abre la puerta donde esta mi cara ya que estoy acostada de boca abajo y me dice ;

- Ya llegamos amor - *con voz triste*

No le hice caso y segui llorando todavia , mi madre llega detras de el y sin pensarlo dos veces se acerco y me Dijo;

- Que paso mi amor ? Ya estamos aqui no pasa nada , dime quien te hizo llorar asi - *con un tono de voz tierna cuando le hablan a un bebe*

No dije nada y segui llorando , se acerca y me dice;

- Ten mi amor te compre unas quesadillas - *Dijo triste.*

No dije nada y suelto un manotazo tirando las quesadillas sin moverme donde estaba solo con la mano.

El se dio cuenta que no me podra sobornar con nada de nada , mi madre me movió para que pudiera subir , se sentó y me puse de boca abajo en sus piernas y seguía llorando cómo niña chiquita , mi padre se subió adelante.

Mi mamá me acariciaba el cabello para tranquilizarme , sentia la mirada triste de el viendome llorar.

Mi papá me dijo;

- ya cariño ya no llores si - *dijo acariciando mi cabello.*

Y frenó cuidadosamente ya que el semáforo se puso rojo y aprovecho en consolarme y me intento acariciar el cabello y le doy un manotazo fuerte que hasta lo arañe.

Lloré más fuerte y mi mamá dice;

- Cuando llora así es que algo le hicieron - *Me acaricia el cabello*

Seguí llorando , charlie no pudo contener las lágrimas y se fueron saliendo sutilmente , ya que el sabe que es su culpa.

- Ya mi vida ya pasó , si - *me da un beso en la cabeza.*

Llegamos a casa , mi papá me cargo ya que mido 1.64 y soy delgada así que me pudo cargar muy fácil.

Entramos a la casa , mi papá se dirigió a las escaleras para llevarme al cuarto y madre sin pensarlo fue corriendo detrás de él , igual intento cargarme y le suelto un manotazo fuerte y arañando su mano .

Me dejan en mi cuarto y fue de ahí que me tranquilize.

CAPITULO: 47

ENFERMA GRAVEMENTE...

Despues de haberme dejado en mi cuarto yo seguia llorando como una bebe , lloraba muy fuerte mi mama intentaba consolarme pero no funcionaba , papa fue a su cuarto por unos accesorios .

Charlie estaba afuera del cuarto viendome como lloraba por culpa de él , en pocos minutos mi papa entro con cosas de medicina , mama tomo pañuelos y me seco las lagrimas al igual que el moco que me salia.

Empeze a toser por tanto que lloraba y mi mama me hablaba como un bebe;

- Ya mi niña , ya no llores ya paso - *dijo limpiandome las lagrima*s.

Yo seguia llorando , mi mama se fue a cambiar ya que se quedaria conmigo hasta que me durmiera , y asi fue se acerco se puso del otro lado de la cama , me alza y me acurruca en sus brazos como un bebe y me decia;

- Ya mi bebe aqui esta mama , ya no llores - *dijo arrullandome como un bebe* .

Empeze dejar de llorar fuerte poco a poquito y miraba a mama como si fuera un bebe , ella quitaba mechones de cabello que tenia en la Cara mientras me arrullaba.

Es como si ella hubiera regresado el tiempo en que me tuvo en sus brazos y me arrullaba , le empezaron a salir las lagrimas sutilmente al recordar esos momentos.

miraba la escena de mama e hija , de como me trataba para tranquilizarme , se dio cuenta que no la dejaba de mirar a los ojos , el se sintio culpable por haberme dicho tal cosa.

En eso mi papa se le acerca e invita a pasar a charles a mi cuarto para que pudiera consolarme , al momento de acercarse a mi dice;

- Mi amor - *dijo triste y añade* - Perdoname.

- ¿Por que le pides perdon a mi hija ?- *dijo confundido mi papa.*

A lo que el no responde , se acerca a mi y al momento de tocarme , volteo al instante y pego un grito y empiezo a llorar muy fuerte e le suelto un manotazo.

Mama se dio cuenta de lo que me hacia llorar era por charles.

volvio a intentar a consolarme y pego un grito fuerte y lloraba fuerte ,
Entonces mi mama dice;

- Por favor charles sal del cuarto , esperame en la cocina y hablaremos de Rowan - *dijo seria mama.*

El movio la cabeza , se levanto y se fue , mi mama me tenia en sus brazos me empezo a arrullar como un bebe ,
Hasta que me quede dormida.

Mama me acomodo para que no me torciera , me da un beso y se fue.

Narra mama:
Acomode a mi hija en su cama para bajar a la cocina y hablar con el sobre el motivo de mi hija con él , al bajar encontre a mi esposo hablando con el.

En ese momento me acerco a la mesa y me siento a lado de mi esposo , empiezo hacerle preguntas;

- Dime ¿Como fue que mi hija te tratara de ese modo? - *dije seria*

- Mire de que ella es asi conmigo es por que ...- *suspira* - yo soy el culpable de que ella este asi.

- ¿Asi? Y cual fue el motivo de que fuera asi ? - *dije molesta y levantando una ceja* - .

- ....- *No respond*e

- ¡Vamos! ¡No te quedes callado¡ - *dije gritando esterica*

- Esta bien les dire - *dijo con la mirada abajo.*

- ¡Bueno no te quedes callado! - *Dije esteric*a

- Cariño no debes de ser dura con el- *dijo mi esposo tranquil*o

- Como no quieres que me ponga asi , algo le hizo a nuestra hija , la conosco bien , cuando llora de esa forma es que la hirieron - *dije molest*a

Mi esposo no dijo nada ya que sabe perfectamente que esa forma de llorar de mi hija es que la hirieron o le hicieron algo.

- Lo que sucedio fue que , le dije a mi princesa de que ella habia visto mal , al momento de la pelea de efelios y yo ,- *añade* - le dije que vio mal ,para despues me contesto de que por que le mentia si ella sabe perfectamen lo que paso y vio , entonces le dije que nosotros los demonios mentimos en todo , ella se sintio herida al oir eso.

- Entonces no amas a mi hija verdad - *dije conteniendome las lagrimas.*

- Realmente amo a su hija desde el dia que la vi por primera vez - *dijo llorando.*

- Entonces si la amas te costara trabajo en ganar su confianza en ella - *dije molesta*

no dijo nada ya que sabia perfectamemte que eso pasaria .

Mientras charles y yo hablabamos lo de mi hija , mi niña grito con un llanto.

Subi rapidamente y la vi tirada al suelo llorando me acerque sin pensarlo estirando mis brazos para tomarla y fui corriendo hacia donde ella estaba.

La tome entre mis brazos y la comode como un bebe para tranquilizarla.

TERMINA LA NARRACIÓN DE MAMÁ.

Grite desde mi cuarto con llanto , estaba tirada al suelo ya que senti que me aventaron al suelo , vi a mi mama entrar al cuarto se acerco a mi con sus brazos abiertos me toma entre sus brazos y me acomoda en sus brazos como un bebé.

Mientras mi mama me arrullaba , el llego 3 segundos despues de mi mama , se recargo en la orilla de la puerta y senti su mirada encima de mi.

Volteo y al verlo me pongo a llorar.

Empiezo a toser fuerte ya que de tanto llorar me hacía mal.

Mamá me llevo a la cama me acomodo y me aropo , en ese momento mi mamá puso su mano en mi frente para darme un beso pero en vez de eso si cara se puso extraña.

Voltea a ver a mi papá y sin pensarlo entro al cuarto al igual que el;

- Que pasa cariño? , Porque esa cara? - *dijo mi papá preocupado*

- Rowan está ardiendo , tiene temperatura alta - *dijo preocupada.*

- Llamaré a un doctor - *dijo corriendo a abajo*

Mi mamá no dijo nada , ya que ella estaba muy preocupada por mi salud ,se acerca me toma la mano y de pronto vio lo que realmente me provoco temperatura.

Su semblante estaba furioso por lo que vio.

FLASHBACK;

Dormía en mi cama mientras que mamá hablaba con charlie , sentí un aire frío pero no le puse mucha atención ,
Sentí un aura conocida pero no le puse atención , seguí durmiendo hasta que algo me empuja y me lastima el brazo , caigo al suelo y pego un grito.

FIN **DEL FLASHBACK**

se volvió a acerca y me tomo del brazo izquierdo donde me había marcado como suya el día que nací , l la tomo y noto que la marca que me había hecho , estaba borrosa como si la quisieran desaparecer.

En eso mi mamá dice;

- ¡Deja a mi hija! ¡no la toques! - *dijo gritándole quitando su mano de mi brazo*

Lo quito , en ese instante mi papá entra y le dice a mi mamá;

- En 10 minutos viene el doctor - *dijo tranquilizando a mi mama*

Se sentó charlie a mi lado al igual que mi mamá , en lo que llegaba el doctor mamá se fue abajo ha tomar agua.

se quedó a mi lado a pesar de lo que dijo , se acostó a mi lado me acurrucó a su pecho , acariciaba mi cabello , me daba besos en mi cabello y me susurraba;

- te amo nena , perdóname no fue mi intención de herirte ...te protegeré de todo , te amo te amo te amo tantoooo , que no puedo vivir sin ti , haré todo lo que sea para que te recuperes , mi amor quiero casarme contigo , falta una semana pero tú estás primero la boda puede esperar -

Me da un beso en mi frente y se oye el timbre , se paró para abrir la puerta del cuarto .

Suben mis padres con el doctor , el doctor saluda a charlie amablemente ,el conoce al médico así que ellos se regalan miradas como diciendo; YA SABES QUE HACER.

El médico se llamaba Jim Carrey , Jim se acerca a mi y me hace un chequeo lo que siempre hacen , saca su termómetro para saber cuánto tengo de temperatura.

Lo coloca en la boca , espera unos segundos y al sacarla se preocupó Y dice;

- La temperatura de esta niña es alta - *dijo preocupado.*

- Cuánto tiene de temperatura - *dijo mi mamá preocupada.*

- Tiene 39,7° , es muy alto y riesgoso ya que la niña puede quedar inconsciente e hasta tener convulsiones por la temperatura - *dijo preocupado*

Mamá se puso a llorar de lo que dijo el médico , charles miro al doctor diciendo *hablamos en privado* .

- Señora me puede prestar su tocador - *dijo serio*

- Si claro , le indicara donde esta el tocador - *dijo limpiándose las lágrimas.*

Bajaron los dos y le pregunta;

- Dime Jim que fue que lo provoco - *dijo serio.*

- Efelios no se dará por vencido hasta a ver conseguido en asesinarla , así que aprovecho cuando dejaron a solas a Rowan , intento quitarle la marca que le habías puesto - *dijo con un tono de voz serio*

- Como? - *serio dijo charlie*

- Usando el fuego que a la vez tiene que clavar su uña para quitarla - *añade* - pero fallo así fue lo que le provoco la fiebre .

- Maldito Efelios - *dijo enojado en voz baja*

- Así que yo que tú la cuido cada segundo por esta gravemente enferma , y su vida corre riesgo - *serio lo dijo*

- No se que voy a ser - *con un tono de voz preocupado.*

- Lo único que puedes hacer es protegerla y no importa que pierdas la vida por ella si en verdad la amas - *dijo serio.*

-............- *No responde*

- Eres uno de los demonios mas fuertes , el más salvaje , al más temible del universo , pero en este mundo eres débil con esa forma humana , cuídala y cuida en no demostrar tu verdadero tú por qué lo haces Ella se alejara de ti - *serio lo dijo*

no dijo nada no le quedaba de otra que protegerme cada segundo hasta recuperarme.

CAPITULO:48

SOBREPROTEGIDA...

no dijo nada no le quedaba de otra que protegerme cada segundo hasta recuperarme.

El doctor subió junto con charlie , entraron a la habitación;

- Bueno señora me retiro...le di un antibiotico le dare una receta - *Dijo mientras miraba a charles para que supiera a lo que se referia.*

- Ok doctor muchas gracias por venir - *dijo mi padre.*

El doctor se va y el queda pensativo en lo que le dijo es un amigo doctor jim

- Señora - *dijo charlie*

- Si - *dijo asombrad*a

- Quiero comentarle que apartir de hoy protegere a su hija cada segundo hasta que se recupere yo la cuidare por usted - *dijo serio.*

- Es enserio lo que estas diciendo - *dijo asombrada*

- Si estoy seguro de lo que estoy diciendo- *Dijo seguro mismo*

- Confío en ti - *lo abraza*

- Gracias señora no le fallare ni usted y ni a su hija - *Dijo muy feliz*

- Bueno iré a preparar algo de comer - *se limpia las lágrimas*

asintió con la cabeza se fueron y voltea a verme , se acerca a mi se sienta a un lado y me dice:

- Te amo pequeña todo va a salir bien espero que me perdones - *susurro en mi oído y me da un beso en mi cuello*

Se acuesta a mi lado me acaricia el rostro y se queda dormido.

..........,.................

Sube mi mamá al cuarto ya que había terminado de hacer la comida , abre la puerta y ve a charlie dormido a mi lado , sonríe al verlo dormir conmigo , entonces entra en silencio saca un edredón y no los pone a los dos para estar calientitos.

Mientras yo en un sueño profundo:

Caminaba en un hermoso paraíso con personas que no conocía pero son muy buenas personas , no he visto a alguien viejito aquí todos son jóvenes , sin sufrimiento y felices en eso veo a mis amigas que estaban sentadas en el pasto con unos hermosos vestidos blancos , me hicieron señas para que me acercara a ellas

Voy corriendo a hacia ellas , me siento junto a ellas y empezamos a platicar:

- vaya como ésta nuestra mejor amiga - dijo sol

- si como has estado - dijo Nancy

- vamos no te quedes callada - dijo Jane

- bueno no sé por dónde empezar - dije algo confundida de sus comentarios

- hace tiempo que no nos vemos amigas y queremos saber que has hecho en el tiempo que no te hemos visto - dijo sol con una sonrisa

- es cierto desde el día que te expulsaron de la escuela ya no hemos sabido de ti - dijo Jane con asombro

- bueno chicas dejemos que hable - dijo con una sonrisa Nancy

- Bueno lo primero que les diré es que muy pronto me caso - dije con una sonrisa falsa

Todas se quedaron heladas por un momento al oír sobre que me caso muy pronto.

- deja retroceder mi mente y analizar lo que dijiste es que te vas a casar - dijo sin ánimos sol

- yo no sé qué decir eres muy joven - dijo Nancy pálida

- lo sé - agache la mirada

- entonces mejor dinos el motivo que te vas a casar - Jane puso sus manos debajo de la rodilla para escuchar

- mmmm - no sabía que decir

- vamos - dijo sol

- ok - dije sin ánimos

Les platico todos los sucesos durante 36 minutos y....

- wooow es hermoso y porque un demonio - dijo con una sonrisa Jane

- me hago esa pregunta a diario - dije con una sonrisa fingida

- pero no sabes cual es su personalidad demoníaca - pregunta Nancy

- nooo ni si quiera me he puesto a pensar en eso hasta que lo has mencionado - dije pensativa

- Yo que tú voy pensando como ha de ser su personalidad demoníaca - dijo sol dando un mordisco a una pera

- Como ustedes se imaginan que sea su personalidad demoníaca - las miro

- bueno yo me lo imagino algo grande bastante grande con músculos exagerados , cuernos de cabra , boca de León , y cola de largarto - dijo pensativa Jane

- Tu Nancy cómo te lo imaginas - miro a Nancy

- Bueno yo lo imagino algo muy temible en apariencia y fuerte salvaje ....mmm..no se así me lo imagino - dijo sin saber cómo Nancy

- Y tu sol - miro a sol

- Yo ..mm .... No se me lo imagino algo muy temible de todos los tiempos - soltó una risita

- hahaha - me empeze a reír

Todas empezamos a reír fuerte

Nos paramos del pasto y empezamos a correr y jugar entre Nosotras empezamos a perseguirnos , después nos cansamos y volvimos a platicar:

- Bueno y ustedes que me aconsejan - dije con una sonrisa mirándolas

- No tires tu virginidad a la basura con ese demonio - dijo muy directa sol

- es verdad a pesar de que dijo que los demonios mienten yo que tu de ahí ya no le creía en nada - dijo sería Nancy

- Opino lo mismo - dijo Jane levanto su pulgar

- les haré caso - dije con una sonrisa.

- Oye debes despertar , después nos vemos te marcamos - dijo sol

- Como - dije confundida

- estás inconsciente , y además estamos en un paraíso hermoso que realmente será realidad muy pronto - dijo con una risita Jane

- estamos aquí cuando tenemos problemas y lo único que pensamos es esto al igual que tú - dijo feliz Nancy

- y porque estoy inconsciente - pregunte

- No se realmente no sabemos pero sabemos que lo estás - dijo encomiendo de hombros Nancy

- Bueno chicas menos rollo ayudemos a despertarla - dijo sol con unos aplausos

- Cierra los ojos - dijo sol

- aha - dije

- No respires - dijo Nancy

- aha - dije

- acuéstate - dijo Jane

- y sentirás un golpe en el estómago - dijo sol

Me pegan en el estómago y fue de ahí que empezé a despertar

Empeze a abrir los ojos poco a poco , tengo la vista borrosa está algo oscuro el cuarto , y siento que hay alguien a mi lado , me empiezo a mover y volteo al lado , veo que el está dormido a mi lado.

Si que es un dolor de cabeza y me empeze a mover que hizo que despertara a charllie;

- Cariño despertaste - *intenta abrazarm*e

- No me toques - *Dije com voz fria y cortant*e

- Pero ....- *Entra mi mama al cuarto*

- Cariño despertaste - *Dijo emocionada*

- Hola mami - *le regalo una pequeña sonrisa*

- Que bueno que estés despierta - *Se acerca y me abraza*

Correspondo a su abrazo , mientras que el me observaba con el semblate triste en eso me acorde que hoy vería a mis amigas para comer helado y le digo a mi mama;

- Mama - *dije con voz tierna*

- Que pasa - *me mira*

- Hoy iba a ver a mis amigas a comer helado puedes llamarles que no podre ir - *dije triste*

- Claro que si - *Me da un beso en la frent*e

Sale de mi habitación y me quedo sola con el solo nos regalábamos miradas no se que pasara en toda mi vida , no se como llevar al cabo esta situcion.

CAPITULO: 49

RECUPERANDOME DE LAS HERIDAS DE MI CORAZON Y DE MI SA LUD..

Sale de mi habitación y me quedo sola con el solo nos regalábamos miradas no se que pasara en toda mi vida , no se como llevar al cabo esta situación.

En eso mi mama entra al cuarto volteo y se acerca a mi;

- Ya les avise a tus amigas - *sonrie y añade-* dijieron que como no podias vendran a verte - *me regala una sonrisa.*

- Ok Mama - *sonre*i

- Señora nos puede dejar a solas es que me gustaria hablar con su hija - *dijo desanimado*

- Claro que si - *Regala una sonrisa*

Mama se fue y me quede a solas con el demonio...perdon con charlie no se que es lo que quiere hablar conmigo;

- Quiero hablar sobre lo que paso ayer - *Dijo mirando abajo*

- Asi pues ya no te podre creer en lo que digas ya que los demonios mienten - *dije seria y muy fria*

- Creeme por favor yo te amo de verdad - *se acerca toma mis manos y añade-* que quieres que haga para mostrarte de que en verdad te amo - *le salen unas lagrimas*

- Eso lo hubieras pensado antes de decirme eso - *Le quito mis manos y cruzo mis brazos hacia Mi pecho*

- Perdoname por favor - *Dijo llorando*

- Asi que los demonios No piden perdon - *dije con sarcasmo*

- ....- *no dice nada*

Sale corriendo del cuarto a llorar bajo las escaleras y salio al patio , me paro de la cama y observo que esta llorando;

-
Maldicion ahora yo fui quien lo hirio pero lo que se es que los demonios no tien en sentimientos - ***dije dentro de mi con culpabilida***d

En eso oigo el timbre y decido acostarme de nuevo , para eso se oyen pasos y voces de chicas hablando en voz baja ya me imaginaba quien eras.

Oigo que tocan la puerta y digo;

- Adelante - *Grit*o

Entran al cuarto veo que son mis amigas entran amontonadas asi que no me aguante las ganas de reir;

- Ay chicas entren una Por una - *dije entre risas*

Entraron amontonadas ...en fin , todas mis amigas se sientan en mi cama y me dicen:

-Nos dijo tu mama qu no podias venir que te sentias mal -
Dijo nancy com una sonrisa

- Y como no podias venir a comer el helado que nos prometiste ...-
*saca algo de su mochila so*l

- Que es ..- *pregunte*

- Ya veraz Que es - *sonrio Jessica*

- Bueno - *dije con una sonrisa*

- Te trajimos esto - *sol muestra el helado*

- Gracias amigas por venir aqui a visitarme - *sonre*i

- Bueno a comer - *sonrie Jessica*

- Pero no tenemos cucharas - *dijo seria nanc*y

- No se preocupen tengo unas aqui -
les entrego las cucharas a cada una y añado- a comer chicas o si no se va a derretir

Empezamos a comer helado dentro del bote con la cuchara reimos y todo Pero decidieron a que bajara a la sala .... Asi fue ....Pero no queria por que estaba el abajo rayos;

- Vamos tienes que despejarte de un rato de tu cuarto - *dijo entre risas nanc*y

- No quiero - *Refufunñe*

Bajamos a la sala ...lo que menos esperaba es que estuviera sentado del sillon rayos;

- Que haces cariño en la sala deberias estar descansando en tu cuarto -
*dijo con voz seductor*a

- Queria despejarme un poco de mi cuarto- *dije muy seria*

No dijo mas dio media vuelta y se fue a sentar al sillon y llegamos a la mesa que esta a unos metros de la sala...lo queee esperaba es de....

- es el - *pregunto so*l

Las preguntas eso es a lo que me refiero rowan preparate para millon de preguntas que te haran;

- El es tu prometido verdad-
*dijo Jessica en voz baja y mirando en direccion a donde esta el sentado en el sillon leyendo revistas de mod*a

- Si asi el es mi prometido Charles French Stone ustedes que opinan -
*dije en voz baj*a

- Es guapo - *Dijo sol mirandolo en voz baja*

- Es en serio verdad - *mire a sol con cara de ¿WHAT?*

- Realmete Es guapo ....tiene musculos - *dijo jessica en voz baja mirando a charlie*

- ....- *no dije nad*a

- Nunca habia visto a un chico asi - *dijo sorprendida nancy al verl*o

- Bueno....- *hice señas para que me hicieran caso*

- Es muy guapo - *Lo mira Jessica de pies a cabez*a.

- Oigan chicas es mi prometido - *dije seria*

- Si lo es me gustaria que fuera mi prometido - *dice entre risas en bajo so*l

-IGNORADA- *Dije dentro de m*i

Mientras observavan a mi prometido sentado en el sillon de la sala ......yo moria de celos .....ellas estaban mirandolo muy lujuriosamente enfrente de mis narizes , si hace un momento decian que no me casara con el -_-.

Despues de media hora es cuando por fin mis amigas se dan cuentan que existo :v fue una eternidad durante media hora

Despues de un rato decido subir a la habitación , ne ayudaron a subir con cuidado , entramos me acuesto a cama y e eso les digo.

-Chicas que tal si jugamos un rato a video juegos y despues vemos a chicos sexys- *dije con un pla*n

Todas se dieron cuenta a que me refereria ....iba a poner celoso a charlie hehehe......entramos al cuarto y puse los controles de video juegos y empezamos a jugar.

CAPITULO: 50

CELOS A CHARLES

Todas se dieron cuenta a que me refereria ....iba a poner celoso a charlie ......entramos al cuarto y puse los controles de video juegos y empezamos a jugar.

Mientras superaba las dolorosas palabras de aquel dia seguia pensando si hacia lo correcto de casarme con el ......no se si lo hago o no hay esto si que es fuerte y dificil de tomar una decision.

Empeze a jugar y ala vez pensaba en que debia de hacer .

- ahhh nancy eres mala en este juego- *dije entre risas*

- En este no es el unico si no en todos haha - *empezo a reir fuerte Sol*

- AHHHHHH- *empezo a llorar nancy*

- Bueno es suficiente de jugar es hora de hablar de chicos -
dije con voz pervertida

- siii- *dijeron al mismo tiempo*

Se oyen pasos subir por las escaleras y.....

- Perdon de que van a hablar - *Dijo*
abriendo la puerta con una mirada amenazante

- Nada de lo que te importa vete a ver si ya puso la marrana- *dije seria*

Se va enojado por lo que le dije en eso las chicas y yo empezamos a platicar de chicos;

- A mi me gustaria de un chico que le que no te presione - *dijo nancy*

-MMMM- *dijimos al mismo tiempo*

- Nani - *dijo nanc*y

- Mejor miren chicas tengo fotos de chicos sexys :v - *Dijo Sol como sabia*

Todas al mismo tiempo nos acercamos a sol ....pero pareciamos perritos moviendo la colita , en eso nos dimos cuenta que nancy estaba babeando de solo lo ver las imagenes y ...;

- Hay vasitos para la baba :v- *dije entre risa*s

- ahhh perdon perdon - *dijo avergonzada*

-bueno chicas ahora que les hiba a decir - *intento recordar*

- Mentiras - *dijo nancy*

- Calmate we luego no te aguatas we >:v Alv - *me rei*

Despues de buen rato divertiendonos mis amigas se van a sus casas y el sube a mi cuarto algo molesto e celoso;

- mmmm - *murmur*o

-Que?- *pregunte*

-...........- *no responde*

- Ahora por que estas asi - *pregunte*

-Tu sabes la respuesta- *contesto molesto y celos*o

- son por los chicos guapos,sexys,musculos y ardientes que vimos en fotos - *dije con normalidad*

- Siii- *contesta ahora estando* celoso

-ahh que bueno chido por ti- *dije con normalidad*

- Que te pareciera si salgo con una chica- *dijo muy orgullos*o

-quieres saber mi respuesta- *dije normal*

-si- *dijo seguro de si* mismo

-Esta es mi respuesta-

- QUE?- *Medio grito*

- :v - *me rei*

- Y si la tomo de la mano y la beso delante de ti - *dijo muy orgulloso*

-Esta es mi respuesta we :v - *dije con mucha normalidad*

-Asi que te vale que haga con una chica verdad - *dijo algo molesto*

-Me pregunto si no eres bipolar -*dije mientras sacaba una revista del cajo*n

-Por que dices eso - *Voltea a verme*

- Por que hace un rato estabas llorando en el patio cuando te dije ....ya sabes - *hojeaba la revista-* para despues te encontre sentado en el sillon como si nada leyendo una revista de moda, - *hojeaba la revista y añado-* Y por ultimo subes a mi habitación en el momento en que se fueron mis amigas y sin tocar la puerta entras molesto e celoso solo por simple imagenes de hombres HOT que vimos mis amigas y yo -dije con normalidad-

-……- *no responde*

- Que ahora no me vas a decir otra cosa - *hojeaba la revista y añado-* parece que no

-Por tanto odio contra mi eee - *pregunta muy serio*

-No es odio es la verdad- *termino de leer la revista y prendo la tv y añado-* y vez ahora estas serio eso se llama BIPOLAR :v

-Arreglemos esto mi amor-*dijo triste*

-A ver primero: ¿Quien tuvo la culpa?- *hable como sabia*

-Yo- *dijo rapido*

-Segundo: ¿Quien se le ocurrio decir esas palabras? - *dije orgullosa*

-Yo- *dijo sincero*

-Tercero: ¿Crees que te voy a perdonar hoy mismo? -*dije orgullosa*

-no - *trago saliva*

-Entonces dime - *busco una serie de anime*

- Tienes razón te dejare que lo pienses y despues me digas :'(- *dijo triste*

- Creo que seria mejor tomarnos un tiempo en lo que pienso si perdonarte o no - *dije seria*

- Claro ......tomemonos un tiempo y analizar lo que hemos hecho - *dijo triste suspira y añade*- pero jamas te voy a dejar

-Ok- *dije muy cortante*

se levanta me da un beso en la mejilla y se va a su casa en ese mismo apago la tv y enciendo mi estéreo y pongo la canción de *BACK TO BLACK - AMY WINEHOUSE*.

Me acuesto y reflexiono todo desde el principio desde que me lo presentaron en mi cumpleaños hasta la actualidad , seguia reflexionando al ritmo de la musica.

No sabia si hacia lo correcto o seria un desperdicio si volvia con el ......oh mierda estoy tan confundida....... Que voy a hacer soy muy seria, tranquila, y muy joven para casarme con el en ....dos semanas ..pego un brinco que hizo que me mareara.

-No puede ser pero......dijimos que nos tomariamos un tiempo... Asi que no tendre que casarme en dos semanas -*respire aliviada*-

Bajo a la cocina en el refrigerador hay una nota diciendo;

Hija salimos tu padre y yo llegaremos tarde hay comida en el refri y en la despe nsa puedes preparte lo que quieras

***Atte; tu mam*a**

Lo bueno que salieron .....tomo carne de res y ingredientes lo pongo a hacer mientras que esta la carne hago croquetas de queso y hago agua de naranja.

Minutos despues ya estaba listo todo subo la comida a mi cuarto , bajo de nuevo por agua y vuelvo a subir, bajo de nuevo y me llevo el helado subi otra vez, bajo otra vez y me llevo todos los dulces subo otra vez y cierro la puerta.

-al fin es hora de comer -
empeze a babear al ver mi reinado de comida en la cama y añado,- es hora de comer

Prendo la tv y busco un anime que se llama ACCHI KOCCHI me llamo la atencion hace unos dias .....empeze a verla mientras comia , me reia por los golpes que recibia la chica .

Estuve asi durante 2hrs termino de comer pero no termine la serie me quede en el capitulo 7 me sentia como gato gordo y me escurria la saliva de la boca.......en ese momento llegan mis padres......nani que no iban a llegar tarde.

Bueno creo que no me puedo mover me siento muy llena .....si doy la vuelta voy a rodar como balón.......mejor quedo asi.

Se oyen pasos al subir las escaleras ....
Mama abre la puerta yyy se lleva una sorpresa.

-Hija ya llegamos- *Abre la puerta*- ah - *Queda sorprendida al ver mi* tiradero

Mi mama no me dice nada y se va.

CAPITULO:51

TOMARNOS TIEMPO.....NO SIGNIFICA DE QUE HARIAS ESTO...

Pasaron 3 días , me quede en cama durante esos días no Tengo que preocuparme de la escuela ya que estoy expulsaba por simplemente no pagar.

Estoy en mi cuarto viendo ACCHI KOCCHI él capitulo 7, me da risa de lo que le pasa a un personaje.

Me levanto de cama y me doy un baño después de unos minutos salgo y me cambio.

Bajo a la cocina tomo las llaves me pongo los audífonos y escuchó la canción De *HOUDINI - FOSTER THE PEOPLE* , empiezo a caminar y para mi sorpresa me encuentro a la asistente de charlie y como siempre viste de una manera provocativa.

Camino para pasar desapercibida y evitarme problemas con ella, en eso me toma del brazo;

-oye que te pasa no te hecho nada- *dije intentando quitarme de ell*a

-Que mala educada- *dijo con sarcasmo*

-la mala educada eres tu por tomarme de esa forma- *dije molesta*

-Huy y yo quería ser tu amiga - *finge decepción*

-Tu mi amiga....no mi niña estas muy equivocada yo no trato con personas como tu- *dije muy directa y fríamente*

-Uyyy perdon- *se ríe en baj*o

-Adiós- *me doy media vuelta y..*

- A donde vaz mocosa- *me toma del brazo de nuevo*- no he terminado de hablar - *dijo molest*a

-pues rápido que no tengo tiempo en desperdiciar contigo- *dije sería*

-Pues esto te va a gustar o mejor dicho de como sería tu reacción al saber esto- *dijo muy segura de si mism*a.

-No des tanto rollo y di lo que vayas a decir- *dije seria y si tomar Importancia de lo que me dijera*

-Abre bien los oidos- *sonrio*

-Que esperas no tengo tu tiempo- *dije seri*a

-Bueno .....SOY LA AMANTE DE TU PROMETIDO BILL- *dijo con sarcasmo y ala vez orgullosa*

Me hago la fuerte y Contengo las palabras dolorosas que me acaba de decir la asistente, me pongo fuerte ante ella a la vez demostrando que no me dolieron sus palabras.

-Así que tu eres su amante de Bill- *dije seria (por dentro rompí en llanto)*

-Si ....parece que no te dolió- *dijo con una sonrisa malévol*a

-Comí si me importara de lo que ustedes dos hagan- *dije sería (por dentro rota)*

-En serio no te importa- *dijo sorprendida al ver mi reacció*n

- Por mi te lo puedes quedar- *dije seria y doy media vuelta-* pero no olvides de que seras una arrimada y un plato de segunda clase - *dije mientras le sonreía malevolamente (por dentro decepcionada)*

-Que es ....enserio de lo que dices- *dijo muy sorprendida*

-Si pero te diré algo y de un grito para que la gente sepa quien eres- *dije seri*a

-Que cosa- *pregunto*

-Esto.....- empiezó a gritar

-QUE TE PASA!!- *Grito sale corriendo hacia a m*i

Me doy media vuelta y me pongo los audífonos e pongo play a una cancion walking on the dream - Empire Of The Sun , empiezo a correr para que no me alcanzara ya que ella tiene tacones, corrí al ritmo de la musica y cuando me aleje de ella seguí corriendo de desesperación.

Corrí, corrí,corrí sin detenerme pero ahora con lágrimas en los ojos por lo que me había dicho la asistente, mis lágrimas eres de tristeza,decepción y furia de que me engañara por alguien más bonita que yo.

No me lo podía creer de mi misma de lo que acabo de escuchar de una mujer mejor que yo es doloroso subestimarme alguien osea charlie con alguien mejor.

Seguí corriendo y la misma canción se repetía ya que ese tipo de canciones me ayuda a sacar mi furia,....pero .....

En verdad me mintió en todo de lo que me decía para casarme con él o.....no no .....por que él día en que fui a su casa para hablar sobre la deuda de mi padre me libro al momento de que le hable de mi padre.....

No....no.....¡NO!........puede ser ....puede haberme chantajeado ....y si es verdad de su amor de que me esta ofreciendo......
Que voy hacer.......me siento tan confundida....no se que hacer......parece como....
Si fuera una pesadilla.....

Ya no se si esto es real de lo que vivo.......todo cambio desde que me lo presentaron.....mi mundo dio un giro drásticamente ......no he podido parar de llorar....al saber si en verdad me ama......

Pero no se que pensar........estoy en medio.....de una confusión que hace que no pueda creer.....de lo que me dicen.......es un demonio .....y los demonios mienten......nunca dicen la verdad....

Así es ....no dicen la verdad.....Maldito.....como....cómo..... Como.... ¡COMO ME PUDISTE HACER ESTO CHARLES TE ODIO TE ODIO CON TODA MI ALMA! ....lloró aun de todo esto lo que me esta pasando como......deseo irme lejos de aquí y. ....no volver nunca mas.....

si en verdad me ama......tendrá que demostrarlo......así como yo.....Haré si en verdad dice la verdad .....o no.....tengo que ser astuta.......

Sigo corriendo hasta llegar a casa ya con él corazón latiendo a mil casi dandome un infarto.

Entro a casa y subo rápido a mi cuarto me encierro y pongo mi MP3 en él etéreo poniendo la canción de JOJI - Slow Dancin In The Dark

Me puse a saltar en la cama.....me bajo me agacho saco una caja donde tengo todo lo necesario para saber si me siguen mintiendo....y engañando con otras personas.....

Mientras tanto efelios observa a rowan lo que intenta hacer para terminar con esta situación, mientras sujetaba en su cuello la bola de picos sonríe al verla desde en techo de la casa de enfrente mientras empezaba él atardecer;

-vaya vaya... Así que quieres saber que es realmente bill- *sonrie*- yo te ayudare a despertar al demonio en su interior, así te alejaras de él al ver quien es verdaderamente él - *sonrie*-

Efelios la observa un rato mas y ...

-nos veremos muy pronto rowan ....Te ayudare a librarte de él hahahaha -*ser ríe malevolament*e

Efelios brinca hacia arriba y empieza a flotar y desaparece..

Mientras tanto charlie llega a la casa de rowan....

-esta aqui- *meto todas las cosas debajo de la cam*a

Bajo rápidamente mientras que ponía frase y palabra para saber que hacer para enfrentarme a él.

Abro la puerta...

-Hola - *dije sería*

-Hola- *sonríe enamorado mirando a rowan*

-Que se te ofrece- *dije sería*

-Puedo pasar- *pregunt*o

-si- *dije fríamente*

-Vine a ver como estabas- *acaricia mi mejilla*

Con la mano doy un manotazo apartando su mano de mi ...

-Que pasa nena- *quedo sorprendido sobre mi reacció*n

-Tu que crees- *dije muy seri*a

-Que?-*pregunt*o

-De que hábiamos dicho de que nos tomáramos tiempo no para esto- *dije molesta*

-A que te refieres- *dijo confundido*

-No te hagas él que no sabe- *dije molest*a

-Que cosa?- *pregunt*o

-De que me has estado engañando con tu asistente osea tu amante- *dije seri*a

-Claro que no mi amor- *se pone triste*

-........-*lo miro solamente*

- Yo te amo mucho mi amor y nos vamos a casar muy pronto amor eee siii- *se arrodilla ante m*i

-Yo ya no te creo nada- *dije seri*a

-No me hagas esto mi amor dije quien fue que te dijo eso- *dijo triste y llorand*o

-Tu asistente- *dije sería*

lloro mas y se molesto a la vez....

Que me oculta con su asistente, que clase de demonio es ....
.necesito saberlo....o que alguien me ayude.

CAPITULO: 52

GANATE MI CONFIANZA O.....

Que me oculta con su asistente, que clase de demonio es ....
.necesito saberlo....o que alguien me ayude.

-charlie que me estas ocultando- *dije sería*

El no respondió a mi pregunta solo siguió llorando..

-Respóndeme - *dije sería*

-Quieres saber- *me mira con lágrimas*

-Si - *dije cortant*e

-Bueno...yo- *dice llorand*o

-¡VAMOS RESPONDEME!-*grito enojada*

-Si .....ella es mi amante- *dijo con lágrimas*

-Y por que me has estado engaño -*digo enojad*a

-Ella Fue la que empezó- *llora y añade-* perdoname mi amor no fue mi intención - *con lágrimas me besa*

Seguí el beso que me dio para que unos segundos lo aviento de mi y con mi brazo limpio mis labios.

-Que no te gustan mis besos mi amor-*dijo con lágrimas*

-Me dan asco de solo pensar que te besuqueabas con esa mujer y para después besarme que asco me das- *escupo al suel*o

-Te amo rowan te amo ....y te pido que me perdones- *llor*a

-No se que pensar.....pero me das asco- *dije muy sería*

-Te amo dime que tengo que hacer- *dijo llorando*

-Ganate mi confianza o...-*me quedo callada*

-O que pasara- *preguntó llorando*

-O me perderás para siempre- *dije muy fría (por dentro llore de lo que le dije)*

-No te preocupes mi amor haré lo posible para demostrarte mi amor-*Se acerca me da un beso y me abraz*a

Me abraza y su abrazo fue sincero pero no correspondí a su abrazo ya que no confío en el hasta que me lo demostrara con hechos.

El se va a su casa Y......en eso no sabía que pensar de el .....ya no confío en el .... quisiera saber qué clase de demonio es , uff eso será imposible.

Al día siguiente

Me desperté tarde como de costumbre (ya que no voy a la escuela) , decidí quedarme en cama todo el día , prendo la TV y me quedo ahí todo el día.

Mientras tanto el está en su casa dentro de un pequeño cuarto donde tiene muchas fotos de rowan pegadas en la pared (es algo enfermo)

Efelios aparece en la casa y....

- Que haces en mi casa efelios - *dijo molesto*

- Que educación ni un hola - *dijo serio*

- Si tengo educación pero no con personas como tú - *dijo molesto*- ahora vete de aquí

- Bueno me iré a que no....- *dijo mirándolo de reojo-*

- Que de que - *dijo serio*

- De que tú novia sepa de qué clase de demonio eres - *dijo con una sonrisa malévola*

- Claro que no le vas a decir y menos que has intentado de asesinarla va querer hablar contigo - *dijo muy seguro de si mismo*

- Bueno pero solo recibo órdenes - *se acerca un sacabas y toma una botella de vino y se sienta en el sillón y añade*- no se que te paso

- No me ha pasado nada - *arquea una ceja*

- Me refiero a que a ti no te importaba las cosas de amor - *le da un sorbo a la copa*

- Que estás insinuando- *dijo molesto*

- A que ahora estas muy enamorado de una humana- *hace una seña de salud con la copa*

- Su nombre es rowan - *dijo molesto*

- Bueno a lo que vengo es que jocelyn tarde o temprano se dará cuenta que clase de demonio eres y sabes que va a pasar - *sonríe malévolamente y añade-* cuando vea tu personalidad demoníaca ella saldrá corriendo huyendo de ti con miedo de solo verte y de imaginarse que le harás daño - *sonríe muy seguro de si mismo*

- ¡¡ESO NUNCA VA A PASAR ELLA ESTARÁ CONMIGO!! - *Grita asustado*

- Eres mi amigo charlie pero recibo órdenes pero....- *Charlie lo interrumpe*

- Si eres mi amigo nunca le digas o mejor dicho que jamás vea quien soy yo no la quiero perder - *dijo triste y ala vez se hacía el fuerte*

- No te prometo nada .... pero tal vez se enteré por mi... recuerda que le pusiste el cuerno con tu asistente- *dijo serio*

-..........- *no dice nada y traga saliva*

- ahora que ....te comió la lengua el raton-s*e rie un poco*

- Se que la engañe pero ......- *contiene las lágrimas*

- ¡¡AHHHH PERO CON UN CARAJO SIEMPRE HAS SIDO UN MUJERIEGO EN TUS ANTROS,TUS CLUBS NOCTURNOS, Y EN LOS CASINOS ECT, NO SE QUE TE PASO CHARLES TU ERES EL DEMONIO AL QUE TEMEN EN EL INFIERNO Y TANTO COMO LA TIERRA!! - *Da un golpe en la mesa que estaba a lado del sillón*

- pero yo no quiero que sepa quién soy ahora que he encontrado mi alma gemela- *dijo enojado*

- ¡!AHHH DEJATE DE PENDEJADAS TU COMO SABÍAS QUE ESE HOMBRE OSEA SU HIJA IBA A SER TU ALMA GEMELA, ASI OLVIDE QUE TU ERES EL MAS FUERTE!! - *Dijo gritando molesto con sarcasmo*

- Si por que soy el más fuerte y no se te ocurra decir ni una sola palabra a rowan - *lo amenaza*

- ¡¡POR FAVOR MIRATE AL ESPEJO ESTAS TRANSFORMADO COMO HUMANO Y ESO TE HACE DEBIL IGUAL QUE TODOS ELLOS AQUI Y CON ESE CUERPO ERES DEBIL!!- *grita enojado*

- ¡¡AQUÍ O EN DÓNDE SEA PUEDO DEJAR DE SER HUMANO CUANDO YO QUIERA Y TU LO SABES PERFECTAMENTE!!- *grita furioso*

Efelios avienta la copa a la pared enojado caminando de un lado o otro intentando de hacer razonar a charles;

- ¡¡CON UN CARAJO ELLA SE ENTERARÁ POR MI A COMO DE LUGAR POR EL MOMENTO NO PERO LO HARÉ!! - *dijo enojado*

- ¡¡NO SE TE OCURRA HACERLO O ME CONOCERÁS!! - *Dijo furioso*

- Yo ?,no ella te conocerá- *sonríe malévolamente*

- ¡¡LARGATE DE MI CASA!! - *Grita furioso*

- Nos volveremos a ver charles dentro de muy poco - *sonrie malévolamente*

Efelios abre la ventana y de puntas brinca y se va flotando hacia el cielo nocturno ya que oscureció durante el tiempo que estuvieron hablando.

cierra la ventana de golpe y pone sus manos en toda su cara de lo Preocupado que está , en eso entra al pequeño cuarto tocando todas las fotos que se allanan mientras lo hacía le salía las lágrimas al ver cada foto de ella.

Sale del cuarto muy rápido y pone una canción que se llama GIRL - WET BAES y saca una botella de vino con desesperación ,la destapa y empieza a beber con el ritmo de la música.

Con su playera desabrochada, empieza a pensar en rowan al ritmo de la música y bebiendo, en pocos segundos se levanta del sillón sale hacia el patio empieza a levitar hacia el cielo nocturno (se escucha la canción GIRL - WET BAES) .

El estaba mirando el cielo con lágrimas sin dejar de pensar en rowan y ....

Empezó a gritar de desesperación, frustración,enojo & de amor.

Mientras tanto rowan está en su cuarto ya que no salió en todo el día en eso tuvo un presentimiento de charlie, pero no le tomo mucha importancia.

decide que mañana irá a verla para que vuelva con el ya que no es el mismo sin ella la necesita.

CAPITULO:53

SOLOS EN CASA......

Al día siguiente charles se levantó , se da un baño, se arregla lo mejor para rowan & sale de su casa con su coche en dirección a la casa de su amada.

Mientras conducía pone la canción de CHAD VALLEY - YOUR LOVE .....

Mientras tanto rowan se estaba cambiando ya que estaría sola durante todo un día así que decide bajar ya que hará la limpieza aunque ya está limpia pero lo hará.

Bajo de las escaleras y me acerco al stereo pongo la canción de SHELL SUITE (CASHMERE CAT REMIX) - CHAD VALLEY.

Y empiezo a hacer la limpieza de la casa ya que ayer no hice nada por que me quede en todo el día en mi cuarto viendo TV por lo ocurrido.

La canción hacia que me olvidará de todo solo enfocandome en la limpieza que estaba haciendo ya queee entraron las ganas de bailar y empezé a bailar al ritmo de la música ala vez limpiaba.

Pero no duro mucho ya que solo le di una pasa y terminé muy rápido con una gran sonrisa que desaparecería al oír el timbre ......

Tuve que abrir la puerta para mi sorpresa era el;

- Que haces aqui- *dije muy fría*

- Vine a demostrarte que te amo y que te necesito - *dijo muy tierno y sincero*

- Ah si mmmm no te creo - *dije cortante*

- Me dejas pasar para poder hablar- *dijo con una sonrisa*

- Adelante- *dije sin ganas*

Entra charles en la casa y voltea a verla , se acerca pero ella camina a un lado de el.

- Perdóname mi amor - *dijo triste*

- Deja vengo voy por algo arriba - *ignora lo que le dijo y sube a su cuarto*

Rowan sube ....y el sube también entra al cuarto & cierra la puerta poniéndole seguro.

-Que estás haciendo charles- *dije un poco asustada*

- Vengo a demostrarte que te estoy diciendo la verdad- *se acerca a ella*

- Y como - *me cruzo de brazos*

- Al fin estamos solos tú y yo - *le susurra en su oído*

- Que?- *dije nerviosa*

- no te preocupes no te haré daño- *dijo en voz baja en su oído*

- charles ...- *dije nerviosa*

- Shhhh tranquila - *dijo en voz baja poniendo un dedo en sus labios*

hace 2 chasquillos poniendo la canción que estaba escuchando ayer GIRL- WET BAES.

Se empieza a acercar a mi lentamente mi corazón empezó a latir un poco rápido y empezó a latir más ya que estaba parado enfrente de mi, con una de sus manos levanta mi rostro.

- Que hermosa eres- *dijo con una sonrisa tierna*

Me besa apasionadamente, mientras nos besamos el me empezaba a acariciar mis brazos luego mi cintura , después empezó a besar mi cuello pongo mis brazos en su cuello mientras me dejaba llevar.

Me arrincona a la pared lentamente, ya en la pared empezamos a besarnos pero el beso más intenso que la anterior.

Me pega más a a la pared y el pega más su cuerpo con el mío entre besos le empezé a desabrochar su camisa , el beso fue más rápido charles jadeo en mis labios en busca de aire pero no le importo siguió el beso mientras me desabrochaba el pantalón.

Al desabrochar mi pantalón yo terminé de desabrochar su camisa, el desabrocho fácilmente mi camisa y siguió besandome hacia mi cuello, mientras besaba mi cuello sentía su torso desnudo en mi piel , empezé a acariciar su cabello y su espalda.

Me sentía excitada pero de amor, levanta una de mis piernas y lo sube a su cadera, le quito su camisa y el quita la mía quedando en pantalón.

Había una mesita a lado y en eso el me sube arriba de la mesita, me empieza a acariciar los pechos luego me vuelve a besar intensamente mientras me acariciaba, le empiezo a desabrochar su pantalón el me quita mi pantalón quedando en sosten y en ropa interior.

Nos seguíamos besando intensamente que no quería que esto terminara, la canción se repetía una y otra vez pero me encanta la canción en eso charles me carga y enredo mis piernas en su cintura sin dejar de besarnos, podía sentir su miembro en mi.

Lo amo de verdad lo sigo amando con gran locura igual que el a mi , sus labios empiezan a besar mis pechos y en eso me acuesta en la cama quedando encima de mi me seguía besando y acariciando mi cuerpo, por que no me resistí con el.

Seguía besandome con gran locura y pasion, se quita el pantalón quedando en boxers, me besa pegandome más a su cuerpo, sus labios baja en todo mi cuerpo dando pequeños Besós bajando a mi zona intima que aún seguía cubierta por mi ropa interior.

Se detiene, pone su mano en mi zona intima la empieza a acariciar por encima de mi ropa interior para después meter su mano debajo de ella y a tocarla.

- Ahh charlie- *gemí*

- Te gusta mi amor - *sonrió*

No respondo, tomo su rostro lo beso, me alza hacia su pecho sintiendo sus manos desabrochar mi sostén dejando ver mis pechos, empezó a acariciarlos , a besarlos.

Baja mi ropa interior quedando desnuda delante de él pero también sintiendome avergonzada.

Se quita su boxer dejando ver su grande miembro de lo excitado que estaba;

- Tocalo es tuyo - *me dijo de lo excitado que estaba*

Pongo mis manos sobre su miembro grande, en eso nos empezamos a comer de Besós.

Acaricio mi zona intima una vez más, abre mis piernas baja a mi zona empieza a dar besos allí , gemí al sentir sus labios abajo, se vuelve a poner encima de mi me vuelve abrir mis piernas y se posiciona en medio.

Empeze a sentir como empezaba entrar en mi poco a poco pero en eso....

Se oyen abrír la puerta de la calle, charles se pone triste y ala vez enojado por qué interrumpen cuando le va a demostrar su amor, me cambio rápido y de un chasquido tenía la ropa puesta, voy por mi cepillo y me peino rápido y me aviento a la cama tomando un libro disimulando que no paso nada.

El estaba muy serio sentado en el otro lado de la cama por lo que paso en eso con un chasquido apaga la música.

Mi mamá sube entra al cuarto nos ve tranquilos charlie fingiendo estar dormido y yo leyendo no dice nada solo sonríe para después retirarse.

CAPITULO: 54

HIERO LOS SENTIMIENTOS DE CHARLIE.....OTRA VEZ...

Mi mamá sube entra al cuarto nos ve tranquilos el fingiendo estar dormido y yo leyendo no dice nada solo sonríe para después retirarse.

Cuando se retiró mi mamá abre los ojos mirando con tristeza ya que no tuvo la oportunidad de demostrarmelo.

- Lo siento cariño por que estaba haciendo no fue mi intención - *dijo triste*

-No te preocupes charlie - *dije como si nada hubiera pasado*

- Es que yo quería demostrarte el amor que te tengo y de que es sincero- *dijo triste y ala vez contiene las lágrimas*

- Lo se ya habrá otra oportunidad para hacerlo tú y yo amor - *le regaló una sonrisa*

queda sorprendido al oírme decirle amor ya que siempre le decía cariño o charles pero nunca le había dicho amor.

- Como me dijiste? - *pregunto*

- De que ? - *dije confundida*

- Me dijiste amor - *dijo arqueando una ceja*

- Si y que siempre te digo así - *dije con mucha normalidad*

- Tu nunca me dices amor - *dijo serio*

- Bueno....si eso es verdad - *dije nerviosa*

- Que es lo que tramas - *dijo serio*

- Nada - *dije nerviosa*

- Ya se ....- *sonríe*

- Que cosa?- *dije nerviosa*

- Me perdonaste no es así - *dijo mirandome a los ojos*

- Como lo supiste- *dije muy nerviosa*

- Por que jamás te hubieras dejado llevar - *dijo con felicidad*

- ¿Eh? - *dije muy nerviosa*

- Además jamás me dices amor - *sonrió con mucho orgullo*

- Pero.....pero....- *dije nerviosa y me interrumpe*

- Pero nada sabes que no me gusta que digas PERO - *Dijo con mucho orgullo*

- Vete a la fregada - *dije seria*

- Que dijiste? - *dijo serio muy serio*

- Lo que oíste imbecil- *cierro los puños*

- Que? A poco la niña se enojo - *dijo con una sonrisa*

- Creo que está ocasión no te pediré perdón te vas a enojar lo que te haré - *dije seria ala vez enojada*

- Uyyy la niña, la princesa se enojo- *se empezó a reír y taparse la boca con la mano*

- Quieres saber mi respuesta - *dije seria*

- Cual?- *pregunta*

- está - empiezo a alzar la mano

- oye por que me haces esa groseria - *dijo enojado poniendo sus manos a su cadera de forma de jarrón*

- Te vale y no te pedí permiso wey :v - *dije con sarcasmo*

- A ver desde cuándo me has dicho de groserias - *dijo enojado caminando de un lado a otro*

- Desde que apareciste en mi maldita vida miserable :v - *dije muy orgullosa levantando las manos hacia el techo de felicidad*

- A ver niñita apartir de este momento dejaras de decir de groserias entendiste - *pone su mano en la frente de fastidio*

- Sabes cual es mi respuesta- *dije seria mirándolo a los ojos*

- Cual?- *dijo un poco más tranquilo*

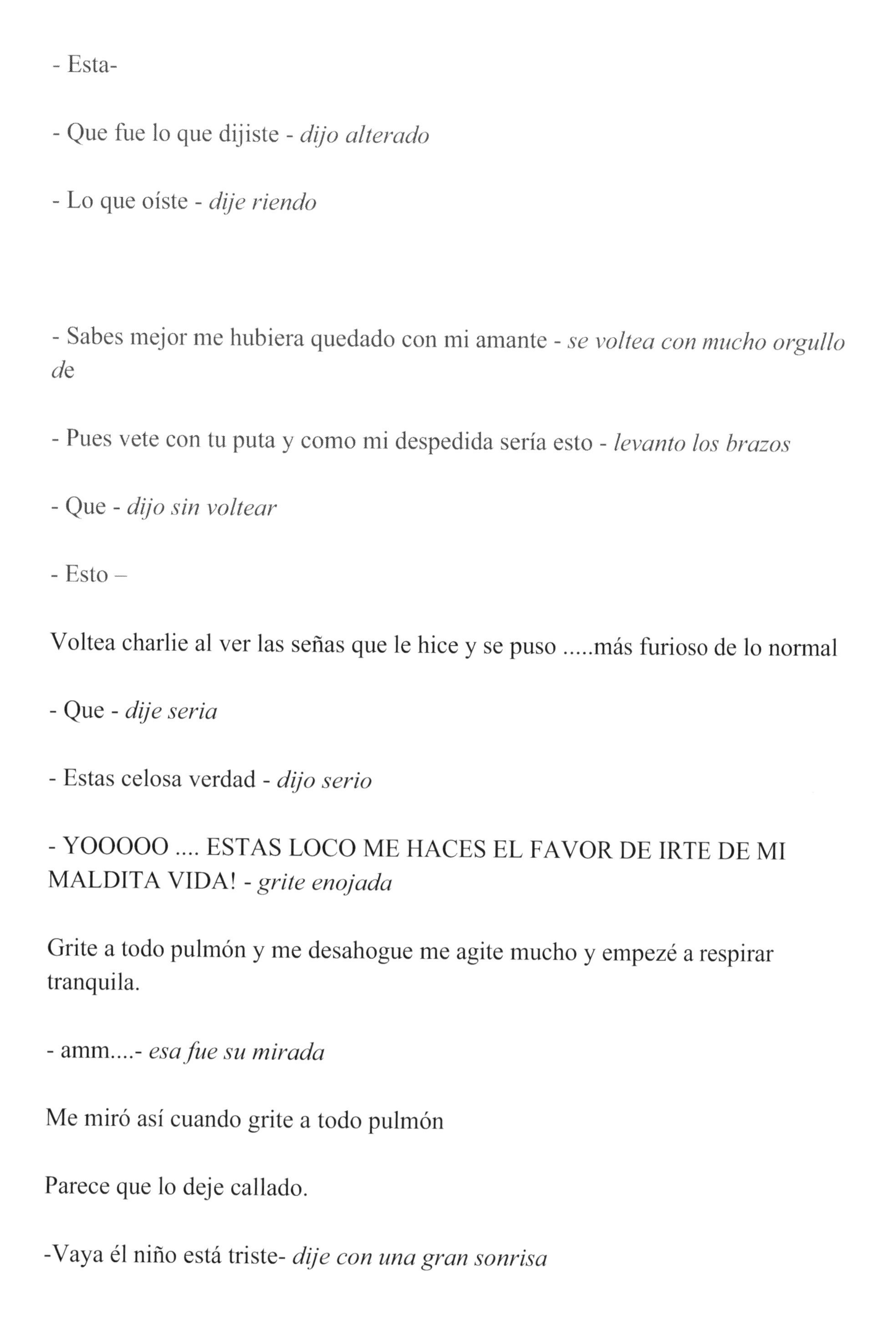

- Esta-

- Que fue lo que dijiste - *dijo alterado*

- Lo que oíste - *dije riendo*

- Sabes mejor me hubiera quedado con mi amante - *se voltea con mucho orgullo de*

- Pues vete con tu puta y como mi despedida sería esto - *levanto los brazos*

- Que - *dijo sin voltear*

- Esto –

Voltea charlie al ver las señas que le hice y se puso .....más furioso de lo normal

- Que - *dije seria*

- Estas celosa verdad - *dijo serio*

- YOOOOO .... ESTAS LOCO ME HACES EL FAVOR DE IRTE DE MI MALDITA VIDA! - *grite enojada*

Grite a todo pulmón y me desahogue me agite mucho y empezé a respirar tranquila.

- amm....- *esa fue su mirada*

Me miró así cuando grite a todo pulmón

Parece que lo deje callado.

-Vaya él niño está triste- *dije con una gran sonrisa*

se voltea de nuevo y se dirige a la puerta y lo detengo

- perdón no fue mi intención de herirte así -

Me sentía muy decepcionada de lo que hice con el herir tus sentimientos.

- no te preocupes rowan ...la semana que viene es nuestra boda el sábado no lo olvides-

Dijo muy serio y a las vez decepcionado,abre la puerta y se baja a despedirse de mis padres , mientras que yo me quedé parada viendo la puerta y como ida de lo que pasó hoy.

Bajo rápido de mi cuarto y veo a charlie abriendo la puerta de la calle.

- ¡CHARLES!-

Grite pero el no me hizo caso salio ,tome su brazo.

- charles perdóname ...-

Se me hizo un nudo en la garganta y no pude decir mas, en ese momento el toma mi rostro y me besa.

- No te preocupes mi amor .. pero...aún no superó esto-

A qué se refiere con no ha ver superado esto....

- A que te refieres con eso-

Dije muy confundida, pero no dice más se sube a su auto y se va.

.....

Estaba en mi cuarto llorando por qué heri sus sentimientos otra vez, me siento culpable por eso.

Mamá entra mi cuarto muy preocupada se sienta a mi lado y me dice....

- hija no llores tu ya le pediste disculpas pero el te perdono-

No le digo nada y ella se da cuenta que no quiero hablar de nada de eso.

- veo que ya no quieres hablar de eso verdad me voy entonces-

Se va mi madre de mi cuarto mientras yo lloraba

Mientras tanto efelios estaba viendo a Jocelyn desde un árbol.

- vaya, vaya, vaya esta Chica tendrá que saber por mi lo que en verdad es charles Mmm ¡ha! hay pero primero dejaré que estén casados y entonces será el momento-

Se ríe muy malévolamente que a la vez era divertida la risa, efelios tenía ya todo planeado para hacer la vida imposible a charles aunque fuera su mejor amigo.

- esto será divertido, nos vemos dentro de poco charles-

Se ríe efelios muy orgulloso de lo que va hacer .

- Ahora yo seré el más fuerte del infierno como siempre lo soñe-

Se va efelios volando del lugar.

- muac nos veremos pronto rowan muy pronto -

Se va riendo del lugar donde estaba observando a rowan en su cuarto llorando.

CAPÍTULO: 55

DESPEDIDA DE SOLTERA....

Ha pasado una semana y es viernes mi último día de soltera ..ahhh que mal por mi creo que me estoy arrepintiendome de casarme con el uff pero lo amo así que ni modo.

- Hija lista -

Ve mi mamá que aún sigo en cama y eso me dice..

- Aún no te arreglas -

Dijo sería en eso me levanto de la cama y me cambio y....

- te tenemos una sorpresa tus amigas y yo queremos que disfrutes tu último día de soltera-

Yo no dije nada, me imagino que me llevarán a un parque de diversiones , a ir a jugar videojuegos o a la alberca.

Eso sí sería emocionante si me llevan esos lugares ese sí sería mi día más divertido que nada 7-7 si es así podré morir en paz 7_7.

- Hija ya vámonos que tus amigas nos están esperando abajo-

Me lleva del brazo hablándome hacia a la sala y si ahí estaban esperandonos.

- hola -

Dijieron al mismo tiempo y yo solo les regale una sonrisa.

- Bueno vamos chicas -

Me jalaron hacia el coche, fuimos a desayunar a un restaurante que eso fue algo lindo, después me llevaron al parque de diversiones.

Se está haciendo mi sueño realidad sólo falta a la alberca síii síii ahora sí podré morir en paz 7_7 .

Después mi madre dijo...

- Hija ya que es temprano iremos un rato a la alberca que te parece la idea -

- perfecta madre-

Me sentía muy emocionada ya iríamos a la alberca un rato...

Nos subimos al coche, así que mientras llegamos a la alberca puse una canción en el coche uno de los 80's BALTIMORA - TARZAN BOY.

Puse el ambiente con esa canción y todas empezamos a cantar y Durante 40 minutos llegamos a la alberca que emoción.

- Hola chicas -

Vi a mi papá esperandonos en la alberca.

- papá tu también veniste-

- claro como me perdería la despedida de soltera de mi única hija -

- Gracias papá por todo -

Todos sonríen y todas bajamos las mochilas...un momento ....en que momento preparo mi mochila mi mamá ...

.

FLASHBACK

- Hija recoje tu cuarto mientras tú te vas a jugar videojuegos -

- Mamá lo haré cuando llegue no te tomes la molestia-

- no hija no es molestia si no que ya que son los únicos días que estarás en casa quisiera hacerte tu cuarto de limpiar-

- está bien mamá -

4 horas después;

- Mamá donde está mi segundo pans negro no lo encuentro-

- no se nada-

Pone una cara sospechosa.

FIN DEL FLASHBACK

Así que fue en ese momento que hizo mi maleta vaya como no me pude dar cuenta.

Estuvo bien por qué así no hubiera sido sorpresa :3.

- Hija a purate-

- si ya voy- Quejandome y con unas ganas iba , solo me quedaba suspirar

Me voy corriendo hacia ellos en eso me dicen.

- Miren esta belleza de alberca- Estaban asombradas ver algo tan genial uff hizo que me sintiera mejor .

Todos se quedaron con la boca abierta y yo con la cara

Parece que me leyeron la mente solo lo único que falta es que me lleven a jugar videojuegos así soy feliz y por fin podré morir en paz

- Bueno chicas a divertirse por qué ya será nuestro último día de estar con ella- Con algo de tristeza , pero sabe que al fin y al cabo podemos vernos para salir todas juntas.

Todos empezaron a llorar al igual que yo por qué esi último día de soltera ya mañana es mi boda y caso con un demonio.

- Gracias amigas y padres soy muy feliz por todo lo que me han dado -

Dije con lágrimas en mi rostro por qué realmente estoy feliz que todos estén conmigo en un día especial para mí .

- Bueno no lloremos y mejor disfrutemos de esto -

Sonrió para que todos no estuvieran tristes y en eso mi padre me carga.

- rowan a la agua a la 1-

- Papá espera -

Todas se acercan y lo apoyan

- A las 2 -

Yo sigo pataleando de el miedo que tenia.

- y a las 3-

Me arrojan al agua y al momento de que me arrojan al agua todos se avientan para empezar a divertirnos .

Así estuvimos durante 3 horas llegó el momento de irnos de la alberca por qué tenían otra sorpresa para mi tomo la maleta que tenía y como supuse mi según pans negro estaba aquí lo supuse.

Me cambio rápido y guardo la ropa mojada en una bolsa de plástico y me subo casi corriendo al coche.

- Listas para la siguiente sorpresa-

- ¡Siiii!-

Dijimos todas al mismo tiempo, mientras conducía puse una canción que se llama CUANDO PASE EL TEMBLOR - SODA STEREO.

Y como siempre pongo el ambiente y todos empezamos a cantar yo cantaba pero con esta cara.

Ponía esa cara por qué estaba pensando en que la siguiente sorpresa sería lo videojuegos.

- Videojuegos videojuegos

videojuegos videojuegos videojuegos videojuegos videojuegos videojuegos videojuegos videojuegos-

Eso lo que pensaba mientras estábamos en el coche pero con mi cara de

Pasa un rato y llegamos a un lugar que parece bar pero a la vez era como un taybol dance.

- vengan chicas entremos por qué ya tenemos la reservación -

Dijo mi mamá pero también venís mi papá y no sé por qué viene con nosotras si son para jovenes....que habrá adentro.

Entramos a ese lugar había muchas mujeres y parecía ver que había un hombre bailando a una señora grande con una canción que se llama NEVER GONNA GIVE YOU UP - RICK ASTLEY

Así que este lugar es para las mujeres que se van a casar osea su despedida de soltera

Dios mío me llevaron a aquí para ver strippers OMG me va a dar un infarto.

- hija quédate aquí en lo que nos registramos-

- Si mamá -

Vi como se iban ellas pero con una mirada muy sospechosa a caso ..... Me van a poner a bailar o me va a bailar un stripper OMG.

Santo cielo que me ayude dios moriré de un infarto.

En eso mi mamá saca un velo y me lo pone en la cabeza.

- mamá tengo 18 años no me pongas eso en la cabeza 7-7-

En eso suena la canción de RELAX DON'T DO IT - FRANKIE DOES HOLLYWOOD

Bueno al menos no va a estar tan mal , pondrán a alguien muy sexy para que me baile yes

Vi a un stripper muy sexy saliendo y como fue empezando la música de RELAX DON'T DO IT - FRANKIE DOES HOLLYWOOD.

Y empezó a bailar muy sexy y yo babeando y así estuvo Duránte 5 minutos.

Después nos fuimos y en eso pongo la canción de TAKE ON ME - A-HA para poner el ambiente como siempre .

CAPÍTULO: 56

EL DÍA HA LLEGADO

Llegamos a casa muy cansados aparte yo estaba muy enojada por qué no me quisieron llevar a los videojuegos, cuando vi él local de todo tipo de vídeojuegos iba a entrar pero no se pudo me sacaron arrastrándome de ahí llore , suplique, me arrodille, y jure volvería

FLASHBACK

-Heee vídeo juegos - *dije emocionada.*

En eso sentí una mano deteniéndome en la entrada de vídeo juegos volteó y era mi madre con la mirada de pocos amigos.

- que pasa mamá - *dije temblando de miedo.*

- No entraras ahí ya eres una señorita y una señorita no se comportan así además serás ya una esposa de un demonio así que olvídate de eso - *dijo fríamente con una mirada amenazadora*

- Pero mamá es mi despedida de soltera por favor déjame que disfrute lo último por favor -

Le Rogue, pero en eso decidí entrar y entre y me sacaron a rastras .

- Mamá -

Chille pero mi mamá no me hizo caso, patalie y no me hizo caso, me subieron al coche y solo vi alejándome del lugar y mi corazon se sentía roto

FIN DEL FLASHBACK

Subi a mi cuarto me di un baño me seque el cabello y me acoste , me pongo de boca arriba mientras miraba el techo, empeze a reflexionar sobre mi casamiento con el no sabía si en verdad estaba lista pero en fin.

Recordé los buenos y malos momentos que tuve con el , lo que convivi con el , el amor que nos tenemos, los celos que tuvimos ect....

-

-

-

Al dia siguiente.

Ahhhh que mal por mí , pero hoy es el día de mi boda estoy nerviosa deja me meto a bañar.

rowan se mete a bañar antes de que viniera su mamá a despertarla, después de unos minutos se salió y se puso su pans para luego que llega su mamá

- Mamá - *dije tranquila mientras me secaba el cabello*

- Hoy es el día - *dice con una sonrisa y lágrimas*

Se acerca abre la caja del vestido de novia , para mí sorpresa mamá contrato a un maquillista gay a decir verdad saben mejor maquillar que las mujeres :v .

- Holi ya estoy aquí quién es la novia - *dijo muy diva el maquillista que estaba parado en la puerta de mi cuarto.*

- Soy yo - *dije levantando la mano*

- Enserio eres tú - *dijo sorprendido sin poder creer*- que edad tiene en verdad su hija tiene apariencia de 15

- Tiene 18 años y ella es la que se casa hoy - *sonrio*

- Bueno ya no hay que perder tiempo recuerden que tengo que estar lista síii - *dije molesta mientras estaba sentada en la cama.*

- Muy bien chicas preparen todo hay que dejar bella a esta linda novia - *dijo con unos aplausos.*

Mientras las chicas que estaban entrando a mi cuarto me empezaron a ser lo que era manicure e pedicura .

Mientras ellas hacían lo suyo el gay trajo su colección de maquillaje y me agarró todo el cabello en una coleta para que me pudiera maquillar.

-

-

-

No me dejaba ver el espejo por qué quería que fuera una sorpresa para mi y para el hombre que me iba a desposar

-

-

-

-

-

-

Dos horas después me terminó de maquillar , entonces me dice;

- Es hora del peinado dime cómo quieres tú peinado - *dijo mientras que desenrendando el cabello*

- Bueno mira yo quiero un peinado que sea la envidia de todas y de que jamás se allá visto en toda la historia de la humanidad - *sonrio mientras admiraba el maquillaje que me hizo me gustó mucho.*

- Bueno entonces será así de hecho yo también pensaba en lo mismo quería hacer el peinado que todos envidiarían - *dijo emocionado.*

- Has lo que quieras con mi cabello es todo tuyo 7u7r por eso me lo dejé crecer - *dije muy fresa*

- Si de hecho lo tienes super larguísimo pareces Eva - *sonrio*

- Eva si que lo tenía hasta las caderas al igual que yo - *sonrio con los ojos cerrados*

- Y como lo tienes café claro y eres blanca lucirás mucho mejor - *dijo emocionado*

En eso me empieza a peinar, planchando mi cabello y a usar muchas cosas para mí cabello

-

-

-

-

-

-

Pasa una hora y media para después voltearme a verme al espejo , toma un espejo para mostrarme lo de atrás .

Me quede maravillada al ver mi peinado vi que quedaba con el maquillaje me había enamorado del peinado.

- Bueno yo terminé mi trabajo chicas muéstrenme las uñas que le pusieron a la señorita y los pies quiero ver cómo quedaron. -

Aplaude , las chicas le empiezan a enseñarle primero la de las manos .

- Perfecto! Me encanta! - *aplaude emocionado.*

Le muestran ahora mis pies

- Muy bien ! - *aplaude de nuevo* - eres la única chica que no tiene callos en los pies tu los tienes como el de un bebé bien cuidados .

Suspiro en eso mi mamá toma el vestido que estaba en la caja pero ya abierta , saca el vestido era hermoso pero .....un momento.

- Mamá ese no es el vestido que elegí para mi boda - *dije triste*

- Así se me olvidó decirte que charlie lo compro porque dijo que el vestido que elegiste estaba muy sencillo y él quiere que luzcas espectacular - *dijo con una sonrisa mientras sujetaba el vestido*

- Pero....- *El maquillista me interrumpe*

-. A Poco se va a casar con el dueño de los casinos y de las empresas de Moda & Belleza osea Charles French Stone - *hablo como mujer y a la vez sorprendido.*

- si así es - *dije sin ánimos*

En eso mi mamá interrumpe diciendo que ya me tengo que poner el vestido me lo ponen y en vez de tacones me ponen tenis para que no me cansé que ya llegando a la boda me los pondría.

1 hr después llegamos y antes de bajar del coche mi madre me da los tacones , me quito los tenis para ponermelos.

Lo bueno de esto es que no es una iglesia solo hay un sacerdote ahí , todos los invitados se paran mientras que yo tenía la cara cubierta con el velo.

Era al aire libre la boda así que mientras mi papá me lleva despacio al altar con el hombre que amo y que me va a desposar a la vez estaba triste y a la vez feliz .....será por qué dejare a mis padres.......creo que sí.

Llegando al altar mi padre llora , entonces el me sujeta la mano para poner la atención lo que dice el padre.

-

-

-

Después de todo el discurso el padre dice;

- Los declaro marido y mujer puedes besar a la novia -

En eso me levanta el velo acaricia un momento mi rostro para después atraerme a él y besarme por completo.

Los invitados empezaron a aplaudir, mientras nos besamos alguien nos avientan pétalos blancos que hizo que nos dejarán de besar.

- Wooiw son hermosas-

El sonríe y me da otro beso en la mejilla para después decirme

- Es hora de disfrutar de la fiesta ya que está oscureciendo -

Solo asentí con la cabeza nos subimos al auto y los invitados subieron a su respectivo auto para ir a la fiesta.

CAPÍTULO: 57

FIESTA DE BODAS..

Solo asentí con la cabeza nos subimos al auto y los invitados subieron a su respectivo auto para ir a la fiesta.

Mientras que el conducía puse una canción ya que estaba totalmente tranquilo el día y alegre , la canción es ***Phoenix- if I Ever feel better*** .

Mientras llegamos a la dicha fiesta estaba pensando sobre la apuesta que había hecho mi padre con el desde el principio que ahora se ha convertido en amor entre un demonio y una humana como yo .

Duránte el trayecto a la fiesta estaba muy callada por qué el miedo y los nervios se estaban apoderando de mi que ahora soy la esposa de un demonio, me está mintiendo sobre el amor que me tiene? O caso me usará cuando esto termine? .

Para ser sincera me está ocultando muchas cosas que no se de el solo lo que es de su trabajo, jamás me ha hablado de sus padres e hermanos.

Mientras pensaba algo me hizo salir de mis pensamientos...;

- Hey pequeña que es lo que piensas estás muy callada -

Dijo charlie mientras miraba al frente conduciendo.

- Es obligatorio responderte -

Dije sería y sin ánimos que el de inmediato se dio cuenta que algo estaba pasando conmigo pero me animo;

- Hey cariño no te pongas así el día de tu boda mejor nos divertimos en nuestra fiesta y ya después me cuentas lo que te ocurre va -

Me sonrió aunque no me miró porque estaba conduciendo , yo no dije nada solo mire por la ventana pero la verdad es que tenia razón , no tengo que estar así el día de mi boda tengo que divertirme.

Llegamos a la fiesta en eso charlie se baja primero y me abre la puerta como todo un buen caballero y toma mi mano me bajo y cierro la puerta del coche.

- Lista es hora de divertimos en nuestra fiesta de bodas-

Me *susurra en el oído mientras me abrazaba por detrás rodeándome sus brazos en mi cintura*

- Si tienes razón es hora de divertimos en nuestra fiesta de bodas-

Sonrió falsamente pero sutilmente para que no sospechara nada .

- Bueno entremos ....-

En eso los ruidos de coches nos interrumpen (canción de ***Entertainment - Phoenix)***

Volteamos y todos bajaban de sus autos con estilo y muy sonrientes varios coches llegaban al estacionamiento.

Entonces me jala de forma chistosa y entramos al salón de nuestra fiesta de bodas en eso estaba resonando una canción que le quedaba al salón se llama (***Trying yo he cool - Phoenix***)

Me quede maravillada al observar cada detalle del salon quedaba a la perfección en el color de noche las luces ect.

Siento un beso en mi cuello...

- oye estamos apenas llegando y estas besando mi cuello-

Dije sería y molesta por lo que estaba haciendo .

- tranquila solo quiero tocarte más ya que cuando fuimos novios no podía tomarte así como abrazarte por detrás -

Dijo desanimado y en eso se separa de mi y solo se pone de lado y me toma de la cintura.

En eso tiene razón ya que antes de casarnos o más dicho cuando éramos novios no me podía abrazar así bueno solo una vez pero nunca fue Así ya que el me podría mostrarme más amor hasta que nos casarnos.

Ufff ya que hago, unas voces familiares me sacaron de mis pensamientos ...eran mis amigas

- H-Hola chicas -

Dije muy nerviosa

-Hola -

Dijeron al mismo tiempo

- Porque visten como damas de honor-

Dije confundida y ala vez rascándose la cabeza.

- Ahhh... - *dijo Jessica sin saber que responder así que se voltea como si nada hubiera pasado.*

- Ni Si quiera queria tener damas de honor -

Dije muy confundida

- Ahhhh perdón- *dijo sol muy apenada y añade* - bueno queríamos sorprenderte en verdad porque la verdad si querías tener damas de honor pero no quisiste por charles. - *dijo triste.*

- No te preocupes por eso sí - *sonrio*- ademas me gusta los vestidos que tienen

-Enserio- *dijo Jessica emocionada y brincando.*

Sonrió y veo a las demás que no dijeron nada en absoluto pero en sus rostros estaban alegres.

- Lo malo es que ya no podrás hacer cosas como hacías antes a decir verdad - *dijo sol triste agachando la mirada .*

- Claro que si bueno no sé la verdad si el me deje - *dije nerviosa pensando en lo que dirá.*

- Primero ve que te dice y después nos dices que te parece- *me dijo Jessica*

- Ah- si está bien - *sonrio*

En eso todas se acercan y me abrazan que casi me asfixiaban jeje estp es divertido para después escuchar la voz de charles diciendo;

- Vaya , Vaya así que dejaste a tu esposo para estar con tus amigas - *se ríe al ver como me abrazaban*- bueno es hora de bailar mi amada esposa

No respondo solo sonrio, tome su mano para llevarme a la pista , en eso empieza a sonar una canción ***Somoene To Say - Vancouver Sleep Clinic*** tranquila y las luces se apagan y en la pantalla se veía el espacio

Aparecen unos bailarines que bailan sujetados con una tela no se como se llaman pero y yo empezamos a bailar en la pista mientras que los bailarines hacían un círculo entre nosotros mientras bailábamos.

En eso el me susurra cosas en el oído

- Te vez bella-

Me pongo roja y pongo mi cabeza en su pecho , para un momento el baile se volvió un poco más rápido que apenas lo seguía.

- Me gusta este baile hojala volviera a bailar está canción otra vez contigo -
Se me salen unas lágrimas por lo feliz que estaba y con sonrisa escurrían por todo mi rostro hasta el cuello.

- No llores - *me da un beso*

La canción termino y aplauden los invitados , todos los invitados se ponen en la pista para bailar , el y yo salimos de ahí en eso sono la canción ***Cool On Fire - Daniel Johns***

Mientras ellos bailaban el y yo nos besamos pero me dice;

- Ya eres la señora french- *dijo sonriendo sujetando mi rostro con sus manos mirandome a los ojos*

- Aún no me entregaré a ti seguiré siendo virgen- dije sería con voz fuerte

- No te preocupes yo esperaré cuando estés lista- *sonrie me abrazó*- mientras estés a mi lado no te esforzaré hacer algo que no quieras hacer me hace más feliz en tenerte aquí.

- Enserio- *sonrio y lo abrazó fuertemente*

- Si pequeña -

- Me haces feliz -

- Te Tengo una sorpresa en nuestra luna de miel -

- Enserio - *me emociono*

- si -

Entonces llega el momento de el vals que bailarán los familiares con la novia ya que el no tiene a nadie bailara con los familiares y conocidos de la novia.

All Night - Wet Baes ese es el tema de la canción que bailaran, entonces empezó la canción; primero fue el papá, después su mamá, sucesivamente.

Hasta que termina la canción para después llegó la hora de un baile con rowan y sus amigas bailarán para su boda pero rowan quería sorprenderlo.

rowan se van con sus amigas a cambiarse, minutos después salen con un vestido que se usaban en los 80's y tenían agarrado una coleta con un moño grande en ella.

Y aparecen los chicos que iban a bailar con ellas.

La Canción es ***El rap de bella genio - Dimples D***

Empiezan a bailar la canción con los chicos ect.

Solo la primera parte para después cambiar drásticamente la canción de ***Earned It - The Weeknd*** en eso nos quitamos el vestido ya que teníamos otra ropa debajo.

El babea al ver el vestuario muy erótico y como bailaba rowan , en eso los meseros sacaron a charlie en la silla y rowan se le acerca e empieza a bailar muy sexy y eróticamente .

Se pone nervioso y rojo cada que la quería tocar ella se lo impedía con un movimiento, la empezaba a desear pero se ponía serio para ocultarlo.

Minutos después se acaba la canción, las chicas se va a cambiar en eso el se va a donde esta la mesa y en eso unos conocidos de charles le dicen;

- esa mujer si que es ardiente no crees yo me la hubiera tirado a la voz de ya - *dijo todo hebrio.*

En eso el lo toma del cuello y lo empujó a la pared que eso hizo que los invitados voltearan a ver.

- Esa mujer es mi esposa - *dijo enojado-* entiendes , si vuelves a decir eso te juro que te matere sin piedad alguna, así que ni una palabra más entendiste - *lo suelta bruscamente.*

CAPITULO: 58

LUNA DE MIEL

En eso el lo toma del cuello y lo empujó a la pared que eso hizo que los invitados voltearan a ver.

- Esa mujer es mi esposa - *dijo enojado-* entiendes , si vuelves a decir eso te juro que te matere sin piedad alguna, así que ni una palabra más entendiste - *lo suelta bruscamente.*

- Está bien solo era mi opinión - *se va tambaleando de lo borracho que estaba*

- Eso espero - *dijo molesto*

Mientras charles se toma una copa de champagne rowan se le acerca en silencio y le tapa los ojos ...;

- Mmmm… quién será - *dijo fingiendo no saber*

rowan no dice nada solo se aguanta las ganas de reír....;

- Vaya estas manos son muy familiares - *Los toca y añade* - eres tú cariño - *se los quita*

- Y por eso tardaste mucho - *menti por qué sabía que era yo*

- Bueno no se - *se ríe* - bueno tenemos partir el pastel para irnos

- Claro - *sonrió y me voy con el*

El y yo nos vamos a la mesa donde fue colocada, me tomo de la mano y tomamos juntos el cuchillo....;

- ¡Vivan los novios! - *gritaron todos los invitados*

Me sonrojo y el igual y partimos el pastel hicimos lo típico de una boda.

1hr después estábamos en el coche y charles empezó a conducir al aeropuerto donde él tenía su avión privado.

- A donde iremos- *pregunte*

- Es una sorpresa pero sabes algo - *dijo mientras conducía*

- Que cosa - *pregunte con la duda*

- Que si me puedes bailar como en nuestra boda - *dijo emocionado y chupandose los labios*

- Q-Que dijiste - *me quedé sorprendida con los en blanco*

- Lo que oíste pero con dos canciones que quiero que me bailes - *dijo chupándose los labios y a la vez se los mordia*

No dije nada estaba nerviosa y asustada de lo que había dicho mientras pensaba en las diferentes opciones que puedan suceder....

- Pero quiero que sea con un traje especial para ti y para mí con la única que podrás bailar solo para mí - *se mordía los labios.*

- En serio si que eres masoquista - *dije sería con cara de traumada*

- Hahaha - *se ríe* - si quieres puedo serlo - *en un instante me mira rápidamente con cara de pervertido*

- Das miedo habías dicho que no me obligarían hacerlo - *dije sería*

- Obviamente dije eso que no te obligaria hacer eso y solamente dije que me bailaras nada más y si tú quieres lo hacemos - *dice entre risas*

- Solo los dos bailes ehhhh nada más -
Dije sería y corte la plática

El solo sonrió pero tengo miedo mucho miedo la verdad no sé que vaya pasar conociendo a este hombre pues dan ganas de lanzarse del coche bueno aún estoy a tiempo no no mejor no no hay que llegar para tanto la verdad busquemos otra forma.

Hayyyy mejor solo hacemos esos bailes y ya así me quito de encima ufff solo relájate rowan .

-

-

-

-

- Ya llegamos mi amor - *se baja del coche*

- Que hermoso avión - *dije sin ánimos*

- Bueno súbete - *me lleva a las escaleras mientras que los otros nos subían las maletas*

Me subí y después el se subió en eso dicen "abrochen su cinturón de seguridad"

Yo aún con los nervios de punta que no dejaba de pensar en lo que había dicho.

-

-

-

-

-

-

- Ya llegamos amor - *me da de besos*

- En donde estamos - *pregunte*

- En maimi - *dijo emocionado*

- En serio - *dije sin ánimos* - Yuju que divertido - *aun sin ánimos*

- Vamos mi amor no pongas esa cara mi amor si, aún es de noche así que aún tenemos tiempo de descansar para que mañana tú y yo estemos a solas - *Me da de besos*

Enserio este hombre me está dando miedo,...... bajamos del avión y nos fuimos a una casa de verano lujoso a decir verdad es lujoso aunque no me llama la atención esos lujos, entramos a la casa y charlie me toma de la cintura.....

- Es hora de dormir señora french tiene que descansar mañana sera un día largo - *me da un beso*

Nos vamos al cuarto yo me desvito y por flojera no me baño y me pongo mi pijama y el se da cuenta...

- Hay cochina - *se ríe mientras se desvite*

- Que no tiene nada de malo además tengo flojera - *dije mientras me aventé a la cama de boca abajo*

- Bueno mientras tú duermes cochinilla yo si me voy a dar un baño - *se ríe y entra al baño*

- Espero que no salgas de ahí nunca - *Me río*

- Eso será imposible amor - *grita desde del baño riéndose*

- Por qué no - *Grite mientras estaba acostada*

- Por qué quiero mi baile - *grita desde el baño*

- Todavía sigues con eso - *dije algo seria*

- Si , además aceptaste que lo harías - *dijo entre risas*

- Ya que - *dije en voz baja mientras estaba acostada* - bueno sabes me voy a dormir así que no molestes - *cierro los ojos*

- Si claro - *grita desde el baño*

No dije nada y trate de dormir pero no logré hacerlo así que me hago la dormida y en eso oí que la puerta del baño se abre.

Y entre abierto que tenía un ojo pude ver a el saliendo con una toalla en su cadera y empapado no se qué es lo más emocionante verlo así o desnudo ... rowan cálmate controla tus hormonas por el amor de Dios.

Mientras observaba sutilmente a charles sin darme cuenta estaba sin toalla y camino desnudo hacia el clóset y se pone la pijama , mientras estaba de espaldas dice...;

- Te gusta lo que vez - *dice con una pequeña risita*

- No fue mi intención solo que-que no podía dormir - *dije nerviosa mientras estaba tapada de pies a cabeza temblando de miedo.*

No respondió nada pero aún así segui tapada, de pronto sentí cómo se subió arriba de mi y me dice.....;

- Vamos nena no pasa nada soy tu esposo puedes mirar como tú quieras , así que destaparse o yo mismo te quito la cobija ehhh - *me hace cosquillas*

Me empiezo a reír tanto que ...

- Ya charles para - *me seguía riendo*

Y en eso me quito la cobija de la cara y el me da un beso en mis labios....;

- Ya vez que tan difícil era - *dice con una sonrisa mientras estaba encima de mi*

- La verdad te digo algo que aveces eres tan pero tan raro que te desconozco - *digo con una sonrisa*

- tranquila - *me da un beso* - bueno es hora de dormir ya es tarde hay que descansar si porque mañana sera un día largo

Se acuesta a mi lado y se mete entre las sábanas, en ese momento me toma hace que me acueste en su pecho, me pongo en su pecho para abrazar hacia el y el a mi .

Minutos después nos quedamos dormidos los dos.

CAPÍTULO: 59

LA NOCHE DE LOS DOS PARTE (1)

Se acuesta a mi lado y se mete entre las sábanas, en ese momento me toma hace que me acueste en su pecho, me pongo en su pecho para abrazar hacia el y el a mi .

Minutos después nos quedamos dormidos los dos.

Al día siguiente por la mañana....

Mientras rowan Seguía dormía el se había levantado para después traer una bandeja con el desayuno, se acerca a una mesa de noche para dejarlo.

Entonces se acerca a rowan pero se sube arriba de ella y le da pequeñas caricias hasta que se da cuenta que tiene el sueño profundo.

En ese momento empieza a besar su cuello para después besar sus labios que eso hizo que rowan se despertara...;

- Buenos días señora french- *dijo en susurró entre los labios de rowan*

- Buenos días señor french- *dije entre susurros..*

En eso rowan toma el rostro de charles para besarlo, mientras se besaban el beso fue más intenso y el acariciaba debajo de la pijama de rowan su cuerpo.

En eso rowan se detiene....;

- Alto charlie no estoy lista todavía - *dije mientras agarraba aire*

- No te preocupes mi amor - *sonrie*

El se levanta de mi rápidamente y me da el desayuno

- Gracias por el desayuno - *dije mientras comía*

- Ya déjate de formalidades de ahora en adelante ya no me llamarás charles me llamarás : amor , mi amor o cariño - *me da un beso en la frente y sale del cuarto.*

- bueno al menos no es malo, malo es cuando pone la cara de pervertido eso sí da miedo- *dije hablando en mi mente*

-

-
-
-

Pasaron las horas el y rowan estaban paseando en la playa de Maimi tomados de la mano aún que rowan se pone cada vez más nerviosa.

ya que esta misma noche le tendría que bailar a su esposo , nunca en su vida había hecho eso.

Mientras ella estaba distraída en su mundo charles le estaba hablando para después sacarla de sus pensamientos ;

- Eh?-

- Escuchaste lo que te dije - dijo muy serio

- Si .....claro - dije nerviosa y ala vez rascándome la cabeza -

- Claro que no me escuchaste - dijo serio que eso daba entender que que estaba algo molesto -si en verdad me escuchaste dime que fue lo que te dije hace un momento -

- Bueno .....yo....etto...- No sabia que decir

Es obvio que dio cuenta que mentí al principio , pero de solo verlo me doy cuenta que esta molesto por que no le preste la atención que el quería ya que estaba en otro mundo arreglando mis pensamientos pero lo que veo es que no era un buen momento de hacerlo lo dejare para después , buscare el momento de arreglar mis pensamientos;

- Sabia desde el principio que no me habías puesto atención mientras te estaba hablando - dijo haciendo una mueca de disgusto-.

- Perdón mi amor por no haberte puesto atención de lo que decías - lo abrazo para que se le pasara lo enojado - mejor dime de lo que estabas hablando así para que veas de que si te pongo la atención.

- Sabes perfectamente que lo que yo digo solo repito 1 vez - dijo aun estando molesto

- Oh vamos , ándale dime que es lo que me estabas hablando hace un momento - le doy besos en su pecho mientras lo abrazaba.

- Esta bien solo por esta vez - Suelta un suspiro - que si estas preparada para esta noche que me bailaras - Dijo con una mirada pervertida.

trago saliva de solo haber escuchado lo que dijo para mi mala suerte me lo tuvo que recordar yo queria que se le olvidara pero creo que no fue asi ;

-Ah ....si...si ...claro - dije muy nerviosa que ala vez temblaba - por que

- Bueno por que ya compre el traje erotico que usaras esta noche asi que nada de pretextos por que se que eso vaz a hacer - se agacha y le susurra en el oido - asi que preparate para esta noche .

rowan trago saliva de nuevo sudando de los nervios por lo que le esperaba esta noche , lo que le temia es que lo hicieran los osea hacer el amor eso es lo que le preocupaba. ademas no fue su dia en el todo el dia de solo pensar lo que le espera esa noche .

Pasan las horas y cae la noche lo que no queria rowan por lo que le espera una noche de duro contra el muro , los dos se dirigen a la cabaña y por mas que rowan camine despacio esta cada vez mas cerca de llegar queria salir corriendo pero sabria que la encontria aun si estuviera debajo de una piedra .

no le quedo de otra que hacerlo ya que era la unica salida que tenia asi se estaba preparando para el baile erotico de esa noche .

llegan a la cabaña entran , en eso rowan entra a darse un baño , pero para su sorpresa le habia dejado el traje erotico en el baño de solo verlo trago mas saliva (antes di que no se ahogo).

entro al baño se empezo a dar una ducha larga para prepararse, 30 minutos despues salio de la bañera y se empieza a poner el traje de gatita , se miro al espejo que habia dentro del baño y al mirarse se pone roja como jitomate y sentia verguenza ala vez por que nunca habia usado ese tipo de trajes.

al momento de salir del baño , mira hacia la cama y lo ve sentado en la cama con un pantalon de vestir y una camisa negra desabrochada mientras tomaba whisky con hielos.

sale del baño y no habia despegado la vista de ahi , sonrie muy pervertido como señal de que si ya estaba lista , deja a un lado el vaso de whisky en una mesita , se levanta de la silla para poner la musica , mientras tanto jocelyn temblaba de miedo y de nervios.

rowan toma su posicion para preparse para el baile que tanto deseaba su esposo y que a la vez a ella la tenia muy temerosa

CONTINUARA....................

CAPÍTULO: 60

LA NOCHE DE LOS DOS PARTE (2)

En el capítulo anterior;

al momento de salir del baño , mira hacia la cama y lo ve sentado en la cama con un pantalon de vestir y una camisa negra desabrochada mientras tomaba whisky con hielos.

sale del baño y no habia despegado la vista de ahi , sonrie muy pervertido como señal de que si ya estaba lista , deja a un lado el vaso de whisky en una mesita , se levanta de la silla para poner la musica , mientras tanto rowan temblaba de miedo y de nervios.

rowan toma su posicion para preparse para el baile que tanto deseaba su esposo y que a la vez a ella la tenia muy temerosa

CONTINUARA....................

rowan ya estaba en posición para bailar estaba muy nerviosa en eso el le dice:

- No te pongas nerviosa es solo un baile pero sabes que quiero que sea despacio en la primera canción -; *dijo mientras buscaba la canción.*

- Osea que en diferente canción se subirá la velocidad del baile -; *traga saliva mientras jugaba con sus manos de los nerviosa*

- Asi es parece que comprendiste muy rápido a lo que quize decir -; *sonríe de lado*

- Pero con tres canciones bueno eso no será difícil -; *dijo mientras se tranquilizaba*

- Amor cambie de opinión será hasta que llegues al nivel 10 -; *dijo mientras se acercaba a ella*

- Pero....QUE!!!!!!!?

- Lo que oíste -; *la toma de la cintura para besarla.*- ; así que es hora que comience la diversión

Charles se va y se sienta en un sillón, toma el control que estaba ahí y se cerraron las cortinas , se apagan las luces , y se prenden unas luces como si fuera una disco y sale un tubo en medio del cuarto.

- Que empieze -; *dice con voz tierna para poner play a la música*

La música empieza a sonar la de ***Daft Punk - Something About Us***

rowan se acerca a el , empieza lentamente a bailar enfrente de él con el traje de gatita erótica que tenía

Movia las cadera de un lado a otro lentamente a la vez ponía los brazos hacia arriba, se acerca al tubo y empieza a bailar en ella, sube en ella y hace movimientos lentos como el lo pidió , para ese entonces sube donde llegaba al tope del tubo y bajar en círculo lentamente hasta bajo, mientras que el lo disfrutaba hasta que termina la canción.

Y automáticamente empieza la otra canción ahora sube al nivel dos con la canción de ***Dilema - Nelly FT Kelly Rowland***.

Empieza ponerse de espaldas lo empieza hacer lento y ala vez algo rápido , se acerca al tubo gira un poco , se agacha para levantarse despacio muy sensualmente , rowan estaba más roja que nada ya que nunca había hecho eso . Se sienta y se recarga en el tubo para abrir las piernas se acarició las piernas y se levanta muy sensualmente , se acerca a el y se sube arriba del sillón y empieza bailar muy sensualmente , se baja del sillón, y hace los últimos pasos para que terminara al mismo tiempo con la música.

Y automáticamente pasa a la siguiente canción que es ***Do What U Gotta Do - Angie Stone***

Asi es es como empezó a bailar a la velocidad normal pero rowan ya no estaba nerviosa estaba ahora tranquila ya que esto le empezó a gustar por qué solamente baila para el , se agarra del tubo y mueve el trasero muy sexy y eso puso a charlie a babear de tocarla , se acerca a el y se sienta en las piernas de el de espaldas , y se levanta sensualmente mientras se acariciaba su trasero cerca de el , el le acarició el trasero y depósito un beso ahí , el se levanta para susurrarle:

- sigue moviendo tu trasero hasta que lo ordene -

Así fue ella le siguió moviendo el trasero y el se lo seguía tocando y a la vez se lo apretaba , eso hizo que rowan se pusiera caliente, fue en eso que le dio una palmada en su trasero como señal de que siguiera bailando en eso rowan tomo un bastón que estaba ahí y empezó a bajar y a levantarse muy sexy camina a dejar el bastón a un lado para seguir bailando a la azar para terminar con la canción.

Pasa automáticamente otra canción de ***Electric Feel - MGMT***

rowan aumento la velocidad al nivel 4 empezó a mover las caderas y a bailar al compás de la canción , en eso empezó a sacudir las caderas muy sensualmente , mientras hacía eso el se levanta la abraza por detrás

ella seguía bailando , para después seguir bailando muy sensualmente mientras el la abraza , las mano de el empezaron a subir hacia sus pechos para luego dar unas suaves caricias mientras besaba su cuello que hizo que rowan soltara un pequeño gemido , la suelta para que siguiera , y ella se acerca al tubo nuevamente sube y empieza a hacer trucos con el si saber cómo , hasta bajar y terminar al compás de la canción.
Al momento que termina la canción rowan se sentía caliente por lo que pasó

Y ahora sube al nivel 5 con la canción ***Get Down Saturday Night - Oliver Cheatham***

rowan tomo su posición para bailar en eso le dice que baile normal y eso hace, se sienta para mover el trasero lo mueve ,le hace la seña de que se acerque a él , se acerca bailando, pone sus manos en la cintura de ella y las empieza a bajar poco a poco hasta su muslo que ala vez le gustaba a rowan , mientras ella bailaba el la tocaba, charlie se para y ella seguía bailando , el se pone detrás de ella la rodea

con sus brazos empieza a acariciar su cuerpo, pone una mano debajo de su intimidad de ella mientras que la otra jugaba con uno de sus senos que a la vez besaba su cuello, ella siguió bailando y el empezó a cariciar su intimidad , ella gimió en bajo seguía bailando una de sus manos de ella toma la de dónde estaba en su intimidad e hizo que se la acariciara más, así fue lo que hizo ,mueve su cabeza para besarlo.
el la voltea enfrente de él se la lleva al sillón el se sienta, ella entendió que quizo decir rápidamente, y bailando se sienta encima de él con sus piernas lo rodea.

En eso charlie acaricia los dos pechos de ella, le empezó a bajar los tirantes hasta que se dejarán ver el pecho desnudo, rowan se empieza a excitar , en eso el se lleva una a la boca mientras que su mano acaricia la otra, se lo chupaba y a la vez se la mordía , succionó el pezón ella se guarda los gemidos, entonces se lleva la otra a la boca mientras que acariaba la otra que había chupado e hizo lo mismo que con la otra.

rowan se deja que la toque quería detenerlo pero a la vez no así que decidió que la tocará, para entonces la canción termino.

En eso una canción que charles estaba esperando para llegar al nivel 6 la que seguía es ***Relax don't It do It - Frankie Goes To Hollywood***

En eso le susurró a su esposa;

- quiero que bailes así cómo estás descubierta -

El sonríe de lado y ella también , empezó a bailar muy sensualmente se acerca a el le baila como es debido, entonces se va al tubo con los pechos descubiertos y se sube al tubo dando vueltas , el se estaba excitando de verla bailar así en eso le hace la seña de que se acercara ella se acerca , la besa muy apasionado mientras la besaba así le bajaba el cierre detrás dejándola con las medias, las orejitas y los guantes que tenía , deja de besarla y empieza a besar su cuello poco a poco empezó a bajar hasta el vientre de ahí mismo seguía depositando besos , ella se estaba excitando mientras el besa y su vientre paso sus manos varolines desde su trasero acariciándolos, después empezó a acariciar sus piernas, se levanta.

- Báilame el tubo así desnuda mi amor -

Estaba excitado y no dejaba de ver su hermoso cuerpo de ella , ella obedece se va al tubo empezó a bailar muy eróticamente, movía su trasero muy ardiente, el ya no pudo contenerse va hacia ella y la besa muy apasionado para eso la canción había terminado.

Llega la canción más esperada por el ***Earned It - The Weeknd***

Charlie la carga y la acuesta en la cama ,se pone encima de ella pero ella hace un movimiento rowan dejandolo debajo de ella , entonces baja sus manos bajando hacia dónde estaba su miembro , le desabrochó el pantalón dejándolo en boxers le quita la camisa, lo besa para después pasar a besar su cuello enseguida chupa los pezones de charles a el le gustaba como se lo hacía , en eso el hace un movimiento dejando abajo a rowan .

La empieza a besar con urgencia el mete su lengua dentro de la boca de su esposa haciendo una guerra de lenguas, se separan por falta de aire , entonces empieza a besar el cuello de su esposa que ala vez le hacía chupetones , rowan soltó unos pequeños gemidos mientras tanto que el jugaba con los pechos de su amada , los chupaba, succionaba y mordía.

Empezó a bajar con pequeños besos hasta el vientre, se encima de nuevo en ella para regalarle un sonrisa pervertida.

La posicióna de 4 patas en eso el masajea el trasero de su esposa para después soltarle unas nalgadas , eso provocó que se excitara más .
el se pone detrás de ella y empieza a masajear la intimidad de ella.

- ahh .... charles- *dijo soltando gemidos*

El sonrie ya que le gusta que gritara su nombre, la pone de nuevo como estaba antes y se sube encima de ella para darle otro beso, en eso rowan acarició esos pectorales bien formados, mientras tanto la amarra entre las esquinas de la cama .

Le abre las piernas para empezar a dejar besos en la entrepierna de rowan y para después pasar a depositar besos en la intimidad ;

- Ahhh charles - *solto un gemido*

- Tranquila tu déjate llevar - *sonrie*

El empezó a lamer la intimidad de su esposa , ella gritaba de placer quería mover las manos pero no podía ya que estaba atada a la cama
Hasta que llegua al orgasmo.

En ese momento se siguieron besando hasta el punto que se despojó de su ropa interior quedando desnudo, mientras tanto que rowan estaba ya desnuda y a su merced.

En eso termina la canción para que automáticamente comienza la siguiente canción ***Instant Crush - Daft Punk***

Ese momento la suelta de la cama y ambos se vuelven a besar con mucha locura y pasión.

rowan lo pone debajo de ella para tomar el miembro de su esposo en ese momento lo empieza a chupar , a morder y a la vez a subcionar hasta que esté se corre.

el le dice ;

- listo para subir de nivel - *le dijo en susurro en si oido*

Ella asintió , entonces le abre las piernas para posicionarse en medio de ella , para entonces la empezo a penetrar despacio ya que ella es virgen (por el momento) ella encajaba sus uñas en las sábanas por qué le dolía , lo noto hasta que entró en ella para así quitarle su virginidad.

no se movió a hasta que ella diera la orden , segundos después ella ordeno que se me moviera.

Así fue se empezó a mover despacio para no lastimarla besaba su cuello mientras se lo movía despacio, y eso paso que el dolor que sentía paso hacer placer .

Y en eso le dice;

- Muévete más rápido quiero más - *dijo excitada*

- A sus órdenes - *sonrió de lado*

empezó aumenta la velocidad, la embestiaba tan rápido de lo normal y con la fuerza de un demonio hacía más que sentir el placer algo único, la cama rechinaba , charlie la besaba con mucha pasión y le daba tan duro que el no pararía por un buen rato .

En eso rowan se vino yel aún no ,el seguía dándole duro contra el muro , haciendo gritar de placer , ella enredo sus piernas a la caderas de su esposo.

- dame más duro .....más... Ahhhh - *dijo gimiendo*

El obedece y le da más de lo que nunca el había hecho los dos llegaron al climax, y se corre dentro de ella.

rowan se pone arriba de el para penetrarse de nuevo el miembro de su esposo, y empieza a cabalgar.

enterró sus dedos en la cintura de ella.levanto las caderas empujando y metiendo su pene en el coño de ella.

- si si si - *Gimio rowan*

- Montame más - *Grito charles*
Observando la expresión de placer en su rostro - más rápido.....

rowan se apoya en los hombros de el para aumentar la velocidad con que cada cabalgata que daba, arqueo las caderas ayudandola más con la faena de follarla más duro.

Los pechos de rowan mecían al ritmo de la cabalgata, y la cama crujia al mismo tiempo que ella saltaba, arriba y abajo , por toda la polla , desde el principio hasta el final

- Oh si, justo así, nena ... No pares...hum .... - gimió de placer

Sintiendo como ahora rowan movía sus caderas, en círculos, mientras folla duro salia y metía , centímetro por centímetro por todo su coño

- charlie , yo ... ah - jadeo rowan

El la tomo del trasero, apretándola más hacia el...

- ¿Tu qué? -

- Me ....oh , dios ¡Dios! - gritó, charlie gimió fuerte, sintiendo como el coño húmedo de su esposa ceñia con fuerza todo su pene - ¡ Me vengo!

rowan arqueo la espalda y los primeros espamos hicieron efecto en ella, sacudiéndola de placer hasta el punto mas extremo de no poder más..

el termino de acompañarla, tocando el infierno, sintiendo como toda su semilla por ser derramada hasta el fondo de ella,y todos los jugos de rowan chorreaban por toda la polla hasta las bolas.

Y así es como terminan pasando su luna de miel, los de acuestan en la cama quedando dormidos , para amanecer al día siguiente.....

CAPÍTULO: 61

EFELIOS

El termino de acompañarla, tocando el infierno, sintiendo como toda su semilla por ser derramada hasta el fondo de ella,y todos los jugos de Rowan chorreaban por toda la polla hasta las bolas.

Y así es como terminan pasando su luna de miel, los dos se acuestan en la cama quedando dormidos , para amanecer al día siguiente.....

Al día siguiente por la mañana Rowan se levanta para ir a darse un baño pero se da cuenta que el la tiene rodeada en sus brazos, así que no tiene de otra que safarse de él sin importar si se enoja.

Por fin que logra safarse de los brazos de el, está toma la bata para cubrirse su desnudez, para después adentrarse al baño.

Al momento que entra al baño charlie está ahí desnudo y a toda su merced;

- amor pero que no estabas dormido-

- Eso era antes de que me despertarás-

- Te pido de favor que no me asustes de esta forma-

- Perdón no fue mi intención-

Para en ese momento el toma el rostro de su amada esposa para darse un tierno beso en sus labios

Ella solamente sonríe para meterse en la regadera ;

- No quieres que nos bañemos juntos cariño-

- No-

Contesta rápido para abrir la regadera de agua caliente

- porque no a poco todavía sientes vergüenza por lo de anoche-

-......-

- Vamos no tienes nada que ocultar ya que vi todo y toque todo así que no tienes nada que temer-

- ......-

- bueno entrare-

En ese momento el entra a la regadera donde yacía su amada esposa, sin o con permiso.

Al momento de adentrarse el la rodea con con sus brazos detrás de ellas ;

- Está bien así el agua me agrada asi-

- charlie mira yo te amo lo se pero la verdad es que no se cómo decirte lo también necesito mi espacio así que no lo invadas por completo si ...hay que bañarnos-

Después de minutos bañandose los dos salen a cambiarse , después de 15 minutos ambos estaban listos pero en ese momento el celular de charlie empezó a sonar;

- Que no lo habías apagado el celular mientras estábamos de luna de miel-

Ella dijo algo molesta pero prefirió ya no decir nada, así que ella se fue a peinar pero eso sí sin evitar de escuchar la conversación de su esposo y con la persona del teléfono;

Entonces ella va adentrarse al baño para peinarse así que decidió hacer una corona de trenzas así para que pudiera escuchar pero para su mala suerte el se fue a la otra sala así que no tuvo oportunidad de saber de qué era su llamada;

Después ella sale ya que había terminado su peinado se pone algo de perfume y toma su reproductor MP3 para salir un poco y escuchar música

Pero en ese momento entra al cuarto;

- Woow que bella te vez mi amor-

- ahh ya -

Se ríe rowan al oír cumplido de su esposo;

- Bueno tengo que ir a atender un asunto aquí , así que quería saber si querias venir conmigo-

- La verdad es que será en otra ocasión quiero salir un poco y estar sola si-

Dice muy tranquila así que decidió pasar por un lado de el y ponerse sus auriculares para escuchar música LITTLE DARK AGE - MGMT

Rowan se dispone a salir al patio que habia en esa cabaña pone la musica en alto en su reproductor de MP3 , mientras ella estaba ahi ,decide retirarse para ir a arreglar el asunto pendiente que hacer , Rowan se sentia rara despues de que perdio su virginidad .

es logico era su primera vez sentia como si lo hubiera tirado a la basura mientras estaba en sus pensamientos aparece eflios observandola desde el techo de un hotel y se dispone a ir alli , en un abrir y cerrar de ojos el estaba alli

para sorpresa de Rowan ve a efelios lo que no se esperaba para ella asi que ella cree que ha venido a visitarla , ella se quita los audifonos para hablarle;

- Hey! Que haces aquí - *dijo en voz baja*

- Vine a visitarte - *sonrie*

- ¡Shhhh! Calla no hables tan alto - *dije en voz baja*

- Hay perdón - *se ríe*

- ¡Shhhh! Que no hables tan alto o si no te pondré cinta en esa asquerosa boca - *dije hablando en voz baja*

- O-K-E-Y - *dijo en voz baja*

- Ahora si me vaz a decir a qué has venido aquí - *dijo susurrando*

- Bueno .....- *se queda pensando*

- Sabes perfectamente que el te dijo que no quería verte ni en pintura - *dijo nerviosa*

- Eso lo se perfectamente - *dijo como si nada*

- Anda dime a qué has venido por qué aún charles está aquí en casa y si te ve 1. Me vas a meter en problemas y 2. Te va a matar - *dijo muy nerviosa de lo normal*

- Bueno vendré cuándo tu amado esposo no esté así te diré a que ha venido - *le regala una sonrisa*

- Sabes mejor vete por qué tengo la corazonada de que podrá entrar en cualquier momento así que vete y ya hablamos después va - *lo saco a pujones*

Rowan va sacando a empujones a efelios ya que tememos que lo vea aqui, en eso oye la voz de charlie llamandola y eso hizo que se pusiera más nerviosa;

- Vete aquí - *lo empuja* - largo

Efelios se va , para en eso entra charles

- Cariño aquí estás - *se acerca*

- Que p..a..so - *dijo nerviosa*

- De que llegare muy tarde así que no me esperes despierta - *la abraza*

- C-claro - *sonrisa falsa*

- Que te pasa por qué tan nerviosa - *dice algo confundido*

- Nada nada - *pone una sonrisa que no se viera falsa*

- Te conozco dime - *dijo sonriente*

- Bueno es que solo fue que me pegaste un susto al entrar así - *miente mientras se tranquiliza*

- Bueno ya no no lo hare, me tengo que ir si dejé todo al mando a ti así que no te preocupes si -

Asintio Rowan y el sale del patio y se va de la casa mientras que ella da un respiro de alivio pero ala vez con la duda de a qué había venido efelios.

CAPÍTULO: 62

LA VERDAD DUELE PERO NO PECA....

Rowan va sacando a empujones a efelios ya que tememos que nos vea aquí , en eso oye la voz de charles llamandola y eso hizo que se pusiera más nerviosa;

- Vete aquí - *lo empuja* - largo

Efelios se va , para en eso entra charlie

- Cariño aquí estás - *se acerca*

- Que p..a..so - *dijo nerviosa*

- De que llegare muy tarde así que no me esperes despierta - *la abraza*

- C-claro - *sonrisa falsa*

- Que te pasa por qué tan nerviosa - *dice algo confundido*

- Nada nada - *pone una sonrisa que no se viera falsa*

- Te conozco dime - *dijo sonriente*

- Bueno es que solo fue que me pegaste un susto al entrar así - *miente mientras se tranquiliza*

- Bueno ya no no lo hare, me tengo que ir si dejé todo al mando a ti así que no te preocupes si -

Asintio Rowan y el sale del patio y se va de la casa mientras que ella da un respiro de alivio pero ala vez con la duda de a qué había venido efelios

Se adentra a sus aposentos para estar tranquila pero al momento de haber cerrado la puerta oye la voz de efelios ;

- Ahhh - *grito del susto y añade* - hijo de p....no me asustes de esa manera por favor joder me pudiste haber matado de un susto .

- Hay lo lamento mucho si te asusté de esa manera - *dice con una risita mientras estaba acostado en la cama de Rowan comiendo unas uvas .*

- En que momento estás en mi cama - *dije sorprendia*

- Desde que me sacaste del patio ya que tú dichoso señor marido estaba llamandote - *lo dice una manera tranquila y sin importarle*

- ¡Ahhh! ¡Y....y...y... De dónde salió las uvas si aquí no tenemos! - *dije algo asustada*

- Las robe de por ahí ¿Porque la pregunta? - *se ríe en bajo*

- Bueno cambiemos de tema .... ahora sí me puedes decir lo que me ibas a decir de hace un rato en patio - *da un suspiro de relajación*

- Vaya Niña sí que tienes curiosidad de saber - *sonríe victorioso*

- a que se debe esa sonrisa si no he dicho nada que fuera gracioso - *dijo sería mientras se cruzaba de brazos*

- Bueno quieres saber si o no - *se pone también serio*

- Pues eso es obvio - *dijo aún estando sería y estando en la misma posición*

- Bueno te veo en 30 minutos en la playa recuerda que un pequeño bar de licor en esa zona así que te veo ahí - *sonrió*

- Está bien - *da un suspiro y añade* - y....

Para en eso efelios Ya no estaba ahí algo que a ella hizo que se molestará Ya que no la dejo terminar en decirle unas palabras.

Ella se sienta en la orilla de la cama para poder relajarse un poco y para pensar en lo que le había dicho efelios , además tenía algo de curiosidad de ma que se debería su presencia y de lo que le tiene que decir pero ¿Por qué no cuando esté charles? .

Algo le decía dentro de ella que no era nada bueno , en eso está decidida a ir en donde efelios le había dicho dentro poco.

Así que se dispone a tomar su iPod ponerse unos audífonos toma una pequeña mochila de la coloca en su espalda y pone a reproducir la música con la canción de ***ELECTRIC FEEL - MGMT*** sale caminando muy tranquila , sale de la casa y se va a la playa.

Después de unos minutos llega a la playa , sonríe al ver lo hermoso que es el día así que sigue caminando mientras escucha música, busca el bar hasta que lo encuentra para después adentrarse en el .

Ya estando adentro ,Rowan busca con con la mirada a efelios pero no lo ve hasta que un mesero le pregunta;

- Hola buenas tardes dígame en qué puedo ayudarle - *dijo con amabilidad*

- Amm busco a alguien que me citó aquí - *dijo con algo de pena*

- Ahh como se llama o cómo es esa persona - *dijo con amabilidad y una sonrisa*

-

- Es uno alto cabello color castaño , piel pálida , ojos verdes como el esmeralda y mide como uno 1.76 - *dijo nerviosa*

No le dije el nombre ya que si lo decía le dirían que ese nombre no existe o que es el nombre de un demonio o de un dios , así que prefirió describirlo;

- Ahhh ya se quién me dice - *dijo con una sonrisa amplia*

- Así - *dijo con cara de WoW no me importa y añade* - me puede llevar con el

- Claro el me dio la indicación que la persona que preguntara por lo llevará a dónde está el en su entrada VIP el señor James Skyle - *sonríe y añade* - sigame por favor

- *Claro - lo sigue*

Mientras caminaba con el mesero por dentro de ella se reía por el apellido que se había puesto efelios , para en eso llegan a dónde estaba él pero no sé esperaba que hubiera 6 mujeres con el manoseandolo por todo su cuerpo;

- Hola - *dice algo sería*

- Vaya no creí que vinieras entonces si te interesa - *sonríe mientras lo manoseandolo*

- Es obvio - *dije estando sería*

- Bueno chicas las veo esta noche así que me pueden dejar a solas por favor preciosas - *dijo muy seductor*

Todas se van dejando a Rowan y a el a solas para que pudieran hablar;

- Quieres algo de tomar? - *pregunto con total normalidad*

- Una Margarita - *dijo muy tranquila*

- Mesero nos trae una Margarita para la señorita y a mí me trae un vodka - *sonríe y se va el mesero*

- Bien y......-

- Has escuchado un dicho que dice así: " ***La verdad duele pero no peca***" - *dice con algo de seriedad mientras se acomodaba en el sillón de piel*

- Claro y....- *la interrumpe*

- Es exactamente lo que te voy a decir te va a doler lo que te voy a decir pero no estaré pecando de decirte una verdad - *dice con una totalidad tranquilidad*

- Y que esperas escupirlo - *dijo algo con seriedad mientras estaba sentada recargamdose en el sillón*

En ese momento llega el mesero con las bebidas que habían ordenado guardan silencio por un momento hasta que se va el mesero y el silencio se rompe.;

- No es fácil así decirlo solo te voy a preguntar una cosa - *se inclina hacia adelante para verla de cerca y añade* - ¿Podrás asimilarlo lo que te vaya a decir?

- Dependiendo - *dice sería y añade* - no te prometo nada

- Bien ......Tú no has sido su única esposa y además se casado más veces de lo que te puedas imaginar también hay muchas cosas que te oculta así como que charlie tiene un gemelo - *dijo con seriedad*

Ella no dice nada no le importaba si él tenía un gemelo que jamás se lo presento pero oír eso de efelios en decirle que no ha sido como su primer esposa si no ha tenido más esposas anteriores antes que a ella eso la había dejado en shock y también de que le oculta muchos secretos.

Obviamente como esposos debe de haber confianza y contarse sus secretos pero en este caso no lo era , pero aún así no sabía si creerle o no .

CAPITULO: 63

LA VERDAD DUELE PERO NO PECA (PARTE 2)

En ese momento llega el mesero con las bebidas que habían ordenado guardan silencio por un momento hasta que se va el mesero y el silencio se rompe.;

- No es fácil así decirlo solo te voy a preguntar una cosa - ***se inclina hacia adelante para verla de cerca y añade*** **- ¿Podrás asimilarlo lo que te vaya a decir?**

- Dependiendo - ***dice sería y añade*** **- no te prometo nada**

- Bien ......Tú no has sido su única esposa y además se casado más veces de lo que te puedas imaginar también hay muchas cosas que te oculta así como que charlie tiene un gemelo - ***dijo con seriedad***

Ella no dice nada no le importaba si él tenía un gemelo que jamás se lo presento pero oír eso de efelios en decirle que no ha sido como su primer esposa si no ha tenido más esposas anteriores antes que a ella eso la había dejado en shock y también de que le oculta muchos secretos.

Obviamente como esposos debe de haber confianza y contarse sus secretos pero en este caso no lo era , pero aún así no sabía si creerle o no .

Ya era algo tarde , Rowan decide irse del lugar sin despedirse pero antes de irse efelios le dice: 'solo piénsalo un momento cuando lo hayas hecho me buscas aqui'.

Ella siguió su camino hacia la casa entonces oye el auto charlie , así que no le queda de otra que irse corriendo hacia a la casa antes de que la vea , ella se va corriendo al llegar no entra por la puerta principal si no de la parte trasera.

Después de estar adentro corre subiendo para ponerse la pijama sin prender la luz, se la pone rápido y la ropa que tenía antes puesta la guarda rápido en el clóset, en eso se escucha que abrían la puerta principal en eso ella decide meterse a la cama y fingir que estaba dormida.

En eso el llega a la habitación al entrar ve a su amada esposa dormida (fue engañado por primera vez) así que el decide irse a dar un baño , el entra a!baño y cierra la puerta en eso ella dice en su mente

- *uff de la que me salve - dijo dentro de ella misma*

Ella decide dormirse , a! día siguiente sintió algo en sus labios para cuando abrió los ojos se sorprende de que el la está besando..

- Buenos días - *dijo con una enorme sonrisa*

- Buen... buenos días - *dijo algo sorprendida*

- Y dime qué hiciste ayer mientras que no estaba - *dijo mientras se levantaba de la cama-.*

- Sali a pasear por la playa y visite algunos lugares - *dijo mientras se levantaba de la cama y añade* - y dime qué ta! te fue ayer de tu negocio

- Bien solo fue un pequeño problema así que lo solucione - *se pone la ropa*

- Y que haremos hoy - *se pone su ropa*

- Tu dime adónde quieres que vayamos - *me rodea mi cintura con sus brazos*

- mmmm quiero tirarme de un avión con paracaídas - *dije sonriendo*

- Lo que usted ordene señora french - *le da un beso*

Entonces Rowan se pone unos tenis de Addidas blancos mientras que charles la espera abajo para desayunar, en eso baja y el la está esperando en la mesa ..

- Vaya crei que no bajarías - *dijo riendo en bajo*

- Ah así que hubieras hecho si no hubiera bajado - *dije desafiandolo*

- Hubiera subido por ti - *dijo muy tranquilo*

- Y qué tal si no estuviera ahí - *dije mientras me sentaba y me servían el desayuno*

- Te buscaría por mar, tierra hasta por debajo de las rocas - *me sonríe*

- Bueno es suficiente con eso - *dije mientras desayunaba*

Empezamos a desayunar en silencio , mientras desayunábamos el hace una llamada para mí fue emocionante..

- Buenos días me gustaría reservar un avión para un paracaidismo hoy en la tarde como eso de las 3 - *dijo mientras me sonreía*

Yo al ver oído eso me hizo sentir tan feliz hasta que olvide lo que pasó con efelios ayer , él seguía hablando por el teléfono para la reservación para esta tarde, mientras desayunaba y él hablaba por teléfono me llegó mensaje de texto que decía así...

Hola Rowan soy efelios aún te recuerdo que analizes de lo que te dije ayer tomate el tiempo que quieras pero no lo tomes por mucho tiempo ya que se vienen cosas peores que tendrás que enfrentar en tu vida tú sabrás cuando lo allás pensado ven a buscarme en el mismo lugar

Atte
Efelios

Cuando termine de leer el mensaje decidí divertirme hoy y ya después vería de lo que me dijo efelios aunque que quizo decir que me enfrentaría algo en mi vida Bueno en fin ....en eso el termina la llamada y me dice...

- Bueno Vamos a pasear un rato en un barco te parece - *dijo con una gran sonrisa*

- Claro que si - *dije emocionada*

- Después de ahí nos vamos al avión para que puedas hacer lo que quieres hacer - *se levantó de la mesa*

- enserio oye te puedo preguntar algo - *dije algo nerviosa*

- Claro dime - *la mira*

- Bueno ....ejem...solo es .....por curiosidad ..... espero que no te enojes - *estaba nerviosa y con miedo*

- Vamos Dime - *dijo muy tranquilo*

- Hubo una mujer antes que yo como tu esposa - *demasiado nerviosa*

Por un momento se quedó en silencio para después decir de que no era cierto Eso le dio mala espina ya que en la forma en que se lo dijo dio mucho a entender que era cierto, ahora de haber visto la reacción de su esposo decide ver la forma en cómo poder verse con efelios y contarle la reacción de charlie , su respuesta.

Ambos deciden irse directo al barco para pasar un buen rato antes de ir al avion ya que Rowan sueña con aventarse en un paracaídas junto con el , después de llegar al avion deciden subirse ya que dentro de un par de horas irían al avión .

Los dos suben al barco para que después el barco despeguen y empiezena navegar
Por el mar juntos abrazados.

CAPÍTULO: 64

CONOCIENDO AL HERMANO GEMELO DE MI ESPOSO...

Por un momento se quedó en silencio para después de ir de que no era cierto Eso le dio mala espina ya que en la forma en que se lo dijo dio mucho a entender que era cierto, ahora de haber visto la reacción de su esposo decide ver la forma en cómo poder verse con efelios y contarle la reacción , su respuesta.

Ambos deciden irse directo al barco para pasar un buen rato antes de ir al avion ya que Rowan sueña con aventarse en un paracaídas junto con el, después de llegar al avion deciden subirse ya que dentro de un par de horas irían al avión .

Los dos suben al barco para que después el barco despeguen y empiezena navegar
Por el mar juntos abrazados.

Pasaron 2 horas y llegó !a hora de bajarse del barco ...

- Cariño son las 2:30 pm debemos irnos al avion para que puedas arrojarte con un paracaídas - *dice con una sonrisa mientras la tenía abrazada de lado*

- Claro - *Emocionada*

20 minutos después llegamos a un pequeño aeropuerto donde había aviones especiales para paracaidismo al igual que había avionetas .... para entonces el me deja un momento a solas para acercarse a un señor para decirle de la reservación del paracaidismo , así que le hace una seña a su esposa de que se acercara .

Para entonces seguir al señor para que los guiará al avión del paracaidismo , al llegar ambos se suben con 2 instructores uno para cada quien ...

- Yo quiero ir sola no quiero está atada a un instructor si no que chiste tiene de qué me aviente si no lo voy a disfrutar - algo nerviosa

- Esta bien cariño como tu digas - se rie

- Gracias - sonrio

Minutos despues el avion empieza a despegar poco a poco ya que tienen que estar a una altura para poder aventarse en un paracaidas , pasaron 10 minutos ya estaban a la altura perfecta para poder aventarse .

ambos deciden ponerse el paracaidas los lentes especiales al igual que los instructores se estaban preparando en lo que llegan a la zona de los paracaidas , despues todos estaban listos solo estaban esperando llegar a la zona .

5 minutos despues llegan a la zona entonces los instructores les dan las intrucciones...

- Bien antes de llegar a la zona del paracaidismo como nunca ustedes se aventendo en un paracaidas asi que como ninguno de ustedes dos quieren hacer salto tadem - dijo con mucha amamababilidad

- Por eso saltaremos con ustedes aunque ustedes no quieran hacer el salto tadem pero aun asi saltaremos con ustedes para que puedean pisar tierra con bien - dijo el otro instructor viejo de 40 años con amabilidad

- Yo estoy de acuerdo - dijo el con mucha tranquilidad

- Yo tambien estoy de acuerdo - dije emocionada

- Ok llegamos a la zona estan listos- voltea a vernos

- Mas que nada - dije emocionada

- Claro - dijo sin ninguna precaucion

En un abrir de ojos ya estabamos en el aire volando envez de gritar de miedo gritaba de felicidad por que al fin me pude lanzar en un para caidas ... durante en pocos minutos tuvimos que abrir el paracaidas al momemto de hacerlo .

Me sentí como en el juego de **CREATIVE DESTRUCTION** ¿Saben por qué? La respuesta es sencilla para los que conocen ese juego ...se tira uno al aire , después localizas el lugar donde aterrizaras , y por último abres el paracaídas buscas armas para sobrevivir y ser el ganador .

Es difícil un poco por qué entran 100 jugadores (seré sincera ese juego se parece a los juegos del hambre)

Habíamos aterrizado en pocos minutos , se me hizo corto estaba algo agotada así que...

- Oye amor nos podemos ir a casa estoy algo agotada quiero descansar - *sonrió mientras tomaba del brazo de charlie*

- Claro - *me da un beso en la frente*

Después de un buen rato llegamos a la casa , una de las mucamas se acercó corriendo para decirle a charles que alguien lo espera en la sala, "secretos están saliendo a la luz" me dije en mis adentros.

le pregunto de quien se trataba entonces la mucama se le acercó a su oído y le susurró algo que no alcanze a escuchar, pero después de haberle dicho quien era parece vio al mismísimo lucifer en persona ... bueno aunque todos sabemos que es el.

- Cariño por qué no vas a tu cuarto a descansar en lo que atiendo a una persona - *dijo intentado disimular que todo está bien*

- Claro - *Dije sin ánimos*

Iba subiendo entre ""ya que quería saber quién era cuando vi que la mucama & el no estaban a la vista me quite los zapatos para no hacer ruido he ir a la sala para saber quién es.

Cuando llegue a la puerta estaba entre abierta y pude ver a alguien parado de espaldas a lado suyo una mujer.

Al darse la vuelta me di cuenta que se parecían mucho eran idénticos aunque la diferencia es que se visten diferentes.

- Que haces aquí Tom - *dijo en un tono serio*

- Quería visitar a mi querido hermano para felicitarlo por su 14 ° casamiento - *se ríe con sarcasmo*

quedé helada cuando dijo « por su 14° casamiento» entonces efelios estaba diciendo la verdad tengo que verlo a como de lugar.

Seguí observando la discusión que tenían mientras que la mujer de a lado de ese tal Tom lo manoseaba , de seguro es una mujer demonio, tiene una apariencia muy súperior , me refiero que muy hermosa que yo.

Tiene el pelo largo hasta la cintura de color rojo , piel morena con rasgos finos , de estatura yo la veo de 1.69 .

Aunque su mirada lo dice todo tiene una mirada seria y fría , en pocas palabras tiene cara de pocos amigos.

No sé si las mujeres demonio tienen poderes, si las tienen pues no se sabe .

En ese momento habló de nuevo...

- Me puedes decir quién es esa mujer que está a tu lado - *dijo muy frío y Serio*

- Es mi querida esposa , ¿hay algún problema con eso hermano? - *Besa a su esposa*

- Me refiero si no es una humana - *se cruza de brazos*

- Obvio que no , no soy como tú que todas las esposas que has tenido son o eran humanas - *enojado se lo dijo*

- ¡Ese no es tu problema! - *grita*

- Mi esposa es la hermana del mismísimo lucifer nuestro superior - *dice en un tono enojado y añade* - su nombre es Aradia iveth viktor

El gemelo le toma la mano a su dichosa esposa para depositar un beso en su mano en ese momento charles no estaba muy bien en esa situación, mientras tanto su esposa le susurra algo a Tom , pero sonreía como si algo tramara , en cuestión de segundos habló Tom.

- Parece que tenemos una persona no invitada en esta conversación - *dijo muy serio*

- ¿A que te refieres? – *Respondió charlie*

- Hay una chica detrás de esa puerta escuchando en donde nadie la ha llamado - *Respondió molesto y añade* - Asi que me haces el favor de hacerla pasar

En ese momento quería que la mismísima tierra me tragara me han descubierto así que no puedo salir ahorita corriendo tendré hacerme responsable de lo que he hecho.

El empezó a caminar hacia la puerta para abrirla de par en par , me congelé por completo , como dije me quedé paralizada al ver la mirada de el molesto de molesto molesto como jamás lo hubiese visto antes , eso me daba entender que cuando se fueran los invitados me daría un sermón que no me la voy a cabar.

- ¿Que estás haciendo aquí? - *me dijo enojado*

- Yo... - *fui interrumpida por to*m

- ¡No puede ser! -

Gritó Tom como si estuviera asustado y a la vez impresiónado de verme aunque no porque me mira así .

- Ahhh..- *fui interrumpida de nuevo*

- ¡Que es lo que has hecho charles ! ¡A caso te has vuelto loco! - *dijo gritando muy eufórico*

- De que me casé con una humana - *dijo muy tranquilo*

- No me refiero a eso - *me mira muy feo y añade* - me refiero a lo otro o a caso no se lo has dicho

-No y no lo haré - *dijo muy tranquilo*

- De que están hablando - *dije dudosa pero fui ignorada*

- Cariño vete al cuarto por favor - *me da un beso corto en los labios*

- Claro - *dije sin reclamar*

Me fui de la sala corriendo al cuarto para poder pensar en cómo encontrarme con efelios necesito saber qué es lo que tanto me oculta y lo haré a como de lugar.

CAPÍTULO: 65

LOS SECRETOS SALEN A LA LUZ....

Gritó Tom como si estuviera asustado y a la vez impresiónado de verme aunque no porque me mira así .

- Ahhh..- *fui interrumpida de nuevo*

- ¡Que es lo que has hecho charles! ¡A caso te has vuelto loco! - *dijo gritando muy eufórico*

- De que me casé con una humana - *dijo muy tranquilo*

- No me refiero a eso - *me mira muy feo y añade* - me refiero a lo otro o a caso no se lo has dicho

-No y no lo haré - *dijo muy tranquilo*

- De que están hablando - *dije dudosa pero fui ignorada*

- Cariño vete al cuarto por favor - *me da un beso corto en los labios*

- Claro - *dije sin reclamar*

Me fui de la sala corriendo al cuarto para poder pensar en cómo encontrarme con efelios necesito saber qué es lo que tanto me oculta y lo haré a como de lugar.

.

.

.

.

Pasaron 3 horas desde que sali de la sala , hay algo que me estan ocultando ambos y quiero saber que es, hay un dicho que dice : "La curiosidad mato al gato" , no importa si muero por saber la verdad pero al menos hice el intento y podre morir solamente sabiendo la verdad .

En ese momento mis pensamientos fueron interrumpidos ya que mi esposo entro al cuarto:

- Hola cariño - dijo como si nada

- Hola ¿y tu hermano?- dije tranquilamente

- Ya se fue - dijo nomal

- Ok -

Quedo todo en silencio ya que no hubo mas que decir , lo que mas me duele es que me esconda muchas cosas , guarda secretos , los esposos no se guardan secretos , yo en cambio no tengo ningun secreto con el , pero en cambio el si los tiene conmigo aunque no es justo para mi que me haga eso.

Decidi darme una ducha para no hablar con el , minutos despues estaba secando mi cabello , rompe el silencio ..

-¿Por qué bajaste? - dijo algo molesto - te había dicho que no bajarás

- Y tu qué? - dije molesta

- Yo que - enarco una ceja

- Si , tu qué acaso no habías dicho que no deberíamos ocultarnos cosas - dije enojada

- Amor... - lo interrumpi

- Nada de amor , yo no te oculto nada y tú si - grite - nunca me dijiste que tenías un hermano gemelo o si , para ser sincera jamás lo dijiste - tome una mochila y salgo del cuarto

Bajé las escaleras rápidamente hasta que él me grita...

- A donde vaz !! - dijo enojado

- A dar la vuelta ya que no estoy agusto aquí - dije enojada

Tome una moto negra que había en la casa y empezé a conducir mientras conducía oía la voz de charlie cada vez alejándose.

Unos minutos después llegue al mismo bar que había ido ayer , entre para buscar a efelios, entonces vi al mesero que le había preguntado antes me acerque a él y le dije...

- Disculpa esta efelios - dije amable

- Si claro , sigame- me da la espalda para llevarme hacía donde se encontraba

Nos detuvimos en una mesa donde él estaba sentado solo , sin mujeres más dicho nadie

Detuve un momento al mesero ..

- Disculpa - dije en voz baja - si preguntan por mí diles que no estoy no importa quién sea si

Le entrego dinero dejándolo en su bolsillo le sonrió y se va

- Vaya jamás creí que eras así - Se ríe

- Claro - dije algo sería

- Por favor toma asiento - sonríe - y dime qué te trajo hasta aquí

- Tenías razón me oculta muchas cosas - dije algo decepcionada

- Que fue lo que pasó - dijo mientras da un sorbo a su bebida

- Llegamos a casa y vino su hermano gemelo , yo no sabía que él tenía uno así que me sorprendi , estuve escuchando su conversación en la sala a escondidas - dije algo molesta

- Y luego -

- Me descubrieron , entonces entre a la sala su hermano me vio asustado y ala vez sorprendido se puso pálido le gritó a charlie - doy un suspiro

- ¿Que?! - dijo algo asustado

- pués lo que dije -

- Creo que será mejor que yo te diga la verdad , antes de que enteres por ciertas personas - dijo algo preocupado

- De que hablas - dije confundida

- Tu crees que por casualidad tu padre se en deudo ? -

- No entiendo -

- el habia estado esperando por mucho tiempo tu nacimiento - dijo asustado

- A que quieres llegar -

- Lo que quiero decir es que tú has reenacido muchas veces en tus otras vidas y cada una de ellas has estado con charles , cada que mueres busca el día , mes , año y en dónde volverás a nacer por qué te ama tanto que ha rechazado a su prometida una de las hijas de satanás -

- Que? -

- Así qué si mueres naces otra vez y el te encontrara está loco enfermo por ti él solo te quiere a ti , pero cuidado de hacerlo enojar -

- ¿Porque? -

- Si el se enoja verás la verdadera forma demoníaca , y el no quiere veas eso por qué el creerá que lo dejaras y nunca querrás estar con el -

- Está bien -

- Ahora ve a tu casa porque está aquí en la entrada buscándote sal por la puerta trasera que no te vea , llegará y te preguntara con quién estuviste ya que tiene miedo que lo dejes por otro , ahora ve y vete -

Salí corriendo hacia la puerta trasera donde me había dicho tome mi moto aunque no entiendo porque estaba aquí ya que recuerdo que lo deje en la puerta principal , bueno eso no importa así que decido subir y empiezo a conducir hacia mi casa antes de que me viera , logré escapar del bar .

Logrando salir de ahí llego a un lugar donde venden hamburguesas compro 3 hamburguesas y una soda , después salgo disparada en la moto para que cuando llegue a casa el crea que fui a comprar hamburguesas , si los demonios saben mentir y decir la verdad

Yo también puedo hacer eso los humanos somos así como si fuéramos los demonios realmente así que comienze el juego de *LAS REVELACIONES.*

te amo pero si sigues con este juego sucio yo también lo haré jugaré sucio. Aunque me duela el alma tendré que hacerlo no tengo otra opción

CAPÍTULO: 66

LAS REVELACIONES....

Salí corriendo hacia la puerta trasera donde me había dicho tome mi moto aunque no entiendo porque estaba aquí ya que recuerdo que lo deje en la puerta principal , bueno eso no importa así que decido subir y empiezo a conducir hacia mi casa antes de que me viera , logré escapar del bar .

Logrando salir de ahí llego a un lugar donde venden hamburguesas compro 3 hamburguesas y una soda , después salgo disparada en la moto para que cuando llegue a casa el crea que fui a comprar hamburguesas , si los demonios saben mentir y decir la verdad

Yo también puedo hacer eso los humanos somos así como si fuéramos los demonios realmente así que comienze el juego de *LAS REVELACIONES.*

te amo pero si sigues con este juego sucio yo también lo haré jugaré sucio. Aunque me duela el alma tendré que hacerlo no tengo otra opción

.

.

.

.

Llegué a casa subiendo las escaleras corriendo entre al cuarto e rápidamente me puse la pijama , me senté en la cama para comer mis hamburguesas prendí la televisión y me puse haber la serie de *STRANGER THINGS* una de mis series favoritas para poder olvidar lo que pasó el día de hoy

.

.

.

.

Mientras tanto charles está en el bar con efelios....

- ¡Dime ella estuvo aquí verdad! - dijo golpeando la mesa fuertemente y gritando

- Ya te lo he dicho una y otra vez que no estuvo aquí - dijo con tranquilidad y añade - además tú mismo me has prohibido verte a ti y a ella

- le has dicho la verdad - dijo preocupado

- Como le voy a decir si no puedo acercarme a ella ¡Ash! Eres fastidioso - dijo dando un trago a su bebida

- Espero que nunca abras la maldita boca porque si la abres te juro que le pediré a Azrael su espada para matarte entiendes - dijo molesto .

- Claro que si pero aún así papá se dará cuenta en especial el ángel de la muerte - se ríe

- Mejor iré a la casa para ver si ya llegó y que esté bien - se va a fuera para subir a su coche

.

.

.

.

Mientras tanto Rowan estaba viendo la serie tranquilamente mientras que sus adentros pensaba en un plan de hacer pagar a su esposo de todo lo que le oculta ,

primero ; seducirlo , segunda; reclamarle sobre su hermano , tercera; hacerlo enojar para que revele su verdadero yo ya que según efelios es su peor miedo de perderme y cumplire su miedo , cuarta ; escapar de el según yo, huir lo más lejos que pueda y rehacer mi vida <<continuar con mis estudios>> Quinta; decirle a adiós a mis padres y amigos y por último ; cambiar mi identidad y mi apariencia para ser irreconocible.

En ese momento oi portazo que hizo que me sacara de mis pensamientos, en ese momento llega entrando al cuarto enojado...;

- ¿En dónde estabas? - dijo enojado

- .... - no respondi

En ese momento me toma del brazo con fuerza y a la vez me lastimaba ...

- Te hecho una pregunta ¿En dónde estabas? - enojado

- En una hamburgueseria - dije con algo de dolor y añade - me duele

- ¡No me mientas! - Aprieta más fuerte el brazo

- Me lastimas - dije con unas lágrimas - si no me crees ahí está las envolturas de hamburguesas y de los refrescos ¡Me lastimas!

- Se que estabas con efelios - dice con voz demoníaca

- No se por que razón lo mencionas si tú mismo lo amenazaste ni siquiera se en dónde está - menti - ¡Auch duele! ¡Me lastimas charles!

- Está bien te creo - la suelta

Empieza a llorar Rowan por que la lastimó y ese momento a él le empezó a remorder por lo que le hizo a su amada esposa .....;

- Lo lamento mi amor no fue mi intención de lastimarte - con tristeza

- Así pues ya lo hiciste , que es lo que tanto ocultas que hasta crees que me veo con efelios cuando ni siquiera sé que es de el - menti con lágrimas.

- Perdoname - con lágrimas

En ese momento Rowan se va al otro cuarto de invitados ya que por lo que le hizo no quiere dormir con el.

Pasan 2 semanas y aún Rowan no le habla a su esposo , el ha intentado hablar con ella, le compra regalos pero eso no ha hecho nada para remediarlo , en el desayuno no le dirigió ni una sola palabra y eso le esta poniendo de nervios.

-No has dirigido ni una sola palabra desde hace dos semanas ni siquiera has dormido en mi cama - dijo culpable

-......- no responde

- Vamos dime algo - dijo culpable -

- algo - dijo

- Es enserio - dijo triste y añade - lamento lo que sucedió ese día

- ¿Es lo único que sabes hacer? - dijo con seriedad

- ¿Hacer que? - dijo confundido

- De hablarme bonito , comprar regalos ...dime tú ¿Crees que soy un objeto que puedas comprarme con tus bonitas palabras o tus regalos? A caso soy un objeto? - dijo decepcionada

- Lo lamento - dijo con culpabilidad

-¿Crees que eso lo soluciona todo? ¿Crees que eso lo va remediar? Eso no cambiará nada de lo que sucedió ese dia - dijo sorprendida

- No - agacha la cabeza

- Ahí está la respuesta que querías - dijo seria y añade - si me disculpas me retiro

- A donde vas ?- pregunto

- ¡eso a ti que te importa!- le grito

- Vas a ir a ver a tu amante? - dijo decepcionado

- Vaya hasta donde has llegado , sigue creyendo que te engaño - sale corriendo

En ese momento charlie se va al cuarto a llorar y decide recordar desde el día en que supo que nacería y el lugar en deudar al padre del que sería futura esposa ya que supo que sería de ese hombre en la cual volvería al mundo , cuando nació , cuando la vio crecer , cuando la protegía en la secundaria.

Cuando estuvo en su cumpleaños todos los momentos le llegó en su cabeza en poder repetir esos momentos para que vuelva ser como la conoció ese día .

Mientras tanto Rowan estaba en su moto hiendo en busca de efelios cuando llegó al dicho lugar donde siempre se ven , entra y le dice un mesero si está efelios a lo que esté dice que si .

Cómo siempre lo llevo con él y se retira..;

- Hola efelios - dijo algo triste

- Hola - con una sonrisa amplia en su rostro - que te trae por aquí

- Necesito de tu ayuda - dijo triste

- Si dime - dijo con su amplia sonrisa

- Quiero que me ayudes hacer sufrir a charles y que a la vez logré huir de el - dijo triste

- Woooow espera ... Es enserio - se ríe un poco -

- Si - dijo Segura de si misma

- Lo has pensado bien verdad - dijo algo sorprendido

- Créeme después de lo que pasó hace dos semanas , si lo he pensado bien y estoy decidida - dijo muy seria

- Woooow que sorprendente .....dime algo ya tienes un plan - dijo tranquilo

- Claro que si solo que quiero que tú me ayudes - dijo muy seria

- Ok dime cuál es tu plan - se acerca un poco a ella

- Te lo diré solo prometeme que me ayudarás y harás lo posible de alejarme de el - dijo muy seria y segura de si misma

- Adelante - sonríe

Ese día ella le contó su plan y al terminar ella decidió empezar con el plan esa misma noche.

CAPITULO: 67

QUE COMIENZE EL JUEGO

Durante 2hrs estábamos realizando el plan y un plan B por si alcanzo no sale bien las cosas tal como lo planeabamos:

- Entonces así quedamos - con una sonrisa

- Claro que si cuenta conmigo - sonríe ampliamente

- Gracias -

Dije con un alivio así podré rehacer mi vida en un nuevo país , nueva identidad y nueva vida

- Te puedo preguntar ¿por que tan desesperadamente quieres huir de el? -

- Por que realmente yo no pedí esto , yo no pedí casarme con un desconocido y un demonio ..... Yo lo único que pido - casi a romper en llanto - es tener una vida normal

- Te entiendo - da un suspiro

- Y que jamás hubiera sucedido esto , si he renacido para estar con el ahora yo me encargo de destruir ese vínculo - se limpia las pocas lágrimas

- Entiendo cómo te sientes , de hecho te ayudaré con tu identidad no te preocupes y lo demás lo hacemos juntos -

- Gracias efelios -

- No es nada -

- Me tengo que ir o si no podrá venir en cualquier momento al bar y en verdad estaría en serios problemas - rie un poco

- Eso es verdad mejor vete por la parte trasera -

- Claro gracias y hasta luego -

En ese momento camino hacia la parte trasera del bar y al salir como siempre la moto estaba ahí cuando realmente la dejo principalmente en la puerta principal , en fin es hora de comenzar el plan de hoy ...conduci directo a la casa ....no entiendo cuando termina la luna miel ya me cansé de estar aquí .

Llegué en menos de 15 minutos , así que entre a la casa .

- ¡Ya llegué! - grite

- Me alegra de que hayas vuelto cariño - dijo muy sonriente

- Claro - dije con total normalidad

- Aún sigues enojada conmigo -

- No ya no lo estoy creo que funciona muy bien salir a respirar aire fresco para relajarse - dije normal

- Me alegro mucho - sonríe

- Me iré a dar un baño -

- Claro - sonríe

Subí a la habitación para darme una ducha , mientras me bañaba no dejaba de pensar sobre el plan de esta noche.

Mientras me daba un rico baño oi a alguien abrir la puerta del baño y decidi fingir que no pasa nada hasta que de repente senti uno brazos rodear mi cintura

- Hola pequeña - dijo susurrandome al oído

- Hola - dije con total normalidad

- Quieres que nos bañemos juntos - dice lujuriosamente

- Pues para que preguntas si ya estás aquí - se ríe

- Así , es verdad para que pregunto si ya estoy aquí - se ríe

Voltea para besarlo a lo que el le corresponde al instante , le levanta un pierna hacia el para después penetrarla en su feminidad que a la vez le besa su cuello

- Ahh..mmm..Ahh ... charles - gimió

Mientras su amado esposo le daba con fuerza ella le acaricia su espalda

- Dame con más fuerza ....ahhh - gimió

- Como usted lo diga señora french-

Le da con más fuerza hasta que ambos llegan al clímax ....

- Estuviste genial cariño - dijo el entre besos

- Ni lo digas tú eres tan bueno en la cama que no se compararia con ningún otro ser humano de este mundo – dijo ella entre besos

- Hay que terminar de bañarnos - sonríen ambos

Minutos después terminan de bañarse y cada uno se pone su pijama

- Hay que irnos a dormir estoy muy cansada - dijo bostezando

- claro cariño lo que tú digas - le da un beso en la mejilla

Media hora después estaban acostados juntos en la cama sin poder dormir rodeados de silencio hasta que rompe el silencio...

- Sabes cariño me alegro que estemos juntos , te amo y jamás te haría daño - le acaricia el cabello

Sin darse cuenta ella se había quedado dormida (finge estarlo) así que decide hacer lo mismo dormir

Una hora y media después rowan se aseguró que el en verdad estuviera dormido, sale de la cama con mucho cuidado para no despertarlo , sale de la cama ....saca la mochila de abajo de la cama sin hacer ningún ruido , habré el clóset saca la ropa que necesita , unos 3 pares de zapatos y los mete dentro de la mochila

Luego saca un pans negro y se lo pone con unos tenis converse , sale del cuarto , saca su teléfono para ponerlo en modo silencioso , le envía un mensaje de texto a efelios de ya que ya está lista

Sale en silencio hacia la puerta trasera del patio y ahi yacia parado esperándola

- te espero en la puerta principal - dijo efelios y añade - Ya sabes que hacer

- Si claro y.... - fue interrumpida por un grito espantoso que jamas había oído en su vida

- Ya sabe , así que hazlo pero ya - dijo en susurro

Ella le da la mochila y entra a la casa de nuevo entra a la cocina pero el apareció de la nada en la cocina

- Dónde estabas? y por que tienes ropa puesta? - dijo algo enojado con voz demoníaca

- Bueno yo me desperté y ya no pude dormir ... Así que - Fue interrumpida

- Estás mintiendo que es lo que estás planeando - dijo enojado

- Nada - dijo rápidamente

- ¡Dime! - Gritando

- No estoy planeando nada - intenta actuar normal

- No te creo - dijo muy enojado

- Sabes creo que te voy a decir la verdad - dijo por que sabe que está dentro de los planes

- Te oigo -

- Te voy a dejar - se lo dijo con mucha valentía

- Eso jamás va a pasar - se empezó a reir y añade - por que eres mi esposa y mi mujer eres mia absolutamente mia y de nadie más, no podrás escapar de mi aunque tenga que encerrarte bajo tierra encadenada lo haría - dijo muy serio

- Eso lo veremos - ve un jarrón de flores con agua y se le ocurrió una idea

Sale corriendo como puede hacia el jarrón de flores, logra acercarse hacia el para hacer una oración en latín:

- Pater tuus, qui es in caelis, sanctificetur Nomen tuum , beati eritis enim vos ut benedicat tibi nomen peto quod aqua simplex et defendat me a mala in nomine tuo unigenito filio tuo unigenito jesu christo amen -

Saca las rosas y toma el jarrón, voltea ve a charles enfrente suyo y.....

- Lamento mucho lo que tengo que hacer -

Tira el agua del jarrón hacia a él, le cae en el rostro e le empieza a quemar , se pone tan furioso que empieza deformarse osea que está mostrando su verdadera identidad demoníaca , algo que el no quería mostrar a la persona que ama por el miedo que lo dejara .

Pero su miedo se hizo realidad mostró su verdadera identidad delante de ella , en eso entra efelios ..

- Vámonos antes de que se ponga peor - grito

La levanta del piso para salir del lugar , un gruñido demoníaco sono por toda la mansión salimos por la puerta principal , al salir el demonio grito el nombre de su amada esposa junto con una promesa:

- ¡NO TE VAYAS! ¡NO ME DEJES! ¡SI TE VAS TE PROMETO QUE TE BUSCARE Y CUANDO TE ENCUENTRE TE LLEVARE CONMIGO AL INFIERNO AHI JAMAS SALDRAS! - Dijo con una voz tan fuerte demoníaca

- Vamos no perdamos el tiempo antes de que venga - Le abre la puerta del coche

Sin decir nada sube en camino al aeropuerto

CAPITULO:68

EL ADIOS......

Mientras efelios conducía , ella rompe el silencio .....

- Crees que me encuentre? - dijo preocupada y añade - si es así entonces en ese caso mejor lo dejamos

- El no te encontrara te lo prometo - le toma rápido su mano y añade - estaré contigo

- Gracias - dijo con media sonrisa

- Mejor deberías enfocarte que harás en tu nueva vida - sonríe

- Tienes razón - se ríe

Ambos ríen , ella pone un mejor ambiente enciende la radio sonando con una canción ***Love Story - Indil****a*

L'âme en peine

il Vit mais parle à peine

Il attend devant cette photo d'antan

Il , il n'est pas fou

Il y croit c'est tout

Il la voit partout

Il i'attend debout

Une Rose à la main

À part elle il n'attend rien

Rien autour n'a de sens

Et l'air est lourd

Le regard absent

Il est seul et lui parle souvent

Il , il n'est pas fou

Il l'âme c'est tout

Il la voit partout

Il i'attend debout

Debout une rose à la main

Non , non plus rien ne le retient

Das sa Love Story
Das sa Love Story
Das sa Love Story
Sa Love Story

- Hablas Frances madam - se ríe

- No - avergonzada

- Pues yo que tú me preparo hablarlo - sonríe

- Que? - dice con una sonrisa

- Abre la guantera - sonríe

Ella abre la guantera y saca un paquete amarillo y lo empieza a mirar

- Que es? - dice con curiosidad

- Ábrelo - diciendo con sorpresa

Lo abre y al abrirlo había mucho dinero , documentos varios documentos con diferente nacionalidad , pasaportes de diferentes nacionalidades ect.

- Que es todo eso? - sonríe

- Tendrás nueva identidad solo que antes de ir modifique tu foto para tus pasaportes ect. -

-En serio Woooow esto es genial es como si lo hubiesen sacado de una película - se emociona

- Cambiando de tema escucha con atención lo que te voy a decir -

- Si claro -

- Llegando al aeropuerto y saliendo del país tu ya no serás rowan serás Ruth lewis , te quedarás 1 año en Inglaterra ahí estudiaras durante ese tiempo , quiero que en ese lapso de tiempo aprendas hablar francés ya que después de un año te irás a vivir en estudiar por 2 años en Francia , después irás a

Alemania un 1 año espero que durante dos años en Francia también aprendas hablar alemán , terminando te irás a vivir a Rusia ha finalizar tus estudios en volgora , al final podras ir a dinamarca para que empieces tu nueva vida, pero no estarás sola , le pedí a mis fieles servidores que te vigilen durante tus lapsos de tiempo en los lugares que vas a estar. Comprendes ellos me dirán si hay una anormalidad o si el te encontro ok.

- Entendido - sonríe - eso es todo

- No aún no - dijo y añade - además tú esposo también tiene secuaces y los usará para encontrarte

- Entonces como puedo identificarlos ?- pregunto

- Ellos tienen una marca en la mano como una mancha negra son demonios del infierno , pero ojo a veces lo ocultan con guantes negros entonces te fijaras en sus ojos son de gato así que cuando te des cuenta actua de forma natural y has una seña a mis súbditos con un amor y paz en tiendes la seña de los dedos ok

- Ok - sonrie

- estas nerviosa - pregunto

- Algo así - se rie

- Es normal espero que te diviertas en esos lugares - se ríe

- Que pasa si llega a encontrarme - dijo preocupada

- Créeme que es capaz de todo pero yo me encargo de que no te encuentre - sonríe y añade - si eso pasa mis súbditos te sacarán de ahí y te llevarán a un lugar seguro

Ella se quedó pensado con todo lo que le dijo y con todo lo que paso , en ese momento prefiere mil veces su libertad que estar con el, así que estaba decidida a enfrentar todo por su libertad aunque en verdad lo amaba si es lo que tiene que hacer para ser libre lo hará.

- Ya hemos llegado , ya sabes que hacer saliendo de este lugar , ah lo olvidaba toma - Saca una cadena de oro - te protegerá de tu esposo no te podrá rastrearte con esta cadena así vivirás feliz , cuando llegues a Inglaterra Londres un coche te estara esperando para llevarte a tu nuevo hogar

- Gracias por todo efelios - con ganas de llorar - te agradezco mucho por lo que has hecho por mí

- No es nada , hay que bajarnos para que tomes tú vuelo a tu nueva vida y a tu nuevo hogar - se ríe mientras baja

- Claro - se ríe y se baja junto con su mochila

- Es todo lo que llevas - mira la mochila

- Saque lo que necesito ¿Por que? - sorprendida

- No nada , en ese caso tendré que decirles que te lleven de compras - se rie

A!bis entran al aeropuerto , efelios la acompaña hasta su vuelo le da su boleto y casi quiere llorar.

- Cuídate mucho por favor - abraza mientras contenía las lágrimas

- En verdad quieres llorar - se ríe - no te preocupes estaré bien

- Estaré al pendiente de lo que ocurre si - sonríe

- Claro , espero que me visites - sonríe

- Claro - sonríe

- Prometemelo - sonríe

- Te lo prometo - se rie

"Vuelo número 20 a Inglaterra londres despegará en 15 minutos por favor a bordar el avión"

- Ese es tu vuelo Ruth - se ríe

- Claro , gracias - lo abraza

- No es nada - corresponde a su abrazo

- Espero tu visita - Da la vuelta y camina hacia su vuelo

- Ahí estaré - sonrie

La observa viendo como subía a su vuelo a su nueva vida y a su nuevo hogar , mientras tanto ella abordaba buscaba su asiento , lo encontró y se sentó en primera clase

- Ese efelios siempre le gusta viajar de lujo así que también quiere que viaje de lujo bueno que se puede hacer a disfrutar el viaje - se ríe y añade - Hola nuevo hogar y hola a mí nuevo yo

15 minutos después el avión despegó a hacia su destino y efelios observaba cómo se alejaba cada vez más hasta ya no verla el decide tomar un vuelo con un destinó diferente su destino era ir a Francia, Paris.

20 minutos después despegó a Francia .

Durante un año efelios y Ruth se volverán a ver .

Made in the USA
Columbia, SC
06 April 2023